ある青春の記録

matsushita ryūichi

松下竜一

講談社文芸文庫

目次

秋

豆腐屋の四季——ある青春の記録

母に捧ぐ……

冬

出来あがった最初の豆腐を切り分ける。冬の朝。まだ戸外は暗い六時頃。

書きはじめる

ふと一冊の本を想った。最初に題名が浮かんだ。「豆腐屋の四季」。小さな平凡な豆腐屋の、過ぎゆく一年の日々を文と歌で綴ってみようというのだ。過去の思い出も過去の歌もちりばめて入れよう。それは、ひっそりした退屈で平凡な本にしかならぬだろう。登場者は、私と妻と老父と、姉や弟たちだけだろう。みな、平凡な市民に過ぎない。繰り返される日々も、華やぎに遠く、ただ黙々と続く労働のみだ。

○

そんな本を、はたして発行できるかどうか。たぶんだめだろう。だが、私は書いてみよう。今日、昭和四十二年十一月十九日から書き始めて、昭和四十三年十一月まで書き継いでみよう。たとえ、本として発行できなくても、それを書くことで、これからの一年の日々、私の思いは充実し続けるだろう。書き継いでいく一年に、どんなことが起こるか？私の歌は絶えることなく続いているのだろうか。ひょっとして病気に倒れるのではないか。ひょっとして妻は妊《みごも》るかもしれない。どんな悲しみ、どんな喜びが待つ日々なのか。そんな日々のできごと、そんな日々の思いを克明に綴ってみよう。

○

今、私は三十歳。妻は十九歳。青春である。私は二十代の後半まで、自らの青春を圧殺して、ただ黙々と働き耐えるのみだった。その頃の日々を青春とは呼ばぬ。今、やっと遅い青春が、ひそかな賛歌で私をくるもうとしている。これからの一年、どんな悲しみが書きこまれようとも、「豆腐屋の四季」は、まさしく私と妻の「青春の書」である。生涯でただ一冊しか書けない「青春の書」である。

○

ふと想った一冊の本は、だれの序文もいただけない寂しいひそかな本だ。装幀もなく、表紙も薄い本だ。タイプ印刷の読み辛い本だ。冬、春、夏、秋の四章に分かれたその本の扉には、ただ次の一行が記されているのみだ。

　母に捧ぐ……

○

私は凜々としてきた。なんだか、ほんとうにそんな本を発行できそうな気がしてきた。私はたちまち、妻に想いの中のその本を語る。お金がたくさん要るわねと、妻がいう。そうさ、たくさんのお金が要るだろうねと私は答える。二人で、一生懸命節約して貯めようよと妻がいう。

○

各地に初霜のたよりがみられるのに、当地はまだです。でも早暁の冷えこみはきびしく、私も妻もすでにしもやけに悩み始めています。毎夜寝る前、たがいにさすり合うのです。さあ、私はこうして今日、「豆腐屋の四季」冬の章を書き始めます。

歌のはじめ

泥のごとできそこないし豆腐投げ怒れる夜のまだ明けざらん

――加えたにがりがきかなかったのか豆腐が固まらない。泥のようなできそこないの豆腐を腹立てて庭に投げ捨てる。宝石のように星のきらめく冬空。夜はまだ明けてはいない。

作者、松下竜一は九州のある小都市で豆腐屋をいとなむ青年である。いつのころからかの、朝日新聞西部版の歌壇の投稿者のひとりである。西部版の作品には炭坑労働者の出詠が多く、すぐれた彼らの生活歌が異彩を見せていた。石炭不況がはじまり、彼らがストの怒り、転業の悲しみを訴え、やがて歌壇からひとりひとり名を消していったころ、豆腐作りの歌だけを作る、素朴な、まるで指を折って数えながらつづるようなこの青年の作品が私の記憶にとまるようになった。稚拙といえばこれほど稚拙な歌はなかろう。だが、ここには歌わなければならない彼ひとりの生活がある。

○

近藤芳美《こんどうよしみ》先生は、雑誌『芸術生活』(昭和四十年二月号)に、「地を踏むものの歌」として、私のことを、このように書き始めてくださった。(のちに、先生の評論集『アカンサスの庭』に収載)冒頭の歌が、私の朝日歌壇最初の入選歌である。昭和三十七年十二月十六日のことである。日記の十一月十八日に、その歌が、他の二首とともに書きこまれている。それ以前に歌はない。私が初めて作った歌だったのだ。

十一月十八日(昭和三十七年)

零時十五分に起床。仕事にかかる。風邪がひどく、しきりに咳が出る。少し熱もあるようだ。こんなあわれな身体で、懸命に働くのだから、どうか神様、けさはいい豆腐にしてくださいねとひとり声に出してまで願ったのに、またしても、さんざんのできそこないだった。煮釜に穴があいていて、そこから豆乳が洩れるのだ。布栓をしているのだが、たちまち焼けて役に立たぬ。

釜ひとつ、たやすく買えぬ貧しさがくやしくてならぬ。やけになって、ぼろ豆腐を投げ捨てていたら、父が心配して起きてきた。「おい、夜中そんな音を立てると近所が覚めるぞ」という。

畜生！　みんな覚めてしまえ。しあわせに、ぬくぬくと眠っている奴ら、みんな覚めてしまえ。おれのこの泥のようにみじめな生活を叩きつけてやりたい！

そのあと、いきなり私は歌を書きつけている。くやしさと、憎しみから、むらむらと私の歌は出発したのだ。文法も語法も詠法も知らなかった。歌の師も友もなかった。だが、かまわなかった。胸中から噴きあげるものを、懸命にまとめようと、私は指を折ってうたい始めていた。

いびつな豆腐

こんなに一生懸命働く私を、なぜ神様はいじめるのですか？　私は怒り疲れると、涙ぐんで、まだ明けぬ星空を仰ぎ、問いかけ訴えかけるのだった。二十五歳の私は、恋も遊びも願いはしなかった。ただ眠る前に、そっと日記に書きこむのだった。——どうか明日は立派な豆腐を造れますように。風邪の咳が軽くなっていますように。燃えるように苦しい胃腸が、ほんの少しでも楽になっていますように。しもやけの足指が、あまり疼《うず》きませんようにと。

だが、来る朝も来る朝も、豆腐はできそこない、あぶらげはひねこびて伸びなかった。思いきって煮釜を買い換えても駄目だった。そして私は冬じゅう、風邪の咳に悩み続けた。腐りゆくごとく胃腸は燃え、しもやけは疼くのだった。

蒼ざめた顔で、神を呪った。〈神の奴、おれを指さして、せせら笑ってやがる！〉

できそこなった豆腐を投げ捨てて、狂気のように荒れる私に、老父はおろおろしつつ、砕け散った豆腐の飛沫を、掃き寄せ掻き取り、水を流して土間を洗うのだった。

だれに向けようもない、やり場のない怒りに、じだんだ踏んで、私が荒れれば荒れるほど、老父は押し黙るのだった。その沈黙が、なおさら私を苛立《いらだ》てるのだった。

おのができそこなわせた豆腐に、怒り狂い、切り分けようともせぬ私に代わって、老父は黙々と切り分けるのだった。老父は、どんなできそこないの豆腐でも粗末にしまいとした。「せめて半値にでも売れればいいじゃないか」という老父をさえぎって、私は憎い豆腐を投げ捨てようとする。摑みあげた豆腐の切口がいびつにゆがんでいる。そこに、老父の怒りをまざまざと見て私はハッとする。豆腐を切りつつ、父の手は震えたのだ。内におさえこもらせた怒りが、老父の手を震わせたのだ。
惨《みじ》めな悔いの底から、私の歌が生まれる。

　父切りし豆腐はいびつにゆがみいて父の籠《こ》もれる怒りを知りし

そんな悲しい背景から生み出されたと、知ろうはずもない五島美代子《ごとうみよこ》先生が、不意にこの歌を一位に選びとってくださった。

　——風に吹きさらされてあらわれた真実のような諸作である。そぞろ寒いまでに心にふれてくる。いびつにゆがんだ豆腐の切り口に言葉に出さない父の怒りを感じとる一位の作者、何ともすべなく見まもる老いの横顔である——

この短い評言を幾十度読み返しただろうか。世間から無視され続けてきた私にそそがれた、最初の〈理解ある言葉〉だったのだ。先生の直感を鋭いと思った。そのときから、私は朝日歌壇を信じた。

昭和三十八年一月二十日の、その新聞を三部買い、遠く働く弟たちに私は送った。「おれには頑張る勇気が湧いてきた。お前たちも歯を喰いしばって頑張れ」と添え書きして、吹雪《ふぶき》の中を投函に行く私の頰は興奮で熱かった。

未明ひそかに

私のそんな歌を、父はどんな思いで読んだか、語らぬ。この六年間、ついに一度も私の歌のことを語らぬ。私も語らぬ。私と老父は、そんな父子《おやこ》なのだ。たがいの思いは深いのに、それを言葉に出そうとしない父子なのだ。不器用で、無口で、泥臭い父子なのだ。

老い父と手順同じき我が造る豆腐の肌理《きめ》のなぜにか粗《あら》き

こんな歌の中に、言葉にはいわぬ父への思いを、私はひそかに詠《うた》いこめる。

豆腐缶磨き並べて光受くるあたりに父とひげを剃りいき

生きて来し苦労に荒るる掌《て》を持てど老父の造る豆腐美し

病むも食べ歯の無き老いも食ぶる豆腐いとしみ造れと老父は教えき

突然、母に死なれたあと、父もまたずいぶんできそこないの豆腐ばかり造って、悩んでいたことを、私は覚えている。私が再び、その父の悩みを繰り返しつつあるのだと、辛抱強く耐えて、父は私を見守っていたのだろう。

豆腐いたく出来そこないておろおろと迎うる夜明けを雪降りしきる

宮柊二《みやしゆうじ》先生評（昭和三十九年三月）。——第一作、出来そこなった豆腐、新しく作るにはもう時間がない。「おろおろ」としつつ迎えた夜明け。それまでが四句。五句の「雪降りしきる」は、この四句までの内容と何の因果関係もない内容なのだが、しかしこの五句ゆえに一首が生動している。つまり生活の中にあらわれるものは因果のみをもって現れるものではない。ただ実際をいっているために、詩の上で清新な飛躍になっているのである。四句が「夜明けを」で、「夜明けに」でないのもよい。

私はいつまでも、不器用に豆腐をできそこなわせ、そして不器用に悲しみの歌を詠い続けた。

出来ざりし豆腐捨てんと父眠る未明ひそかに河口まで来つ

悩み抜いていたそんな一夜、私は母の夢をみた。大きなゴムの前垂れを掛けて豆腐を造っている母を夢にみた。それだけの夢だったが、私の感動は深かった。母ちゃんは、悩んでいるおれのために、夢に現れて、豆腐を造ってみせようとしたのだ、そうに違いないと思った。そんな夢も、そんな思いも、父にも弟たちにも告げようとはしなかった。

皿廻し

老い父はかくも寂しきか炬燵《こたつ》にて皿廻しをば試みはじめき

近藤芳美先生評。——こたつにひとりこもって、サラまわしの真似などを始めている父。その年老いた父の姿に一首目の作者は息をのむような人間の孤独というものを見詰めているのであろう。松下竜一氏は決してたくみな作者ではないが、その作品には常に市井の庶民の泣き笑いに似た心の詩が歌い出されていることを感じる。

こんな歌を詠《よ》み、発表したことは、子としていけないことだったろう。活字になる私の歌をひそかに読み続けていた父の心を、この歌は鋭く刺し抜いたのだろう。もちろんそのことで何ひとついう父ではなかった。だが、あれほどひとり興じていた皿廻しを、父は私の歌が活字になった日からフツリと止めてしまった。皿廻しに興じる父も異様に寂しかったが、皿廻しの遊びすらやめて、つくねんと坐り続けている炬燵の父は、もっと寂しかった。

老い父の枕辺に散る氷砂糖踏みたりき寂し夜業に降りゆく

近藤芳美先生評。――老いぼけた父が枕べに食い散らしたまま寝入っている氷砂糖。夜業に立とうとして、ふとその氷砂糖を足にふむ。さびしい畳の上の音である。今回も松下竜一氏の歌を私は首位に置かざるを得なかった。作品のするどい現実感と背後に常にある生活感情の故である。

一首の歌が、作者の意図を越えた作品のひろがりを持つことがある。選者は鋭くそれを見抜く。私は決して老いぼけた父を詠ったつもりはなかった。だが、この作品を、先生は直感的にそう読みとったのだ。老いぼけた父と書かれて、父はどんなに寂しかったろうか。六十四歳の父は、老いぼけてない。今もわが家の大黒柱なのだ。現役で豆腐造りに精出しているのだ。病弱の私をあわれがって、懸命に働いてくれる父なのだ。私はそんな父に甘えきっている。

私は一日の集金を終えてくると、夜、その金をそっくり父に手渡す。わが家の金をつかさどるのは、今も父である。私はいつまでも父がわが家の経済主であってほしいと願っている。そうすることが父を老いぼけさせないいちばん確かな支柱だと思うからだ。仕事から手をひき、家の経済権力を失った父親が、いかに急速に老いゆくかを私は見聞きしている。

私がポケットからもみくちゃの紙幣をつかみ出して卓に置くと、父は夜の灯の下で、ていねいにしわをのしつつ数える。数え終わると仏壇に持っていってしまうのだ。死んだ母の小さな仏壇の引き出しを、いつからか父は金庫がわりにしているのだ。

父は、日に四百円ずつ、私の名で貯金してくれる。私の給料である。

弟たちの彷徨

私と老父にとって、家の前に止まる郵便屋の赤いスクーターは恐怖だった。それが弟たちの、悲鳴のような速達を運んでくるのだった。思いもかけぬ母の死の衝撃から立ち直れぬまま、私たち兄弟は社会へ押し出されていった。母の甘え子であった私たちは、世間の厳しさにさらされ、たちまちいじけてしまった。

母の死んだとき、高校三年だった次弟雄二郎は、にわかに進学の方針を断《た》たれ、さりとて就職への転換にも踏み切れぬまま卒業し、なんのあてもなく上京して行った。病弱の私は、高校も休学しながら四年で卒業し、受験に挑む体力もなく、家で養生かたわら進学勉強をしていた。そんな私が、まるでたよりにならず、二番目の弟紀代一は、父を助けて豆腐を造るのだと、自ら高校を休学した。

弟はよく働いた。老父とともに一年間、豆腐作業をやり抜いたのだ。だが、学ぶべきときを、こんな孤独な仕事に黙々と耐えていた弟の心に、しだいに暗いかげりが巣喰い始めていたのを、私は気づかなかった。一年ののち復学したが、もはやなじみのない級友に囲まれて、遅れた勉強にも従《つ》いてゆけず、彼は高校を中退した。そして兄のいる東京に出て行った。

　だが、たよられた次弟も、身寄りとてない東京で、転々と住込店員などで苦闘していたのだ。二人は、やがて帯の仕立職人見習になった。その頃小学生だった末弟満《みつる》が、二人の兄に書いた手紙の一節をなぜか今も忘れぬ。

――兄ちゃんたち、早く一人前の帯士《おびし》になり店を持て。オレが遊びにゆく。

　だが、彼らの日々は何の保障もない賃仕事だった。一方が風邪に臥す幾日かが続いても、もう明日炊《かし》ぐ米もなく、悲痛な速達が送金を求めて来るのだった。私は病弱な体を励まして、父とともに豆腐作業を始めていた。私が働かなければ、どうにもならぬほど、わが家は追いつめられていた。

　速達が来れば、老父も私も、ただ一人の姉も、それぞれに出し合って送金した。

　二人が、底辺の職をさまよい続けている頃、中学を卒えた三番目の弟和亜《かずあ》も、進学せよという説得をふり切って東京にあこがれ出ていった。義母が来て、暗さを増した家庭から抜け出ようとしたのだろう。

　弱い三人が、もたれ合って共倒れになるような状態だった。幼い日々、あんなに善良でやさしかった弟たちが、都会の日々に痛められ、心いじけて店主にこき使われているのかと思うと、送金に添える手紙を書きつつ涙がこぼれてやまぬのだった。

紀代一と和亜は、食い詰めると帰郷し、また上京し、幾度も行方不明になったりした。性格が暗く、粗暴になっていた。意見をする私に、弟たちはなぐりかかるのだった。弱い私は、なぐられつつ、理性の眼だけは、しっかりとみひらいていた。

速達

その頃、弟たちが悲鳴のように寄せた速達が古い日記に幾つもはさまれて残っている。どれにも、油濃い指紋がついて汚れている。あぶらげを揚げつつ、開封して読んだのだ。次弟雄二郎からの、そんな速達のひとつを抄記しておこう。苦闘の日々の思い出のために。当時、次弟は紀代一とともに間借り生活をしつつ、S製薬に臨時工として勤めていた。

○

竜一ちゃん。もうどうしていいかわからぬ。この速達に貼る切手を買う三十五円すら、下宿のおばさんに借りるのだ。この一月間、風呂にも行かず切り詰めてきたのにこうなったのだ。紀代一が、またとほうもないことをしたのだ。昨日、残業がないので、午後早く帰ってみると、勤めているはずの紀代一がいるではないか！　おれはヘタヘタと力が抜けたよ。

店で同僚と喧嘩し、棒で傷を負わせ、いられなくなって飛び出し、それから十日間なんとか新しい職を見つけようと出歩いていたが、交通費がかさみ、とうとう背広も靴も入質して今日から出歩くこともできなくなったというのだ。「ほんとうにおれは駄目だ、すまぬすまぬ、死んでしまいたい」と泣くのだ。

竜一ちゃん、いったいおれはどうすればいいのか？　今ここに、少しでも余裕の金があれば、落着いて紀代一のことも考えてやれるのだが、なによりも明日食べることの工夫が先決の状態なのだ。

三十日に、おれの半月分の給料が五千五百円入る。しかし部屋代三千六百円と、紀代一の背広の月賦を払ったらゼロになる。さらに今月出さねば流れる質のオーバーがあるのだ。とりあえずおれの背広を質に入れて千円つくり、これで二人共なんとか三十日まで食いつなぐつもりだ。だが、その先は真暗だ。

これというのも、紀代一の給料を今月後半の食費にあてるはずだったのに、紀代一は一円も貰わず店を飛び出しているのだ。紀代一のこれからを考えることも大きな問題だが、なによりも三十日までに一万円ほどまとまった金がないと、おれの身もほろぼさねばならぬ。臨時から正社員になれるのぞみは、ほとんどないらしいが、それでもおれは、それを目標に、人一倍の努力で頑張ってきているのだ。ここで身をほろぼしたら、もう立ちあがれぬだろう。

竜一ちゃん、そちらの苦しいことも承知だが、父ちゃん、陽子姉ちゃんとも相談して、頼むから送ってくれ。外は雪が降っているが、この部屋には炬燵もない。くるまるオーバーは質屋だ。紀代一は布団をかぶって嗚咽《おえつ》している。なぜおれたち兄弟はこんなにみじめなんだろうか。おれはともかくとして、紀代一が、この東京の荒波の中でいつも傷ついているのがあわれでならぬ。

和亜を決して上京させないように。もし、餅をつくようだったらぜひ送ってくれ。

歌を知らなかった冬

クリスマスが迫ると、せつないほど私は、あの歌を知らずに耐えた苦しみの冬を思い出す。私はその冬、豆腐屋と装飾屋を兼業していた。それはこんな訳だ。弟紀代一は、東京で転々と店員奉公を重ねた末、最後は造花店にいた。やがて帰郷したが、職はなく、習い覚えた造花装飾や花環造りをしたいからというままに、私はなけなしの貯金を全額出資して、家の表を小店に変えてやった。

それが初夏の頃で、弟は東京から朝顔やへちまの造花を取り寄せ、市内の商店のウインドウなど飾って廻った。評判もよく、順調にいくかと思われたのに、東京生活で毒されていた弟は、しだいに無頼となっていった。

秋も終わる頃には、まるで仕事を投げ出し、日々、歓楽の場に入り浸り始めていた。私はあわてた。なけなしの金が取り戻せぬ。私はにわかな装飾屋となった。

自らは一度も遊んだことのないパチンコ屋をつぎつぎ飾り廻った。耶馬渓《やばけい》の奥まで枝木を買いに行き、それに造花の柿の葉や実をならせて飾るのだ。注文があれば、慣れぬ手つきで葬儀花環も造った。

その冬、私は当市の料飲組合と一括契約を結び、市内のクラブやバーのクリスマス飾りつけを一手に引き受けた。私にどうしてあれだけのことができたのか。眠りも犠牲にして働きまくった。バーにもクラブにも遊んだことのない私が、たくさんのホステスやボーイを指揮して、つぎつぎに夜の城をきらびやかに飾りつけてゆくのだ。その冬、どこのクラブも、ものういフランク永井の「君恋し」を流し続けていた。

豆腐の仕事の合間をみつけては、バー街に飛んで行くのだった。夜になると、今度は寝静まった商店街のアーケードを飾らねばならなかった。人影絶えた商店街の高いアーケードに登り、私は金銀のモールを張り渡したり星を吊ったりした。ある夜は、自分の三倍もあるサンタクロースの人形を、高々と吊ろうとかけたはしごが倒れ、したたかに舗路に転落し、音に目覚めた店主からどなられたりした。そんな真夜中、高校受験の勉強に励んでいた末弟満は、ソッと手伝いにきてくれた。午夜《ごや》過ぎて帰ると、もう寝るわけにもいかず、そのまま豆腐作業にかかるのだった。

紀代一の無頼はつのり、金を持ち出し、物を持ち出し、私の先廻りをして装飾代金を集金して着服したりするのだった。叱れば、怖しいほど暴れた。あれほど暗い冬はなかった。訴える歌もまだ知らず、ただ諦め耐えていた。

ただひとつの朗報は、次弟雄二郎が頑張り抜き、およそ三百人の臨時工から、僅か三人の正社員登用に勝ち抜いたことだった。雄二郎の手紙は、やがて恋を告げ始めた。同じ製薬会社に勤める女性だった。ただ、暗く耐える日々、弟のそんな手紙を、私は遠くうらやんでいた。

弟の結婚式は東京で行なわれ、だれも出席してやれなかった。

紀代一のことのみでも耐えがたかったのに、和亜もまた、私と老父を苦しめた。和亜は浪費したり遊んだりするのではなかった。むしろまじめな性格であり、それなりの理想を持っていた。

和亜にとって、母の死は、想像以上に大きく根深い衝撃だったのだ。それから立ち直ることができなかったのだ。いつも義母と争った。高校進学もふりきって、都会へ出て行った。だが寂しがりの彼に、都会の生活は続かず、すぐに舞い戻ってきた。

いつもいつも何かに不満だった。自分自身の現実をどうしていいかわからなかったのだ。手近にいる私たちに、わずかのことで怒りを爆発させて暴れるのだった。ある初冬、和亜と大きな争いをしたあと、私は突発的に家出をしてしまった。二十一歳だった。あてもなくK市に向かう汽車の中で、私はうちひしがれていた。父も捨てよう、弟たちも捨てよう。都会の片隅に埋没して、絶対的な孤独を貫こうと思いつつ、涙が溢れてやまぬので、睡いふりして顔を両腕の中に隠していた。

学校から帰った満が、どんなに驚き悲しむだろうか。その頃、満と私は毎夜ひとつの床に寝ていたのだ。紀代一や和亜や義母を厭《いと》う満にとって、私だけがたよりだったのだ。今夜からひとりで寝るのだろうか。淋しさに、満もまた涙をひそかにこぼすかもしれない。

父ちゃんは神経痛の足をひきずって、豆腐の配達をするだろうか。あの坂を登れるだろうか。転びはしないだろうか。絶ち切ろうとしても、あとからあとから思いは、捨てたはずの家庭に帰るのだった。

私はその日、Ｋ市の薄汚い町工場を訪ねて廻った。工員募集の貼紙があったのだ。私は工員になろうとしたのだ。だが、どの工場主も、私の貧弱な身体と青い顔を見ただけで、雇おうとはいってくれなかった。三軒廻ってあきらめた。その時からまた、私は自殺の思いにとらわれはじめた。夜、稲荷《いなり》寿司を三個食べて私は三百円の安宿に泊まった。布団にくるまって、父宛と満宛の二通の遺書を書いた。

——満よ、おれが死ぬことによって、紀代一も和亜も改心してくれると思う。どうか、おれがいなくてもしっかり勉強して大学まで進んでくれ。

宿の枕を涙で濡らして私は眠った。明日で終わりだ、明日で何もかも終わりだ。一瞬の境を越えれば、もう何の苦もない無の世界だと、懸命にいいきかせつつ眠った。あやしげな宿で、終夜男女のみだりがましい笑声が絶えなかった。

死なず

翌日、宿を出た私はK市の街上をひとりさまよい歩いた。前夜の決心が、また危うくなっていたのだ。私の死によって、弟たちが立ち直ればいいが、むしろ悪いショックとなって、いよいよ一家全部を破滅の方向に追いやるのではないかと思え始めたのだ。

どうしていいかわからぬまま、飢えた捨犬のようにみじめな彷徨を続けた。午後、私はふらりと映画館に入った。ピエトロ・ジェルミ監督のイタリア映画「鉄道員」だった。生活に疲れ果てた初老の鉄道員の家庭を、九歳の少年の眼で映し出した寂しい真実のこもった映画だった。ひとつの家庭を守っていくことの苦しさと暖かみが、ひしひしと伝わってきて、見つつ涙が溢れてやまなかった。繰り返し二度観て出ると、もう夜も十時過ぎで、私はまた安宿に戻った。

生きねばならぬ。映画を観つつ、つきあげるように生のいとしさが胸を溢れさせていたのだ。九歳のいたいけな少年サンドロが、末弟満のように思えてならなかった。帰ろう、明日は帰ろう。満に廻転焼を買って帰ろうと思いつつ二日目の夜を眠りに落ちていった。

私は帰って来た。「寝床の中で泣いたか?」と満に問うと「少し泣いた」と答えた。私のわずかな家出など、現実の事態に何の解決ももたらさなかった。前と同じように暗い日々が続いた。ただひとつ私は信じ始めていた。必ず「時」が解決するのだと。私は崩れずに、ひしひしと耐えて待った。

　家出して不明だった紀代一が、田舎の伯母の家にいて、百姓仕事をしているということがわかったとき、私は驚いた。そして感動した。とうとう彼も正しい方向に脱出を始めたのだと思った。土を耕しつつ、見失っていたおのれを考え始めたのだと思った。

　やがて紀代一はバス会社の試験を受けて車掌となった。彼は晴れやかな顔で帰って来た。本当の紀代一が復活したのだと、私は嬉しくてならなかった。それ以後、もはや崩れることなくまじめに働き続けた。そして紀代一は寂しい結婚式をあげた。無頼の日の紀代一を愛し、立ち直らせた陰の女性が、その日、晴れて妻となったのだ。出席する者もない式で新婚旅行に行く費用もない二人だった。ただ、どうしても晴れ姿となって記念写真を残したいという、妻、哲子さんのいじらしい願いで、わずか数十分の貸衣裳で結婚写真を撮った。

　間もなく紀代一は病んだ。リューマチみたいに足の関節が痛むのだったが、容易に病名すらつかめぬ難病で、一年間の療養生活を克服して、彼は職場復帰した。同期の車掌はみんな運転士に昇格していて、弟ひとり残されてしまった。その辛さに耐えつつ、今日もバスに乗っている。

今は、生まれ出た赤ん坊に夢中の善き父親だ。勤務の余暇に、幾月もかけてつくりあげたすばらしいベッドに、紀代一の宝、章《あきら》は眠っている。今は、ゆりかごの製作にとりかかっているらしい。

満よ

満よ、お前の兄たちはみさかいもなく粗暴な日、お前をなぐり傷つけたりもしたのだが、しかしほんとうにお前を大学生にしたい思いを抱き続けていたことを、長兄としておれは紀代一や和亜のために弁護してやりたいのだ。

あの頃、あの二人は、自分自身どうしていいかわからぬ苦しみの中にあったのだ。あんな苦しい思春期のもがきの中でも、お前だけは、すなおに成長してくれと願っていた彼らなのだ。

覚えてるだろう？　雄二郎と紀代一と和亜が、東京の苦しい生活の中から、お前へのクリスマス・プレゼントに高価な野球のグラブを送って来たのを。そのとき、驚いたことに、おれには『ヘンリイ・ライクロフトの私記』の原書を紀伊國屋《きのくにや》書店から送ってくれたのだった。おれがギッシングを愛していることも知っていたのだ。

満よ、お前にもうひとつためらいつつ、しかしやはり告白しておきたいことがある。おれに自殺を思いとどまらせたのは、いつもお前だったのだ。身心共に弱いおれは、ほんとうはいつも自殺のことばかり思っていたのだ。死ぬことは少しも恐くなかった。ただ、おれを信頼し、慕うお前のことを思うとたまらなかった。

なんでもないひとつの思い出が今もあざやかだ。おれはお前を自転車の後ろに乗せて、どこか暗い夜の路地を進んでいた。そのとき、おれはつきつめて自殺を思っていた。その昼、診察してもらった病院で、おれは入院をすすめられていた。だが、そんな費用はなく、ましておれが働かねばどうにもならない日々に、入院など不可能だった。

そんな現実からひと思いに消え去ろうとする衝動に心がゆらいでいたのだ。ふと自転車の荷台が揺れたのか、お前はしっかりと両手でおれの腰をつかんだ。それは偶然だったが、なにかおれには、死にゆこうとするおれを、しっかりとお前がこの世につなぎとめようとしたかに思われた。ああ死ねない。死んではならぬと、星空を仰ぎつつ、おれは打たれたように心をハッと覚ましていた。

幼くて母を喪《うしな》い、やがて来た義母との気まずい年月、お前の弱い兄たちの荒《すさ》んだ生活にも毒されず、お前はほんとうにすなおに成長した。義母が去ってのち、女のいない家庭で、お前はおれの作るつたない食事に不満も洩らさなかった。あるときは、おれまでがやけになって食事の用意を投げ出したりしたが、それをお前は引き受けて料理をするのだった。

大学生となって、お前が家を離れて行ったとき、口には出さぬながらおれも老父もいかに寂しかったことか。帰省して来るお前の、いつもの口笛を遠くからいち早く聞き分けるおれの心がいかに弾んだことか。

帰省のたびに、よく豆腐の配達をしてくれたなあ。だが、大学生活ももう終わろうとしている。遠い都会にひとりの社会人として自立するのだ。お前の口笛を聞くことはもうない。

思い出

怒りのあまり、ともすると弟たちを憎む心が湧くとき、私はいつも古びて変色した一枚の写真を取り出して、じっと見つめるのだった。じっとじっと見つめていると、怒りも憎しみも消えて、せつない涙がこみあげてくる。

その写真は、私たちが家主から追いたてられて去った生家の裏庭で撮ったものだ。生家の裏庭は広々としていた。兄弟の遊び場だ。写真の背景は玉蜀黍《とうもろこし》畑らしい。そこに、陽子、竜一、雄二郎、紀代一、和亜が並んでいる。末の満だけいない。私が中学一年くらいだろうか。わが家は、みんな二つ違いだから、和亜が小学校一年だろうか。わが一族の特徴である、まん丸い顔が五つ、まだ幼く並んでいる。他人が見れば五人そっくりだというだろう。雄二郎は、手に独楽《こま》を持っている。みなで独楽廻しをしていたときなのだろう。

　写真をみつめていると、幼い思い出が、ふつふつと湧き来る。――父が作ってくれた祇《ぎ》園《おん》車が自慢で、兄弟で町じゅうを引き廻したこと。雪の積んだ朝、父が、仕掛けをしたざるの下に米を撒いて、裏庭で雀を捕ったこと。母が、祖母のために作ったかんころ餅を、兄弟で、一里余の道を歩いて届けに行ったこと。いじめっ子を恐れつつ行ったこと。帰りの夜道の暗く長かったこと。竹馬に初めて乗れた日のこと。橙《だいだい》の実をボールにして、帽子に綿を詰めて作ったミットでキャッチボールをしたこと。自転車に初めて乗れた日の感激。

　そんな思い出に洗われて、私はまた勇気をとりもどす。今、どんなにバラバラの心で、たがいに傷つきあい惨めでも、もう一度松下兄弟は、必ず立ちあがり勢揃いするのだと、私は自分自身にいいきかせるのだった。

　　弟が職求めゆき跡絶ちし東京に四月の雪降りしとう

　　弟の捜索願い出さんかと写真探しつつ涙溢れぬ

富士見ゆる工員寮の屋根裏に鳩飼うと云うか寂し弟よ

十万円貯まれば逢いに帰らんと書き来る弟よ職変えやまず

身ぎれいな職口ぐせに欲《ほ》りていし弟はホテルのボーイとなりぬ

働くのみの兄などは寂しいざダンス教うと我を弟の抱く

縫いくれん母亡きままに枕せず寝るも慣れけり我も弟も

癒えてなお淋しき癖は残りいて紙持てばふと鶴折る弟

デモへゆくなと書きて寂しも遅れいし学費弟へ送り得る日に

学費遅延責めてかけこし末弟の長距離電話も切れて夜更けし

帰省してケインズ読みいる末弟がすなおに豆腐の配達しくる

ふるさと通信

三番目の弟和亜も、神奈川県藤沢市のKホテルに勤めはじめ、同じ職場の女性と婚約したことを告げてきた。どうやら弟たちの彷徨も終わろうとしているのだ。永かった忍耐の年月は終わろうとしているのだ。二度とあんな悲惨を繰り返してはならない。今こそ兄弟の心をしっかり結ぶ時だ。この初冬、私はそんな切ない願いを託して「ふるさと通信」を始めた。

　私が中心となって、兄弟全部の手紙を廻覧するのだ。私が八枚、姉が三枚、紀代一が二枚、計十三ページの、中津在住三人による「ふるさと通信」は、まず熊大学寮の末弟へ発信される。満はそれに書き足して、東京の雄二郎へ送る。雄二郎がさらに書き足して藤沢に送る。そこで和亜の手紙も加わり二十ページ近くふくらんだ通信がまた、故郷に送り戻されてくる。それを老父と私たちは読み返すのだ。一巡して来るのに半月以上かかる。私は、月二度ずつ「ふるさと通信」を発する。朝日歌壇の入選歌の切抜きを貼ったり、毎日新聞大分版にときおり書く小文を貼ったりもする。睦《むつ》まじかった少年時代が、これからの心の結びつきの支えになるように、私はできるだけ思い出を掘りおこして書きこんだりもする。

　第一信は、紀代一の最初の男児誕生記が中心ニュースとなった。やがて新年版第一信から新しい仲間が「ふるさと通信」に加わるのだろう。まもなく和亜が結婚するのだ。私は今年最後の「ふるさと通信」末尾に、こんな歌をソッと書きこんでおいた。

　　亡き母の遺《のこ》し給いし善き弟《おと》ら四人も持ちてこの世愛《かな》しき

これは私の今の、真実の思いだ。ひとたび立ち直った弟たちは、今やたのもしい若者なのだ。乱行の日々、死んでしまえとさえ呪った紀代一が、この日々、勤務のひまをみつけては加勢に来て、豆腐の配達などしてくれるのだ。ひとつの命の父になるとは、こんなにも感動的なことなのか！　彼は「ふるさと通信」に小さな字でビッシリと育児日誌など書きこんで、私たちを閉口させる。ただもう赤ん坊に夢中なのだ。そんな弟の感動を、私は代わって歌に詠みこんでやる。

　地球より重しと云える命ひとつ我等に生《あ》れたり章と名づく

　今日よりはかりそめならず生れいでし命ひとつの父ぞも母ぞも

マジックのペンで書いたに過ぎぬ下手な私の短冊を額にして、彼は大喜びで、眠る赤ん坊の頭上にかかげている。そんなひとつひとつの小さな出来ごとが「ふるさと通信」の記事となり、遠い弟たちとその妻たちに廻覧される。

一巡して来た「ふるさと通信」は、私によって大切に保存される。これよりのち、この通信の集積が、松下一族の歴史となってゆくはずだ。

なんとすばらしいことか！　兄弟の多いことは。

命愛し

その夜、地球は数知れぬ緑の星のしゅう雨に包まれたようだった。あらゆる人々が、この夜空の壮麗な大流星群の閃光《せんこう》に見とれた。翌朝、全人類は盲目となっていた！　夜空の閃光は某国が打ち上げた秘密兵器の人工衛星が、あやまちで大爆発したのだった――。

Ｊ・ウインダムがこの恐怖物語『トリフィド時代』を書いた十七年前、それはまだＳＦだった。

だが、いまもそうか？

ソ連は宇宙空間の、どこからでも地上目標に、核弾頭を発射できる軌道爆弾を完成させた。アメリカもまた、宇宙バスとも呼ぶべき兵器衛星を開発した。各都市につぎつぎ核爆弾を投下していくことができると誇示している恐怖兵器だ。

あるいはすでに、これらの衛星は、人類の頭上をひそかに回っているのかもしれぬ。緑の大流星群が壮麗な閃光を放つ夜があったら、それは恐怖兵器の爆発だ。諸君、急いで目を閉じよう。あすから盲目とならぬために。

過日、私は妻の母の手術に立ち会った。人の命を救う老医師の執刀ぶりに感銘した私は、妻に語った。世界が軍備にかける巨費をすべて医学にかけたら、いかにすばらしいかと。いや、もっと私は極論した。宇宙開発もやめるべきだ。その巨費で、地上の貧と病を追放するのが先決だと。宇宙開発の壮大なビジョンの陰で、人類せん滅衛星は、すでにひそかに準備されていたではないか。

いったい、ロケットが金星をきわめることと、私たちの幸福と、どうかかわるのか？小人の妄言だと嘲笑されようとも構わぬ。私は自分のただ一度の人生を捨石にされてはたまらぬのだ。人類の進歩という命題が、いかに大いなるものであろうとも、一個の命の重みもまた、地球を超えるというではないか。かけがえのない個々の命を大切に生かすという視点から、文明の進歩というものは、そんなに必要なものなのか。いまこそふりかえって考えるべき時ではないのか。

二日目、母の目が幼子《おさなご》のように、臆病にソッと開かれた。やがてその目は、花瓶の菊にとどまって一瞬、生気をひらめかせた。以後回復は急である。人の命は、こんなにも愛《かな》しい。

（毎日新聞大分県版発表）

新しい年へ（昭和四十三年）

年末、眼の廻る忙しさだった。和亜の結婚式に、老父は生まれて初めて上京していた。雪が続き豆腐がよく売れる日々だった。突然、妻の母が手術で入院し、妻は母の店の番に行ったり病院に行ったりの往復を始めた。一人でどうにもならぬ私を、乗務のひまをみつけては紀代一が加勢に来てくれた。

やっと母の退院する頃、家の向かいの主人が突然亡くなった。やはり豆腐屋だった。過労からだと聞けば他人事《ひとごと》ではなかった。葬儀前後の数日、私は向かいの家の分まで豆腐を造り、店々に卸《おろ》してやらねばならなかった。

大晦日《おおみそか》には午前二時から夜八時まで、とうとう一度もゴム長をぬぐことがなかった。髪もひげもぼうぼうとして、賀状も書けぬまま、年を送った。

昭和四十三年の元旦を真昼まで眠り、やがて私たちは寄り合って「ふるさと通信」新年版を発した。

姉陽子の通信から。

年末には、皆が心を一つに協力し合って父の上京を実現させたことをとても嬉しく思います。毎朝早くから立ち働く竜一ちゃんが、体を悪くしなければいいがと、それが一番心配でした。洋子さんも、里のお母さんの入院で大変でした。でも紀代一が、勤めに疲れながらも遅出のときや休日には、豆腐の加勢に行き手伝っているのをみて、兄弟とはいいものだとつくづく思いました。満も卒研で寸暇ない年末を、無理して帰省し手伝いました。雄二郎や美子さんには、父の滞京中、とても世話になりました。私からもお礼を繰り返します。父もあなたたちの家庭を、自分の眼で確かめてすっかり安心したようです。

和亜、征子さんおめでとう。晴れやかな元日を迎えたことでしょう。立派な結婚式だったと父も大喜びでした。父にやさしくしてくれた征子さんが、もうすっかり気に入ったようですよ。新婚旅行の時の黒の洋服がよく似合って映画女優のようだったと語り草です。（竜一ちゃんが、結婚写真を見て、和亜の頭が河童《かっぱ》みたいと、悪口いってますよ！）洋子さん、美子さん、哲子さん、征子さんと、みんないい嫁が持てて父はしあわせそうです。上京する日、「母ちゃんが生きていて一緒だったらなあ」とつぶやいた父のひとことが忘れられません。

○

やがて戻って来た通信は、新しい仲間、征子さんの手紙を添えていた。

──可愛い新居で新年を迎えました。たった四畳半一間ですから、道具を入れ電気コタツを置くと私たち二人、まるで動けないほどです。でも、こんなちっちゃな城から、二人で働いて成長して行きます。筆不精の和亜さんに代わって藤沢通信を受けもてという竜一お兄さんの命令に、よろこんで私はこれから皆さんの仲間に入れさせてもらいます……

仕事はじめ

妻を迎えるまで、私の正月休みは元日ひと日だった。だが稚い妻に、それは辛かろうと、二人で初めて迎えた正月から休日を二日取るようになった。一年で二日休める唯一の機会だと思うと、子供みたいに正月が待たれるのだった。おたがい、ひとりの友もない私と妻に、訪う者もない寂しい二日間が過ぎると、三日目はもう真夜《まよ》二時に起き出る。

ボイラーに供えし盃《はい》の御神酒《おみき》乾《ほ》し豆腐しぞめの真夜の火点じぬ

くどを壊してから、わが家の荒神《こうじん》様はこの一個の鉄の筒ボイラーに宿る。大晦日の夜、すべての仕事を終えてから、御神酒を盃に満たして供えておくのだ。私はそれを飲み乾してからバーナーの火を点ずる。

常の日々、私の嗅覚《きゅうかく》は慣れ果てて豆乳の甘い香に気づかぬ。だが二日の休みをはさんで、また働き始めてみると、やがて煮立つ豆乳の噴く湯気が、なんと新鮮な香を作業場に溢れさせることか。さあ、またこの香の中に浸りつつ一年を働き抜くのだ。

老い父の習い守《も》り継ぎ初豆腐を神に祀《まつ》れり曙光《しょこう》きざせば

不器用な私は、今もときおり出来そこないの豆腐を造る。どうか、美しい豆腐を造れるようにしてくださいと、私は初豆腐を神に祀りつつひそかに願う。老い父もまた、年々そうしてきたのだ。松下家は祖父からの豆腐屋だ。父は壮年まで材木商だったが、戦時統制でやめさせられて失職してから、戦後、兄（伯父）に習って豆腐屋となった。私で三代となるわけだ。この三代、私たちの豆腐造りはほとんど大きな変化はしていないだろう。少しずつ機械化されたとはいえ、なお豆腐を造るのが私たちの手であることに、根本的な変化はないのだ。

だが一方では、すでに早く機械化によるマスプロ豆腐が、私たちのごとき零細手工業を踏みしだこうと牙を研ぎ始めている。美しい豆腐を造りたいと神に祈る私の願いなど、やがて無惨に押しつぶして、オートメ企業としての豆腐生産業が制圧を完了する時代が、たぶんそこまできているのだろう。そんなことを思えば底知れず寂しいのだが、その時の来るまでは懸命に働こうと自らを励ましているのだ。

箭《や》山嶺《やまね》に初雪積めば豆腐売れてゴム長ぬがぬひと日昏《く》れゆく
初豆腐を我が売りめぐる小祝島《こいわいじま》灘のかもめのしきり舞い来ぬ

妻の里、小祝島はこの冬、海苔《のり》が病み、ほとんど収穫がなかった。漁獲不振となって以来、一年の資をひと冬でかせぐはずの海苔の全滅は、この小さな島に大きな打撃となってこれからの生活にかげりを落とすだろう。妻の父母がいとなむ小さな食料品店にも、それはひびくだろう。私の豆腐のあきないも減りゆくだろう。

夜業の窓

歌をはじめたばかりの冬。ちょうど一番豆腐がぬくぬくと出来あがった頃、氷《ひ》雨《さめ》に濡れて二人の刑事が寄って来た。夜を徹しての歳末警戒の帰路だったらしい。私の夜業の窓から、もうもうと噴き出る湯気につい誘われたのだと詫びるようにいって。

氷雨四時の闇に溢るる湯気したしと寄り来し刑事に豆腐饗せし

豆乳の噴く湯気が、あまりに濃くこもって、自分の手先すらしらじらと見えなくなると、私は夜業の窓を少し展《ひら》いて湯気を放ってやる。窓を展けば外は通りだ。そんな真夜中、ふと私は見てしまう。バーやクラブで働く女性が、すでに華やぎに遠く疲労をあらわにさらけた素顔で寂しく帰って来るのを。見てはならぬものを見たように、私は視線をそらす。

我が夜業寂しき二時を墓石積みまぼろしの如《ごと》過ぐる馬車見し

今では、荷馬車など昼間動くことはできぬのだろう。自動車の絶え果てた深夜を過ぎてゆくのだ。それは、ふしぎにいつも墓石材を積んでいる。月の照る夜は、墓石がしろじろと光っている。馬のひづめの音は、深夜のしじまを、遠くまで遠くまできこえて消えてゆく。あれはまぼろしだったのだろうかと、フッと妖しい思いの湧き来るほど、それはひそやかに寂しい過ぎゆきなのだ。

おから搾《しぼ》るきしみ鋭《と》き真夜犬の眼は外《と》の面《も》ゆ碧《あお》く我を見つむる

犬には犬のみの秘密の世界があるのではないか？　深夜の窓からふと見る通りに、数多くの犬がギラギラと眼を碧くかがやかせて、音も立てずひっそりと群れているとき、いつも私はそんな疑いと怖れにとらわれる。そこにいるのは、もう昼間見慣れた犬たちではない。なにか妖しい別界の生物だ。かがよう二つの眼が、私をジッと凝視《ぎょうし》することもある。深夜ひとりの思いは寂しくも妖しい。

喚《おら》びつつ酔どれ過ぐるしばらくを夜業の灯を消し我がひそみいき

若い酔どれが徒党を組んで、深夜を喚んでくる。私は灯もモーターも止めて、彼らの過ぎ去るまで、じっと闇にひそんでいる。道の辺《べ》の花鉢をこわしたり、ゴミ箱をひっくり返したり、並木を折ったり、闇にまぎれた彼らの狂態が恐いのだ。だが、ひとりひっそりと帰って来る中年の酔どれは、たいていどこか寂しげで人がいい。水を乞いに寄って来て、私の豆腐作業をしばらく見て行ったりする。君は偉い君は偉いと、そんな酔どれ氏に賞められつつ私は黙々と働く。

ときたま夜業の窓に星が流れる。

ラムの死

新婚の日々、妻はしきりに煮豆をおやつにしていた。それを突然断《た》つという。ねえ、だから仔犬を貰ってよと、しきりにせがまれて私は承知した。

此の朝け口笛ひそかにまねぶ妻仔犬貰うと約してやれば

姉の世話で、生後二十日くらいの雑犬を貰ったのは昨年五月末だった。私は仔犬をラムと命名した。チャールズ・ラムだよと、この英国の文人を妻に説明して聞かせた。貧しくて大学へ進めず、東印度会社会計係として平凡に勤めつつ文学に励んだ彼。狂気の発作で、母を刺し殺した姉を終生守り続けて独身を徹《とお》した彼。

寂しい人の名を貰うのねと妻はいったが、この駄犬、さびしいどころか、無類の暴れ者で、私たちはたちまち馬鹿ラム、ラム坊主などと呼び捨てることになった。敬慕する人の名を、日々冒瀆《ぼうとく》する結果になり、私は軽はずみな命名を悔いた。

畜犬条例を知りつつ、私はラムを鎖で縛ることができなかった。それほどラムは生気に溢れ、この地上を駆け廻るのが歓喜のようであった。座敷にあがるのを許し、夜は布団の辺に寝せた。ラムはあっという間に大きくなり、そんな成犬が庭からヌッとあがって来るのをみな驚くのだった。

未明の星空の下、豆腐を積みゆく私の前をラムはいつも先駆した。私の配達は、小祝島の七軒の小店を廻るのだが、その一軒が妻の父母の店なのだ。妻の母や妹が、ラムを可愛がるので、いつの間にかラムにとって小祝島の母の店が第二の宿となってしまった。それに小祝島一面の畑を、ラムはすっかりよろこんで野犬の群れにまじって駆けめぐるのだった。それがお百姓に憎まれた。ホーレン草の根を掘りあげたりしたのだから当然の憎しみだった。

ある日ラムは、したたかな打撃を受けて帰って来た。片眼がつぶれ口をパクパクさせていた。頭がおかしくなっているようだったが、三日目フッと出たまま、二度と帰って来なかった。小祝島でどんなに遊んでいても、夜だけは必ず帰って来たラムが、その日以来戻って来ない。私も妻も、ラムは死んだのだと決めた。あんなにヨロヨロしていたのに、家出して生きていようはずはないのだ。

ラムが家出して四日目の夜、私と妻は小祝島を見おろす高い橋上から、ラーム！　ラーム！　と幾度も大声で呼んだ。呼べどむなしかった。どこからもラムは飛び出しては来なかった。

　もの音果つる寂しさ犬を覚まし犬と睦《むつ》みき夜業二時ごろ

ラムを詠んで入選したただ一首の歌が活字になった日、ラムはどこともしれぬ寂しい場所にむくろをさらしていたのだろう。その頃しきりに降った氷雨に濡れていたのだろう。

妻、成人す

午前二時、私は仕事場へ降りてきた。驚いたことに、外は雪が積んでいる。今冬最初の積雪が、ふしぎにも妻の成人の日だということに、私の詩心ははずんだ。この雪は、天から妻への頌歌《しょうか》なのだ。よし、それなら妻のために大きな雪山を築いてやろう。もし朝が晴れるなら、その雪山は浄く輝いて妻をまぶしがらせるだろう。

その朝は、いつもより妻をゆっくり眠らせておくはずだった。贈り物は何もいらないから、休みがほしいなあという妻に、そのひと日、豆腐作業を休ませる約束だった。

私は豆腐作業のわずかな暇をみつけては裏庭に走り雪を集めた。夜空は暗く、ときおり粉雪が降ってきた。最初の豆腐がこごりゆく頃、あまり大きくない雪山が成った。積雪はあまり深くなかったのだ。

妻が起きてきた夜明けは晴れていた。私は黙って妻を裏庭へ押し出した。輝く雪山に妻は驚き、それから声を出して笑った。いつまでも少女みたいな妻に、その贈り物はどんな高価なものより気に入られたらしい。

晴れ間は短く、やがて吹雪き始めた。誘い合う友をひとりも持たぬ妻は、成人式にも出ない。そんな内気な性《さが》があわれで、そのひと日、母のもとへ帰ってすごせばいいというのに、妻は炬燵でレースを編み続けていた。

家の裏手の福沢公園にある会館が、成人式の会場になっていて、つぎつぎと晴着の乙女たちが集《つど》いゆくのを窓からみて、さすがにうらやましくなったのか、母ちゃんの所に行って着物を着せて貰おうかなと妻はいい出したが、やがてまた吹雪がつのった。

豆腐がよく売れて不足となり、午後つぎつぎ大豆を湯漬けしたが、あまりの寒気に十分水を吸いきれず、豆腐はさんざんできそこない始めた。店からは矢のように電話がかかりくるのに、豆腐は固まらないのだ。

私はすっかり動転し、声荒く妻を仕事場に呼びおろした。約束を破って、私はとうとうその夕べ、妻を働かせてしまった。吹雪の中、まっ白になりながらできそこない豆腐を詫びつつ配り廻る私はみじめだった。

私も妻もゴム長をぬがぬまま、あわただしくひと日が昏《く》れ、疲れた妻が夕餉《ゆうげ》を用意しようとする時、妻の母から食事に来ないかと電話がかかった。吹雪は止んでいたが、歩ける道でなくタクシーを拾った。

母はごちそうを用意していた。葡萄酒に他愛なく酔った私は、みじめだった午後のことを忘れて、あの夜明け前、雪山を築きつつ作った歌一首、声に出してうたって聞かせた。

成人の妻の目覚めを我が祝《ほ》がん雪山築けり夜業の間《あい》に

悲しみの臼

とついできて一年に満たぬ妻が、まだ生みもせぬ子の未来をいう。「豆腐屋だけは継がせまいね」と。小さな妻に、日々の労働がそれほど辛くこたえているのかと思うと、あわれに寂しい。私は母のことを語って聞かせる。

幼い六人の子をかかえて戦後失職した父は、伯父にならって豆腐屋を始めた。機械も買えぬ貧しさに、父母は自分たちの四本の手だけをたよりに、慣れぬ豆腐をつくり始めた。夜中に起きて、石臼でごろごろ大豆をひいていた父母の悲しい姿を忘れぬ。（ねえお前。母も小さく弱い身体だったのだよ）

　のちに豆磨機《まめすりき》を買い、豆ひきの苦はなくなり、無用の臼は豆腐の重石《おもし》に転用された。豆腐の仕上げは、型箱に入れた豆腐に幾段もの重石を積みあげて、ひしひしと固めるのだ。非力の母も、父とともにこの重い石臼を日に幾十度積みあげたことか。そしてある日、臼を抱きあげた時、突然昏倒《こんとう》した。脳溢血だった。全身不随でもいいから生き返ってほしいと嘆く父のそばで、六人の子も母の無情な三十時間の眠りを見守ったがついにむなしかった。（ねえお前。今も使っているこの重石の臼には、こんな悲しみが刻まれているんだよ）

　いま業界では、テコ利用の装置があり、重石を苦しんで積む愚から解放されつつある。だが私は、あすもこの悲しみの臼を力いっぱい苦しんで積み上げるだろう。私は愚か者ゆえ、身に刻む苦はいとわぬが、機械はきらいなのだ。自分の両手のみをたよりに、豆腐をつくりはじめた若き父母をなつかしむ。ほんとうにものをいとしみつつ造るのに、わが手にまさる道具があろうか。苦しまずに造るものに愛がわこうか。誇りを感じようか。じっくり時間をかけぬものに、尊びが生まれようか。

　昨年、古くどをこわし、ボイラーを据え、バーナーを使い始めた。いぶったり、燃えつかなかったり、あおぎ続けたり、苦労の多かった古くどが、なつかしくてならぬ。木をたくよろこびは、私の童心をゆすってやまなかった。ひとり時間をかけて豆乳を煮る深夜、くど辺にほのぼのと炎の色に染まって、私は短い読書にふけったりした。いまではボイラーが一釜煮あげるのに十分間もかからぬ。バーナーの噴く炎にも夢はない。

だが、こんな詩人的感傷を十九歳の妻に理解させようとは思わぬ。企業合理化に逆行する私の貧しさは、生涯続くのだろうが、道連れの妻にはすまぬと思うのだ。

（ねえお前。いいことを教えよう。朝々、豆乳の汁で顔を洗ってごらん。タマゴみたいな肌になるよ）


（昭和四十二年十月毎日新聞大分県版発表）

くどの歌

ほろびの挽歌と知っていれば、もっと詠ったろうものを。僅かの歌を遺《のこ》して、古なじみのくどは壊されてしまった。代わって据えられたボイラーに、私は今もなじめぬ。バーナーの噴く火も私の詩心をそそらぬ。思えば、永い苦労を共にしてきた親しい奴だった！あの古くどは。壊されるくどに私と老父は手を合わせていた。

真夜独りの心おのずと優しくてくどの小蟻ら逃がして点火す

くどでほそぼそと豆乳を煮る頃、私は遅くも二時には起き出ねばならなかった。くどに火をたきつけることから私の夜業は始まった。点火しようとすると不思議に蟻が群れている。焼くのがあわれで追い払うのだった。

豆乳を煮る薪《まき》折りて焚《た》く深夜棘《とげ》せし小指は細き血を引く

製材所から買ってきた長い焚物を手で折りつつ焚くのだ。いつも手に棘を立てたり切傷をつくったりした。割りそこねた薪の撥ねが、鼻をしたたかに打ち、深夜のくど辺にひっそりと鼻血を垂れていたりしたのも幾度だろう。のこ屑の粉が眼に入り、ひとり片眼をつむって働いた夜も寂しい記憶だ。

櫓《ろ》の穂など混じるながれ木焚く深夜くどの辺あわく汐の香ただよう

魔法のくどみたいに何でも呑みこみ燃し尽くした。壊れた家の古材も、浜で拾ったながれ木も、あの大きな電柱すら丸ごと焚いたりしたのだ。それぞれの材が、それぞれの炎の色を生み、私の詩心を染めあげるのだった。

松薪はよく燃えたが、すさまじい黒煤《すす》を降らして、夜業の明ける頃、私の顔はすっかり煤け果てていた。製材所に拾いに行く杉皮はただで貰えた。火力も強い。でも、雪のような粉灰を一面に降らせるのだった。

くどの深々とした残り灰に芋を埋めておくのも冬の朝の楽しみだった。


夜業せし残り火に焼く芋の香の暁あわし父と茶を飲む

そんななつかしさも、そんな楽しみも、もう失った。バーナーとボイラーに代わって、仕事は一挙に楽になった。だが、なんと味気なく寂しいものだろうか。

雨に濡れて燃えぬ薪を、吹いたり煽いだりした苦労ももうない。煮釜に穴があいても、布栓をして仕事を続けたみじめさももう遠い。少し機械化され、少しゆたかになった今、私はなぜか昔より寂しい気がしている。

私は「ふるさと通信」で都会の弟たちに問いかけた。お前たちの生活に、本当の火はまだ生きているか？　重油やガスや灯油の火ではない、燃える木の吐く炎こそ真の火なのだ。合理化される生活の中で、私たちは真実の火すら失いつつあるのではあるまいか。

この払暁、小祝島の少年たちが、新聞を配り終えて、河口の干《ひ》潟《がた》に、炎々と燃え立つ大焚火を囲んでいた。あかあかとあかあかと、それは私の童心を焦《こ》がした。

巨艦来たる

佐世保ではすでに避けようもなく学生と機動隊の無惨な激突が始まっていた。十七日、熊大の満から動揺の手紙を受け取った。政治関心が薄かった弟が、初めてその悩みをまとまりもない形で、私に訴えようとするのだ。

　空母迫れどただ卒論に励めりと書き来し末弟の文いたく乱る

工学部の末弟の研究テーマは、沸騰点に関するものらしいが、説明されても私にはわからなかった。実験装置作りに専念している今、心は乱れるが佐世保へ行かぬと書いていた。私も、その問題を考え悩まざるをえなかった。その思いを朝日新聞の「声」に投じた。

――角材で機動隊に挑んでも無益だ。敵の本体は、戦争協力姿勢の現政権そのものだ。これを選挙で打倒するほかに道はないはずだ。佐世保での闘争が、世論の起爆剤になるならともかく、現実には権力にどうしても勝てぬ無力感を助長させているのみではないか。

成人式を迎えた妻に、選挙をねらう保守候補から祝状が届いた。たぶんまた、彼は勝つだろう。佐世保で痛ましい激突に学生たちが傷ついている時、こうして彼らは抜け目なく票田を固めているのだ。地方選挙民の意識の低さは、まだまだ人情や義理にがんじがらめだ。学生は佐世保で闘うより、地方に散って地味な態度で教化に努めるこそ第一でないのか。

――そんなことを書いた。投書を出した夜、末弟は佐世保へ発った。

悩みぬきヘルメット持たず佐世保へと発つと短く末弟は伝え来《く》

今から夜行に乗ると電話があった。「そうか、傷つくなよ」と、私はひとことといった。単独行動だという。

私の「声」は二十日に載った。文章はかなり縮められていた。

うち打たるる君等を悲しみわが書きし「声」読みて欲《ほ》し短けれども

二十一日、満から報告が来た。五万人の大集会に参加したが、静かなデモの限界を痛感したという。もし、この五万人が三派系と共に機動隊に突入したら、圧倒的に勝ったろうとくやしげに記している。三派系の悲壮な突撃を目のあたりに見て、満の心は大きく揺らいだのだ。

二昼夜一睡もせず、二個のパンを食べたのみで疲れ果てて帰寮し、そこでまた明け近くまで論争したという。兄貴の「声」読んだと付記されていた。

私は直ちに満に返書した。たとえ五万人が機動隊を粉砕しても、それは一時の混乱で、政府の基本策は揺るがぬだろう。よりいっそう、機動隊を強化するのみだろうと。
折り返し、満からハガキが届いた。氷雨の日、ひとりで阿蘇に登ったとのみ書かれていた。悩み、考えているのだろう。

佐世保より帰りしおのれを見つむると末弟はひとり阿蘇へ登りき

初めての稿料

一月十九日、エンタープライズが佐世保に入港した朝、小倉の朝日新聞西部本社学芸部の源《みなもと》記者から、来訪したいという電話がかかってきた。指定時刻を一時間遅らせてもらったが、それでも源さんのみえられた時までに、仕事の段落がつかず、私は作業用の油染みたヤッケを着こんだまま会わねばならなかった。源さんにお会いするのは二度目だった。三年前だったか、朝日歌壇の投稿者代表の座談会が東京であり、地方の私たちは紙上参加の形で、源さんが私の談話を取りに来られたのであった。

今回の用件は、朝日歌壇投稿者の代表として、歌と生活の結びつきを、できるだけ素直に一文に書いてほしいということだった。文化面に載せたいという。思ってもみなかった注文に驚いたが、私は書いてみましょうと答えた。二日経ち、何を書こうか定まらぬまま、ペンを取りぼんやり頬杖ついている私に、「竜一ちゃん、竜一ちゃん」と呼ぶ母の声が、不意によみがえってきた。

そうだ。私の歌の初めは、どうしても母の死から書かねばならぬのだ。私にとって、歌を知る前の七年間、あの永い惨めな忍耐の年々を抜きにして歌作への動機はありえないのだ。私は唐突に母の死の日のことから書き始めた。そして一気に書きあげた。歌への悩み苦しみにはいっさい触れず、ただ歌がいかに私の生活を立ち直らせ励ましたかのみに焦点をしぼった文章になった。原稿用紙五枚をこえていた。すぐ投函した。

二十三日、源さんより、原稿ＯＫの報があり私は安堵した。原稿料を送りますからねといわれてびっくりした。その夕べ、私は散髪に行き写真館に行った。文化面を飾る一文に添える写真を、せめて立派なものにしたいと妻がしきりに勧めるのだ。どうせこんな顔じゃないかといいつつも妻の勧めに従ったのだ。

二十九日に原稿料八千円（税引き七千二百円）をいただいた。私にとって初めての原稿料だった。熊大の末弟に、靴を買えと四千円送り、紀代一の男児の百日の祝いに千円持って行った。

二月十日の文化面に「豆腐づくりと歌づくりと」と題するその小文が出た夜、私は、妻と妻の母や妹を伴い食堂に行った。「朝日文化面に文を書くなんて二度とないだろうから、今夜は記念にみんなにごちそうしよう」といった。「それに、私の文が〈ひととき〉に出てから一年目だというのも不思議ね」と妻がいった。ほんとうにそうだった。あれは昨年の二月九日だったのだ。

その夜、戸外は細い雨が降っていたが、私たちはほんとうに晴れやかなひとときを過した。稿料の残り二千二百円を、私たち四人は食事に使ってしまった。

妻の小箱

夜、眠る前妻は小箱を取り出す。もとは可愛い人形が入っていた美しい小箱だ。これが妻のお金箱で、その日たまった銅貨をその中にしまう。「ねえ、十円玉ひとつくれないか、そしたら百円になるんだけどなあ」といったりする。私はめったに妻に小遣いを与えない。貧しさに耐えた悲しい私の性格かもしれぬ。

しかし、妻には妻の工夫があって、毎夜小箱に幾らかずつの銅貨を貯めているのだ。私が毎日、夜の三人の食費として妻に渡す四百円で、彼女は母がいとなむ店に買物に帰るのだ。友ひとりない妻の、それが唯一の楽しみで、彼女は午後のひまをみつけては、買物籠をさげて小祝島へ帰って行く。母や妹と一時間すごしたあと、夜の食事の品を母から買って帰る。

母は元値でくれるし、時にはただでくれたりする。そうして余した銅貨を、妻は夜ごと楽しんで小箱におさめるのだ。残りが百円に満たぬ日は、私がたいてい足してやる。ほんの小箱だからすぐ溢れそうなのに、いっこうにそうならない。少し貯まると、妻はレース糸を買ったり花瓶を買ったり、カーペットや鉢花を買う。

時折り小箱が空になると、お金が欲しいなあとつぶやく。さすがにあわれで、私はソッと五十円玉幾つかを入れておいたりする。あぶらげを揚げそこなったりして店に卸せないのができると、それを売りに行かせて売上げをソックリやったりもする。そんな臨時収入をあてにして、私に早く揚げそこないを作れと、とんでもない催促をしたりする。

節分の近づいた日、私は妻に、家にある大豆を炒《い》って店に卸せば、もうけはみんなやるよと入れ智恵した。妻はそれから幾夜も熱心に大豆を夜更けまで炒り続けた。

そこばくのもうけ楽しみ幾夜さか節分の豆妻は炒り継ぐ

そんな夜々をしきりに粉雪が舞った。今も医師から絶対安眠九時間などと途方もない宣告を下されている私は、せめて五時間は眠ろうと、九時には床に入る。明朝のため、オルゴールを午前二時に合わせて、私はそそくさと数行の日記をしるす。しるす歌のない日は寂しい。サラサラと妻が豆を炒り継ぐ音を聞きつつ私は早い眠りに落ちてゆく。

たぶん、この冬もまた、私は一冊の本も読めぬまま過ぎるだろう。こうして繰り返される日々、私と妻の小世界に進歩などなかろう。これでいいのだろうか。眠りに落ちつつ、ふと寂しい疑問がよぎる。枕辺で作業衣のヤッケが油光りしてかすかに異臭を放っている。

雪に転ぶ

豆腐積み暁の闇ひらきゆく我が灯にかすかな氷雨《ひさめ》きらめく

豆腐五十ぶちまけ倒れし暁闇《ぎょうあん》を茫然と雪にまみれて帰る

この冬、まだ私は転ばぬ。だが、やがて転ぶだろう。来る年も、来る年も、雪が積めば転ぶのだ。なにしろ、私の豆腐を積んで通うのは、石と窪だらけの道だ。貝や牡蠣《かき》の殻が山のように捨てられているのだ。それらを、おおい隠して雪は積む。私の小さな単車の前輪が、この何食わぬ雪の下の石に乗りあげたり、窪に落ちたりすれば、たちまちスリップして転倒するのだ。荷台の豆腐は救いようもなく粉々に砕ける。それは常に暁闇の出来事だ。鴉《からす》さえ目覚めてはいない。転んだまま茫然と雪にまみれて、私はべそをかいている。私の通う道の何カ所も、そんな年々の悲しみの思い出をとどめている。「くやしさの窪」「呪いの石」「涙のカーブ」などとひそかに名づけて忘れぬ。

いいかげんに自動車を買えば、転んだりせぬのにと、同業が嘲笑する。だが、私は悲しみの転倒を、年々繰り返しつつ自動車を買わぬ。買えもしないのだが、ひとつには、私の根深い信念が、自動車を拒否するのだ。

私の恐れるのは自然の息吹《いぶ》きとの断絶である。降りしきる暁闇、頬や指を刺すように吹きつける雪片こそ、自然の荒々しい息吹きそのものと思う。私は、それを私の脈打つ肌そのもので触れていたいのだ。もし私が、自動車という箱の中におさまれば、もはや私の肌と、自然の息吹きは無縁になる。安全な箱の中から眺める雪と、肌を刺し来る雪と、それは虚像と実体の差であるはずだ。雪に刺されつつ、なおそれに耐えて雄々《おお》しく湧き来る生の確証は、自動車の箱の中では想像だにできぬものだ。

痩軀四十五キロの私に、吹雪はあまりにも辛い。まして生来の気管支病みで、喘息のように咳きこむ身であれば、自分で自分の身を痛める愚行だというべきかもしれぬ。だが、私は文明の利器、自動車を拒否する。箱の中から真上の星が仰げるか？　道の辺《べ》の草の、霜の輝きを見おろせるか？

私の単車は、時速十キロの徐行だ。柔らかい豆腐を静かに運ぶために。だが、徐行ゆえに見ることができるのだ。雑草の葉裏にすがって、ひっそりと越冬するてんとう虫の可憐な姿も。

（毎日新聞大分県版発表）

○

いつか、近藤先生が、私の歌の評の中で、私が豆腐の車を押してゆくように解されているのでびっくりしたことがある。五年前まで、自転車に豆腐を積んで廻った。足の弱い私は、坂などで、よく倒れた。やがて五〇ｃｃの単車カブに乗り始め、毎年買い換えている。五〇ｃｃ以上の大きな単車に乗る免許を、私は持たない。持つ気もないのだ。

大雪の日

山国川に淡くかげろうのもえる日が続き、もうこのまま春かと思い始めていた二月十五日、大雪が積んだ。私の三十一の誕生日だ。夜業へと起きてきたとき、深い積雪に細く雨が降っていた。雪害だろうか、幾度も停電したりともったりした。

　大雪に夜業の灯も消え深き闇ぬくきボイラーの陰にひそみぬ

暁闇、雨はまた雪に変わった。私は転ぶ覚悟で小祝島への配達に出た。単車を徐行させつつ、両足を雪の上に支えのようにすって進んだ。だが、それでも乗って進めなくなり、私は単車を降りて押し始めた。

　大雪を突きて豆腐を押し来れば小祝島の人ら賞め呉る

みな、とてもその朝、豆腐は食べられまいと諦めていたそうで、私が無事辿り着くと、驚いて口々に賞めてくれるのだった。

雪はいよいよ降りつのり、もう小祝島へ二度目の配達に行くことは不可能になった。だが、こんな日こそみんな豆腐を待っているのだ。午後たまりかねて、私はリヤカーに豆腐を積みゴム長に荒縄を巻いて出発しようとした。

妻もいっしょに曳くといい、マフラーで顔をくるみ私に添うた。それは予想以上の難行だった。百二十丁の豆腐を積んだリヤカーは、深く雪に喰い入り、力弱の私と妻には重過ぎた。自動車がきざんだ跡を行くのだが、すぐに前後から迫る自動車が、ヨタヨタする私たちをののしるように痛烈にクラクションを鳴らすのだ。私と妻はおろおろしつつ、リヤカーを道脇の雪溜まりに避ける。そしてふたたび、その雪溜まりから抜け出そうとすると、どうもがいても動かぬのだ。

そんなことの繰り返しで、結局いくらも進まず私はへばってしまった。妻もマフラーが風に飛んで、顔を雪にさらしている。私たちは雪の中で、しばらくみじめにたたずんでいたが、諦めて帰ろうとした。ところが、リヤカーはいよいよ動かぬ。とうとう、妻に紀代一を呼びにやった。彼はこの日、バスが絶えて小倉に出勤できず、わが家に来て、会社と電話連絡しつつあったのだ。紀代一の助勢でやっと家に帰り着いた。とんだ茶番劇だったなと寂しく笑った。

夕近く、私は思いきって単車でもう一度出発した。もし、今のうちに豆腐を届けておかないと、明朝はなお動けぬかもしれぬのだ。幾度も転びそうになりながら、心臓をドキドキさせて、私は小祝島の七軒の小店に豆腐を卸して廻った。動けなくなる私を、幾人もの人が後から押して助けてくれた。自分の非力をつくづく悲しいと思った。

その夜、とうとう夕刊は来なかった。いまさらのように、近年稀な大雪を新聞のない寂しさに実感しつつ、私も妻も早寝した。

大雪にびっくりして、誕生祝いのことなど、当人もだれも忘れていた。

朱の林檎

雪ごもる作業場したし豆乳の湯気におぼろの妻と働く

大雪がみっしりと積んだ日の作業場に、豆乳の湯気は常よりも濃く立ちこめた。冬の夜の湯気は、母のようになつかしく私をくるむのだ。おぼろになるまでの湯気のなかに立ち働いていると、睫毛《まつげ》までウッスリと濡れてくる。睫毛の濡れた妻を愛《いと》しいと思う。

亡き母もかく働きしか豆乳の湯気に深夜を睫毛濡れつつ

立ちのぼる湯気は、やがて天井に凝《こご》りゆき、明け近いころしきりに露を零《ふ》らすのだ。

豆乳の噴く湯気こごり天井ゆ明けは露零る髪にも肩にも

豆乳の湯気こごり零る露しげし頬かぶりして夜業の我は

雪が降り、湯気の濃い夜に湧く思いはしきりにやさしい。幾年も前の冬。雪の深々と積んだ夜、私は一個の林檎《りんご》を狭庭《さにわ》に埋めた。

夜業終ゆる明けは渇くと林檎ひとつ凍《い》ている真夜の雪に埋めおく

浄らな純白の雪に埋めた一個の朱の林檎は、その夜、私にとってひとつの美しい詩であった。

あぶらげを揚げ継ぎ噎《む》せて幾度びか深夜の雪を掴み来て食ぶ

油煙にくるまれてあぶらげを揚げ継げば、のどの渇きはしきりなのだ。庭の積雪を掴み来て食べるのもひと夜に幾度だろう。歯にしみるその浄く白いものは、私ののどをうるおし、私の詩心を濡らすのだ。

あぶらげを揚げ終え油煙に痛む眼を星空仰ぎ癒《いや》されており

真夜たぎる油の暗さを、じっとみつめて揚げ続けるとまなこが痛んでくる。揚げ終えてなお痛む眼に、夜空の碧い水のような深みが限りなくやさしいのだ。雪のいつしか晴れた夜空に、ひっそりとまたたく星を仰いでいると、眼の痛みも癒されてゆくのだ。

そんな真夜の静寂にひとり立ちつくすとき、私の中の詩心が、朱の林檎のようにひそかな輝きを返し始める。ああ、美しい美しい歌を詠みたいなあと涙ぐむまで思うのだ。

深夜をひとり、湯気に睫毛を濡らしていることも、雪を食べることも、雪晴れの夜空を仰いでいることも、みんな私は大切にしたいのだ。そんな小さなひそかな行為が、生きていることをたまらなくなつかしく思わせるのだ。このなつかしさ、このせつなさを詠いたいのだ。

どこからか、またあえかな粉雪が降り流れてくる。

月照らう甕《かめ》のにがりを汲む深夜どの雲ならん粉雪散らせ来

石工の友

仲淡き石工《いしく》の友をふと訪いて石の話をしみじみ聞きにし

やわらかな豆腐を造る職の私だからか、不思議に石工という職に魅《ひ》かれる。妻の若い叔父が、その石工で、山国川を越えた先の田圃中に仕事場を持っている。吹きさらしで、その日も粉雪が散りこんでいた。

黒光りする見事な石の台座が幾つか仕事場を占めていた。四十五万円の墓になるのだという。最初、その黒光りは塗色したのかと思っていた。だが彼は、隅にある灰色の石材を示して、この原石を磨くとこうなるのだといった。「こちらはまだ石の肌が死んでいるのだ」という。その言葉が、詩のように心にしみた。死んでいる石肌をふたたびよみがえらせる、そんな職の誇りに裏打ちされた確かな言葉だ。

話をしながらも、彼はコツコツとのみで小さな石柱に穴を穿《うが》っている。横の小川の水をすくって、そそぎつつ石を刻む。手が氷のようだと、ひらいてみせる掌は、千々にかがれて血が滲んでいる。刻んでいるのは墓の花筒らしい。四十分もコツコツやるのだと笑う。六分で穿つ機械があるから、将来はそれを買うつもりだ、だが四十分コツコツ刻んだ仕事が、労力もなく六分で済むなんて、なにか手応えがなくて寂しい気がするなあという。私が豆腐作業の機械化に抵抗を感ずると同じことを、彼もまた感じているらしい。

豆腐屋も石工も、元は手のみたよりにこつこつと働いたのだ。それでよかったのだ。だが否応《いやおう》なく機械は侵入を始め、それを利用せねば業界で生き抜けなくなってきたのだ。機械がひとつ入り、ひとつ楽になるだけ、ものを創る誇りや愛情や手ごたえが薄らいでゆくのに、私も彼もとまどっているのだ。若いくせに、二人とも職人気質《かたぎ》なのだろう。

彼の仕事場は、常に整然として石屋の乱雑さと遠い。なにしろ、がんぜき（竹製の熊手）を週に一本掃きつぶすという。いやしくも墓を刻むのにおろそかな態度で仕事はできぬと彼はいい切る。

こんな彼にこそ、母の墓を頼もう。だが、まだ遠い先のことだろう。子ら六人が協力し合って母の墓を建てようと誓って久しいが、だれひとり豊かにならぬまま、もう十三回忌を迎えようとしている。母はまだ当分、伯父の家の墓に仮り住まいしてもらわねばならない。

○

墓石材求めて石工の我友が山に発ちし日初霙《はつみぞれ》降る

ひたぶるの十年《ととせ》と思え亡き母にいまだ小さな墓さえ買えず

小さな歌集（「相聞」のこと１）

昨年の二月、なにごとにも内気で消極的な妻が、朝日新聞家庭欄の「ひととき」に投稿してみようかなといい始めたとき、私はびっくりした。何を書きたいのかと問うと、「相《そう》聞《もん》」をだれかに貰ってほしいからという。とにかく書いてみるからと、妻が生まれて初めてだといいつつ原稿用紙にむかったのは二月四日、立春の夜だった。

書きあげた妻の文を、少し私が直してやると、それをまた清書して、翌日氷雨の午後、妻は投函に行った。載るかしらと問うので、たぶん載るさと答えた。貰ってくれる人があるかなあと不安げな妻に、十人くらいはあるだろうよといいつつ、私にも確信はなかった。

私にはそんなことはどうでもよかった。消極的な妻が、初めてそんな積極行為をしたことに驚き喜んでいたのだ。ちっちゃな歌集に一人の貰い手もなくていいから、妻の投稿だけはぜひ出てほしいと願った。

私は毎朝、新聞を一番先にひらいて「ひととき」を見た。二月九日、「小さな歌集」は載った。仕事場の湯気の中におぼろげに働く妻に、おい出たぞ！　と私は声高く呼んだ。

○

小さな歌集（妻の投稿から）

昨年十一月三日、文化の日に私は結婚しました。夫は豆腐屋です。終日、忙しく働いていますが、頭の中で歌を考えているなあと気づくようなときがあります。はたして夜になると、こんな歌ができたよと、みせてくれます。夫は歌を始めてから五年になるそうです。

昨年結婚式が近づいたとき、彼は私に、結婚記念の小さな歌集を出そうと思うがどうだろうか、と相談したのでした。私たちの恋愛中、彼が私に贈ってくれた歌ばかりを集めて「相聞」という題にしようというのでした。とてもすばらしい思いつきだと、私も大喜びで、いっしょに印刷所に行ったり、原稿の浄書を手伝ったりしたのでした。

歌の数は三十四首です。これだけでは本にならないので、一首ずつに、夫は小さな文章を添えたのでした。それでもわずか二十九ページにしかならなかったのです。全部で六千円かかりました。四十部頼んだのに、印刷所の手違いで七十部もできました。式の日、参列の方々に配り、その後も知人などに贈って、なお十一部残っています。夫も私もあまり交友がないので、年を越しても十一部は机の上に置かれたままで寂しそうです。

「相聞」の歌は大半、朝日歌壇の入選歌で編まれています。もしどなたか読んでくださるならさしあげたいと思います。「こんなちっちゃな歌集」と夫は恥ずかしがっていますが、私にはこの上ない青春の記念として、未来の子どもたちにまで誇って残したいと思っているのです。

中津市船場町・19歳・松下洋子・主婦

驚きの始まり（「相聞」のこと2）

「ひととき」に妻の投稿が出たその朝、私たちが仕事場から、まだ朝食にもあがらぬ頃、近所の米屋の奥さんが「相聞」を貰いに来た。第一号だった。午前中、電報五通、電話で六人の申しこみがあった。午後五人の方が来宅されたとき、すでに十一部は予約ずみだった。こうなった以上、私は親戚を廻り、結婚式の日に配った「相聞」を事情を話して回収しようと思った。あの小歌集を引出ものとして配ったあと、だれもそれについて感想をいう者もなく、私は「相聞」が愛されているとは思わなかった。だが、廻ってみると意外にも、親戚のだれも「相聞」を手放してくれないのだ。みなひそかに愛しながら、口に出すのを照れていたらしい。

その日の暮れ方、ひとりの若い旅行者がためらいがちに私たちを探して来た。青森の人だという。商用で九州に来た帰途車中で妻の投稿を読み、ぜひその小歌集を貰って帰りたいと、わざわざ下車して探して来たのだ。妻が歌を好きなものですからと恥ずかしげに語る彼に、私たちは事情を話してお断わりせねばならなかった。大きなボストンバッグを提げて、すでに夜の町を、駅へと帰って行く後姿を見送りつつ、私も妻もせつなくてならなかった。

夜、思いあまったように妻が増刷をいい出したとき、私もすでにその気になっていた。意外にも、妻がその金を出すという。新婚旅行のとき、小遣いを使ってしまわずひそかに残しておいた四千円があるのだという。私の誕生日に、それで海色のセーターを贈ってくれる計画だったといい、そのかわり「相聞」増刷を誕生日のプレゼントだと思ってねと妻はいう。四千円なら四十部はできるだろう。その夜、電報がまた三通届いたが、すでに増刷を決めた私たちは安らかな気持ちで眠りに就《つ》いた。

翌日早朝、あぶらげを揚げているとき、郵便局のスクーターが速達の束を持って来た。三十通あった。私たちはびっくりしたがそれでも四十部増刷で、みんなに配れると思った。

午前十時、いつもの郵便屋さんが、分厚い手紙の束を紐でくくってドサリと配達して来たとき、やっと私たちは事態がどんなことになっているのかに気づき、唖然としてしまった。約二百通あった。

仕事の段落がついた昼前、老父も含めた三人で、一通ずつ廻し読みを始めた。島根、山口、九州全域からの手紙だ。高校生から八十過ぎの御老人まで、職種も実にさまざまだが、ただひとつ、そのだれもが歌を愛していることで共通しているのだ。

あんな小さな欄に、臆病な妻がソッとともした灯に、こんなに多数の人々が心を温めたのか、その感動に、ともすれば読みつつ涙が湧き来るのだった。妻の目もうるみ、そしてなによりも老父が一番先に目をぬぐいつつ、熱心に読みふけるのだった。

ひっそりと暮らしてきた私たち三人に、それは驚きの始まりだった。

毎日新聞に載る（「相聞」のこと３）

私たち三人が、手紙に読みふけっていたその昼、新聞記者が来ていよいよ驚きは増した。当地の毎日新聞通信局の尼田《あまだ》記者だと名乗る。いぶかしむ私に、尼田さんは「ひととき」の妻の文の切り抜きを取り出し、これについてうかがいたくて来たのですと告げた。

ほう、すごい反響ですねと、手紙の山を一瞥《いちべつ》して、彼は取材メモを取り出した。

私はアッケにとられてしまった。ライバル新聞の家庭欄の小さな投稿に、いちはやく取材の触手を伸ばしてきた彼の、鋭敏な記者感覚に感嘆しつつ、しかし取材に応じるのがためらわれた。だって、これは全く朝日が舞台なんですからと拒もうとする私に、尼田さんは少しもひるまず、でも現に朝日から取材に来てないじゃないですか、私は記者として、こんな感動的な話題をぜひ、報ずる義務があると思います。こんなことは一新聞の独占すべきものではないのですと、熱をこめて説かれるうち、私も妻も抵抗できなくなり、結局尼田さんのいろいろな質問に答え、最後には仕事場での二人の写真も撮られた。

当時、毎日新聞を購読していなかったので、妻の母に毎日新聞大分版を注目しておくようにと電話した。県版に載ると思ったのだ。翌早朝、妻の母がびっくりしたような声で電話してきた。昨日の取材がもう出ているというのだ。しかも県版じゃなく、社会面の真中に大きな写真入りで紹介されているのだと告げる。私たちはまた唖然となった。

暗いニュースばかりの紙面に、心を洗うような美しい記事を探すのも記者の大切な仕事ですと、強調していた昨日の尼田さんの言葉が改めて思い出された。さっそく、新聞を買って来て、老父と妻と私と、そして駆けつけた紀代一と、幾度も廻し読みした。

さすがに尼田さんは、妻の「ひととき」投稿や、私の朝日歌壇の投稿にはいっさい触れず、たくみにぼかして書いていた。

その日も二百五十通の手紙が届いた。もはや四十部増刷の小計画など粉砕されてしまった。どうすべきか悩みつつ、私は神経がたかぶると必ずそうなる食欲不振と下痢に苦しみ続けていた。

とりあえず、このどうにもならぬ今の事態を、みなに知ってもらうため、妻にもう一度「ひととき」投稿をすすめた。翌日昼前、朝日新聞学芸部より電話がかかった。妻の投稿を受け取って、初めて反響の大きさに驚いた朝日の家庭部から、明日、婦人記者をさしむけるというのだった。

その頃から妻の様子がおかしくなった。沈みがちでものもいわず、とうとう夜は食事もせず床に就いてしまった。傍に行ってみると、布団をかぶってひそかに泣いているのだ。私にはすぐ妻の気持ちがわかった。怯《おび》えているのだ。なにげなく投じた自分の小文の、この圧倒的な波紋に、小心な妻は今や怯え始めているのだ。

朝日新聞に載る（「相聞」のこと4）

「ひととき」担当の山下記者とカメラマン氏が来られた二月十三日は、粉雪の舞う寒い日だった。前夜から、私は妻の怯えをなんとか鎮めようと励まし続けていた。今度のインタビューの主役はお前なんだから、しっかりしろよと幾度も念を押していたのに、山下さんの質問を受ける妻は、もううっすらと涙ぐんでいた。はらはらしながら、私は代わって答を横取りした。

その日、手紙は約九十通でどうやら下火だと思われた。概算八百通を越えていた。私は増刷の件で印刷屋に相談した。摩滅しやすいタイプ印刷なので六百部が限度だといわれ、六百部の増刷を頼んだ。こうなった事情を説明して、私たちは誌代実費百円ずつをいただくことに決めたのだ。

二月十五日、奇《く》しくも私の三十歳の誕生日、朝日新聞家庭面に大きな記事が出た。あまりしゃべれぬ妻だったのに、それはとても好意的な記事となっていた。

昼、大分《おおいた》放送より若いアナウンサーが録音に来た。毎朝、ラジオ大分から放送される「この人と十分」というインタビュー番組だった。初めての経験で、差し出されたマイクにむかって、質問につぎつぎ答えるのは意外にむつかしかった。

その夜、雪降りしきる寒さだったが、姉夫婦、弟夫婦を招《よ》び、私の誕生祝いをした。私の三十回重ねた誕生日で、それはいちばん晴れやかな祝夜となった。一年間の闘病ののち復職した紀代一のことも共に祝った。いちばん嬉しそうなのは老父だった。母の急逝以来、六人の子と共に惨めに耐えてきた父に、この夜はこのうえもない夜だったのだ。酒の弱い一家は、少しの盃でみな紅くなった。妻は料理をほめられてよろこんでいた。

翌々日、ラジオ大分から再度、録音に来た。今度は三十分の録音構成を作製して民放祭コンクールに出品するのだと若いアナウンサーは意欲に燃えていた。私はうかつにもすっかり斜陽化したと思っていたラジオの世界で、なおこれほど真剣な意欲に燃えている彼に深く共感した。だがその日はまだ構成のプランをねり合っただけで、録音は後日に残して彼は帰って行った。

あわただしい日々、私は作歌をすっかり忘れていた。今や増刷の完了を待つ日々となり、封筒の宛名書きや名簿作製など、発送準備を妻と老父に任すと、私はまた詠い始めた。

任されて初めてあぶらげ揚げし妻は小さな火ぶくれいたわりて寝し

二月二十一日、第一次増刷三百五十部をやっと送り出した。春一番をすでにニュースは告げ始めていた。

豆腐売れぬ悲しみの季《とき》と未だ知らぬ妻は稚く春待つらしも

第二次増刷を発送して、やっと「相聞」騒動が一段落したのは二月二十三日だった。

マイクに怯えて（「相聞」のこと5）

「にがりの中の歌」と題も決めて、大分放送から最終録音に来たのは二月二十七日だった。その日の録音には、妻へのインタビューが必要だった。あらかじめアナウンサーは質問を妻に教えて、その答を用意させてから録音に入った。いいですか、奥さん始めますよと、彼は念を押しテープを廻し始めた。まず、彼が質問をマイクにむかっていっておいてから妻に差し出した。

ところが、妻は突きつけられたマイクに、にわかに怯えたのだ。あれほど答え方を用意させておいたのに声を出せないのだ。テープはむなしく巻き取られるのに、妻の顔は紅潮するばかりでどうしてもしゃべれないのだ。一度テープを止めて改めてやり直したが、怯えた妻にもうしゃべらせることは不可能だった。

みるみる眼に涙が溢れてきて、アッこぼれる！　と思ったとき、妻は急に隣室に逃げこんだ。行ってみると泣いている。アッケにとられる彼に、私はもうとても駄目だと首を振った。彼も困《こう》じ果てた顔をした。今日じゅうにまとめて帰らねば、作製期日がないのだ。どうでしょう、声だけなんだから妻の代役を立てたら？　というと、彼もやむなく承知した。私は幼稚園に勤める姉に電話で来てもらった。声の若さが自慢の姉だが、十九の妻と三十二の姉の差は隠すべくもない。だが、そんなことはいっておれぬ。手短に事情を説明して、ただちに録音に入った。

妻へのインタビューが終わると、豆腐作業の音を収録することになった。ちょうど、午後の仕事を始めねばならなかったので、豆磨機を始動させバーナーに火を点じた。だが音だけでは豆腐作業の状況がわからぬので、仕事ぶりを説明する会話を妻との間で交せと、アナウンサーに指示されて、私は妻ならぬ姉と、さりげなく会話しつつ、しきりに照れていた。

そんな録音の間じゅう、妻は二階にひとりこもって忍び泣きしていた。老父が心配して呼ぶのに、恥じて降りて来なかった。アナウンサーは夕べまで頑張って洩れなく生活の音を集録して帰った。私が配達に行く店まで従《つ》いて来て、ときならぬ録音に店の人々を珍しがらせた。

翌日、今度は某テレビ局から電話がかかってきた。あなたたちのことを取り上げたいが協力してもらえるかというのだった。いったい、どこまで波紋は拡がってゆくのか？　私はマスコミに乗ることの恐ろしさを痛感した。マイクにさえ怯える妻を、テレビカメラにさらしてなろうか。私はきっぱりと断わった。

歌を詠むなんて、あくまでもひそやかな私事《わたくしごと》のはずだ。偉いことでも誇ることでもないはずだ。妻よ、もう泣くな。騒ぎはすんだのだ。またひそやかな二人の世界に戻るのだよと、その夕べ私はむしろ自分自身にいいきかせていた。

（以上五編、雑誌「九州人」発表）

春

結婚記念に作った小歌集「相聞」が思いがけない話題を呼んで、初めてテレビ出演。

蕗のとう

三月三日、雛の節句はとても青く晴れたのに、私はひとり寂しい思いをしていた。その日、今年初めて朝日歌壇のボツになったのだ。三十首並ぶ中に、自分の歌を一首も見出せぬ寂しさは、熱心な投稿者ならだれも切実に知る経験だろう。よくボツになる私は、そのたびに寂しい思いをくり返している。せいぜい五、六度連続入選すれば、必ず一度はボツになるのだ。昨年から数えて五度続いたから、そろそろボツだぞと覚悟はしていたが、やはりこの一日、寂しい思いをどうすることもできなかった。

そんな私の寂しい気配を察したのか、妻は小祝島に行き、母の家の裏庭から蕗《ふき》のとうを摘んできた。私に早春の歌材を見つけてくれようとする妻のひそかな心配りなのだ。沈んでいた私の心に、その三個の蕗のとうは、ほんとうに思いがけぬ贈り物だった。蕗のとうの苞《ほう》をほぐすと、苞のやわらかな内側に露がたまっていた。中の花穂にも露が小さく宿っていた。鼻を近づけると、まぎれもない蕗の香だった。

　その里ゆ妻が摘み来し蕗のとう苞をほごせば露だきており

歌ができてよかったねと妻は微笑した。私たちは蕗のとうの食べ方を知らなかった。しかし歌材とした三個の蕗のとうを、ゴミ箱に捨てるのもむごい気がして、せめて草生のなかに置いてやろうと、私は河口の土手まで出かけた。土手のなだれの草生に、私は三個の蕗のとうをソッと置いた。その草生に大きな捨石があり、その陰にまだ小さな雪が残っている。二月半ばの積雪が、とうとう三月まで解けずにあるのだ。河口からふり返る山々にも雪襞《ゆきひだ》が濃い。あの嶺々の雪が解けて、白水沫《しろみなわ》を立てつつこの河口を流れ海へそそぐとき、ほんとうの春はくるのだろう。

今日の海は晴れて青い。その遥か、水平線に淡く陸影が見える。周防灘《すおうなだ》をへだてた対岸の宇部《うべ》だとだれかに聞いた記憶がある。宇部には、朝日歌壇の投稿仲間として、まだ見たことのない知己《ちき》がいるのだ。あの人も、しばらく歌が出ないなあ、きっと寂しい思いでいるだろうなあ。ハガキでも書いて励まそうか、いやそんなことをすれば、かえって辛い思いをさせるかもしれぬ、ソッとしておこうなどと思ったりする。先刻からしきりに一羽の烏が、かもめを追い廻している。

　此の河口のいたずら烏に追われつつ逃ぐるかもめも早くは飛ばず

沖からの風の冷えに、急に気づいたように私は帰って来たが、思わぬ長居だったのだろう。夕べ頭痛が始まった。蕗のとうを捨てにいって、私は風邪をひろってきたらしい。悪《お》寒《かん》のするまま、葡萄酒をグラス一杯飲んで早く床に就いた。妻は、母の十三回忌に遠くから帰り来る弟たちのため、美しい布団を縫い続けている。

義母のこと

義母が来たのは、母の死の翌年の晩夏だった。姉は秋には嫁に行くことになっており、女手のなくなる家庭に、どうしても義母が必要だったのだ。

幼稚園の女の子をひとり連れて、何の荷物もなく彼女はやって来た。この母娘も貧しかったのだ。そして、その子が小学校四年になった年、ついになじまなかったわが家から二人は出て行った。というより、私たち子らが追い出したといった方が本当だったろう。雨の降りしきる日、近所にあいさつ廻りをして去って行く母娘の明日を思うと、さすがにあわれで胸が痛んだ。だが呼び戻して共に暮らせば、また些細なことに憎み合い疑い合う日々だろう。人間の心は、なぜこうもあわれなのか。

義母なりし人去りて三日誰がせし生母の遺影又壁にあり

私たち兄弟は、とうとう四年間一度もその人を母、その子を妹と呼ばなかった。そして、母の遺影を壁からはずし、その人のいた四年間、机の奥深くへ隠しこんでいた。義母が去ると、さっそくだれかが、待ちかねていたように、母の写真を壁にかかげていた。

それほど私たちは苛酷な子らであった。殊に三番目の弟、和亜が、義母に辛くあたった。自分は家のために何の助けもせず、ただ遊び廻って帰り来るのに、義母のつくった夕《ゆう》餉《げ》を毒づきののしるのだった。ある夜、いつものごとく「今度こんなおかずをつくったら承知しないぞ！」と義母をどなりつける弟に、私の方がたまらぬ気持ちで、止さぬか！とどなり返し、とうとう私と弟の大喧嘩となった。その夜のみではない。その頃の夕餉はいつも争いの集《つど》いだった。

私たちは立腹すると、その母娘を豚の母娘だとののしり、彼女は、私たちを軽蔑した。義母は悪い人ではなかった。ただ血の違いが決定的だった。私たちの血が、どこかせん細で弱々しく夢みがちなのに、彼女の血は現実的で荒々しく、夢を軽蔑していた。その異質が悲劇だった。父は義母と子らの板ばさみにあって辛そうにしていた。

彼女は彼女なりによく働いたのだった。豆腐の売れぬ春に、おから寿司などを工夫したのも義母だ。稲荷《いなり》寿司のごはんの代わりに、おからをつめて店々に卸したのだ。早春にふさわしい淡い味が好まれてわりとよく売れた。彼女が去ってのちの春、もう私たちはおから寿司をつくらない。

貧しい者同志ほどいたわり合って生きねばならぬ世に、私たちはとうとう四年間、心を触れ合うひとつの思い出もつくらなかった。生き抜いていくということはなんと寂しいことなのか。子らのために、義母を去らしめねばならなかった父の寂しさに、その頃、私たちはまるで気づかなかった。

私の献立

イカ（35円）とネギ（20円）のあえもの。
京菜（5円）と豆腐を煮る。
ジャガイモ（15円）の醤油煮。

昭和三十六年三月二日の日記に書かれている私の夕餉の献立だ。翌朝は野菜サラダ（70

円）と浅蜊《あさり》（15円）の味噌汁だ。それが父と私と二人の弟たちの食事だったのだ。どの日を調べても、私は百円以下の献立を組んでいる。男四人の夕餉が、僅か百円ですませたことを、いまさらの驚きで私は読み返す。いかに物の値が安かった七年前とはいえ、その頃の私たちの食卓はこんなにも貧しかったのか。義母が去ってのち私が買物に行き、不器用に料理し、飯をつぎ分けたりしていたのだ。

そんな日々、二十四の私は、恋も結婚もあきらめ果てていた。こんなにも弟たちが家出したり戻って暴れたりするすさんだ家庭に、貧しさも労働も、そして私の病弱も承知で嫁に来てくれる乙女などいるものかと、私は寂しくあきらめていた。そんなある日を、私はこう書き残している。

三月三日。快晴。馬鹿みたいな顔をして、ノッタリノッタリ自転車をこいで、町まで魚を買いに行く。あじ三尾五十五円。刺身が欲しかったが、節約々々と自分にいいきかせてあきらめる。こんなまぶしい陽光の中を帰りつつ考えることは、それはそれは寂しいことばかりだ。こうして行き交う多くの娘たちも、まるで私など影のようにしかみえないのであろうと思うと、どうしても寂しい寂しいあきらめに堕《お》ちてしまうのだ。あと幾つ歳を重ねても、私はやはりこんなふうにみにくい痩せ果てた体で、汚れジャンパーを着ながら、父や弟たちのため、三尾のあじを買いに自転車をノタノタとこいでいるのだろうなあと思うのだ。いいさ、この病弱な体は、もうそんなに永くは生きないだろう。それまでは頑張って、澄んだ瞳に愛をいっぱいに溢れさせて耐えぬこう。だれひとりから愛されずとも、私の心からやさしさの灯を消してはならぬのだ。もし弟たちが一人前になったあと、なお私は生きているのだったら、ひっそりとどこか遠い所に消えて暮らそう。つい、そんな思いにふけっていたら、私は夕べの町なかで眼にいっぱい涙をはらんでいた。

○

勤務が早く終わる土曜など、ときおり姉が夕餉の用意に来てくれた。私のつたない料理でうんざりしている家族に、それは待ち遠しいごちそうの日だった。そんな夜の日記に、私は太い文字で書きこんでいる。今夜はオムレツだった！　と。

今思えば私たちはほんとうにあの頃の貧しさによく耐えた。満よ、お前が中学校を卒業した日、それを家族で祝う夕餉だといっておれがつくった献立は、スライスハム（30円）をはさんだ食パン（60円）とココア五杯（50円）でしかなかった。三月七日夕べの食費計百四十円だと書き残してあるのだ。

妻、選挙権を得る

極端な役所嫌いの私は、婚姻届けにも出向かず、妻を入籍せぬまま、一年数カ月を経てしまった。成人式の通知も選挙人名簿登録の通知も、妻の実家の方に届いた。やむを得ず、私は役所に出向いた。晴れの選挙人名簿に、いくらなんでも旧姓で登録させるわけにはいくまい。二月十日、妻は正式に旧姓三原から松下洋子となった。

二月二十六日、妻は新成人の選挙人名簿登録に行った。妻もまた、私以上の役所嫌いだが、選挙権を持つことの意義を、私から深く説き聞かされ、初めてひとりで役所に出向いたのだ。妻はサイネリヤの鉢花をかかえて帰って来た。晴れやかであった。

　　選挙人名簿に登録終えし妻サイネリヤを買い抱きて帰りぬ

三月九日の朝日新聞夕刊で、福岡市の新成人八十二パーセントが未登録に終わったという記事を読み、私は唖然とした。由々《ゆゆ》しいことだと思った。周囲の大人にも一票への軽視があり、それが新成人にも影響しているのではないか。これは大いに論じられるべき問題だと思った。だれかがとりあげるだろうと、朝日の「声」に注視したが、いっこうにだれも論じない。しびれを切らして、私は十二日に投稿した。だが載らなかった。これほど重要な問題を論じたのに、なぜ載らぬのか不可解で、不満のまま時を経て、二十二日の「声」に、思い出したようにそれは出ていた。投稿して十日目だった。サイネリヤの歌を冒頭に書いていたのに、それはみごと削られていた。

一票の重み再考を（「声」より）

新成人として、選挙人名簿に登録に行った妻は、帰途心がはずんで、つい花屋に寄ったといい、美しいはち植えの花を抱いて戻って来た。新成人のほんとうの感慨は、成人の日よりも、むしろ選挙人名簿に自ら積極的に登録する瞬間にこそわきくるものであろう。ところが本紙によれば、福岡市の場合、実に新成人の八十二パーセント一万人近くが未登録に終わったというのだ。時代をになうべき新成人の、この政治意識の極端な不在に唖然とする。一方には政治意識のかたまりのごとき戦闘的全学連があり、他方では同世代のこの圧倒的無気力、おそらく登録に出向くのが面倒だったのだ。選挙の一票の重みを意識していないのだ。私は先の佐世保闘争の日、全学連諸君に角材を捨て選挙で闘え、そのための地道な啓発運動こそ意義が深いと本欄で訴えた。昨日佐世保、今日成田と英雄的転戦に陶酔していても、現に九大を拠点とした君たちの闘争を目撃したはずの福岡の若者たちでさえ、目ざめはしなかったのだ。君たちをも含めて、われわれ自身、選挙の一票の重さを再考し、積極的に新成人にも説こうではないか。参院選は近づいている。

テレビを禁ず

テレビのみ観る夫婦になどなるまじと星仰ぎいて強く汝《なれ》に云う

同じドラマ映るテレビを窓ごとに見ゆく寂しさ夜にあゆみて

老父の耳が少し遠くなった。高らかに響かすテレビの音が、二階まで筒抜けに聞こえてくる。テレビが唯一の楽しみの父に、それを責めるのも辛く、私と妻は、夜々、テレビを逃れて外出する。河口を散歩したり、妻の里を訪ねたりするのだ。妻の里はテレビを置いてない。

そんな夜々の散策に、私たちは見るともなく、窓々の内を見てしまう。部屋の一角にテレビが青白くともって、その前に家族がぼんやりと坐っている。隣の家も、その隣も、同じ光景が続く。家庭の夜が、こんなに悲しいものであったはずはない。夜の窓とは、ほのぼのと暖かい家庭の象徴ではなかったか。生き生きと家族の対話と笑い声が洩れ来るものではなかったか。今、窓から洩れ来るのは、テレビの音とそれに反応する無気力な笑い声のみだ。家族の会話はどこに行ったのだ？　こんなものが家庭であろうか？　たまたま映画館で、ひとつのスクリーンに見入った同席の他人と、どれだけの違いがあるのか？

テレビなどなかった日に母は逝ったが、今も私の思い出の中に夜の団らんは温々《ぬくぬく》と残っている。六人の子と父母の、生き生きと騒がしい会話から生まれた家庭の夜のぬくみなのだ。テレビというこの味気ない一個の箱が、家庭から一番尊いものを奪おうとしている。

私たちの居室、二階にもトランジスタテレビがある。

私たちの結婚の日、姉が中心となって弟たちみなから贈られたものだ。老父と幼い妻では、観たい番組が全然違うだろうというみなの思いやりであった。私もまた、妻がその小さなテレビを観ることを許してきた。妻とはいえ、まだ十八の彼女にテレビまで禁ずるのがかわいそうに思えたのだ。

だが、妻も二十歳になった。私はこの春から、妻がテレビを観ることを原則的に禁じた。ただぼんやりと受身で観続けるテレビから得るものなどないことをいいきかせた。今、悲劇のドラマを観終えたと思うと、もう寸暇なく次の喜劇が始まって笑っている、そんな狂気めいた愚劣さを考えるがいい。それが、テレビ麻痺の人々の夜なのだ。

私の禁を、妻は守っている。そんないじらしい妻を寂しがらせてはならぬ。私は夜を、できるだけ妻と語り合おうとする。読書していても書いていても、必ず幾度となく顔をあげて話しかける。テレビを拒絶することで、夫婦の愛がより深むのでなければ意味はないのだ。

テレビにしか反応せぬ世代が育ちつつある。彼らは、私の頑《かたく》なな理想など押しつぶして、新しい文化の潮流を形成するだろう。私も妻も、そんな新しい奔流から押しのけられとり残されるだろう。だが、私は理想を貫きたい。妻も従いてきてくれるだろう。

「相聞」のこと6

今日の夕べ、北九州の古本屋が「相聞」を買いにきた。古本屋に「相聞」を探しにくる人が時々あるのだという。もちろん、残部はなく、わざわざのご足労に報《むく》えないのが気の毒だった。だが、こんなにも、あのチッチャな冊子は愛されているのかと、私はいまさらに驚いた。

思えば夢のようだ。私たちがこの小冊子を作ろうとしたとき、それは全くひそかな行為であり、その後の、あの多彩な波紋など想像だにできなかった。こんなことになるのなら、もっと立派な冊子に作っておくんだったのにと、妻に語るのだ。

「相聞」を思いついたとき、その対象は、全く私と洋子の両親族のみだった。およそ歌などに関心のない親戚に読んでもらう小歌集として、私は、できるだけわかりやすいものにしようとつとめた。

「相聞」を結婚式の参列者に配るということに、私は二つの意味をこめていた。第一は、いうまでもなく私と洋子の青春の記念としてである。生涯でいちばん純粋な愛の記念のアルバムとしてである。いわば、私と洋子のみに意味のあるひそかな行為なのだ。だが第二の意味は対外的なものだった。「相聞」により、私たちの愛を周囲に理解してもらおうとしたのだ。それを必要とするほど、当時私を取り巻く誤解と偏見は大きかった。

昭和三十七年五月二十八日の日記を、私はこう書き始めている——どうしてそんなことを考え始めたのだろう。私の淋しい想念が、この夕べ急に展開を始める。今から五年間、ひそかな思いに耐えて待とうか——その日、私は未来の妻を洋子と決めたのだ。洋子は私が豆腐を卸す店の長女で、その日、中学三年の修学旅行に行っていた。

それ以来、私の「待つこと」は始まった。だが、二十六の私が十五の稚き者を待ち始めたのだと、だれに告げえようか。私は黙々と忍び続けた。女のいないすさみ果てたわが家を心配して、伯母たちをはじめたくさんの人が持ちこむ見合いを私は拒絶し続けた。結婚なんかせぬのだと私は笑っていた。それを私のはじらいだと思った者たちも、拒絶が意外に固いと知り、しだいに怒り始めた。私の態度が理解できぬまま、変人だ親不孝だと、非難は根深くなった。

　弟たちはすばやく結婚して家庭を築いていくのに、変人の長兄は何を考えているのかと蔑《さげす》まれつつ、私は耐え忍ばねばならなかった。そうして成就《じょうじゅ》した愛なのだ。晴れの結婚式の日、私は今こそ告げたかったのだ。変人でも親不孝でもないのだ、ただひとつの愛を完《まっと》うする日をひしひしと待って貫いたのだと。「相聞」を、その証《あか》しとして、私はその日の参列者に配ったのだ。

　洋子の側も非難を受けていたのだ。わずか十八歳でなにを急いで結婚させるのだ、しかも相手は十一も年上の貧しい豆腐屋に過ぎぬではないかと。そんな誤解も解きたかった。引出ものの「相聞」は、切ない思いをこめて、その日の参列者三十人に配られた。

ふたつの手紙（「相聞」のこと7）

　亡くなった婚約者の位牌に供えたいから、ぜひ「相聞」を一部わけてほしいと、若い女性から唐突な手紙を受け取ったのは昨年の今頃だった。同じ病院に療養していて愛し合った二人だという。二人が中心となって作っていた療養者の文芸同好誌が幾冊か同封されていた。亡くなったという若者の文章を幾つか私は読んでみた。稚い文章ながら、純粋なものを感じさせた。

いつからか、二人は新聞に出る私の歌を愛してくれたらしい。たぶん、私の歌が愛の賛歌へ傾いていった頃、彼ら二人も、その愛を深めていったのだろう。私の歌への共感が深かったのだろう。病むままに、二人はひそかに婚約をしたという。昨年二月十五日、朝日新聞に「相聞」の記事が出たとき、彼は「すばらしい！」と感激したという。「ぜひ、私たちも貰いましょうよ」と彼女もいったが、実にその夜から、彼の容態は急変し、間もなく亡くなったという。肺結核だった。彼女自身は心臓を病んでいたが、やがて癒えて退院した。そして、せめて生前見せることのできなかった「相聞」を彼の位牌にみせたい願いで、その手紙を書いたのだという。

だが、彼女にあげる「相聞」はすでに一部もなく、やむなく、私たち夫婦の保存用の一冊を貸した。急逝した若者のことが、たまらなく胸に迫って、ただ一冊しかない「相聞」を、私たちはその未知の女性に貸した。彼女は、それを持って、亡き人に見せに行ったのだろう。返されて来た冊子に、亡くなった人の母の歌がはさまれていた。

香流る仏壇に今供えたり子があくがれし相聞歌集

亡くなった彼を、永遠に婚約者だと思うと書いた彼女は、その後どうしているだろう。もう手紙はこない。

○

失恋の痛みをさらけ出した手紙を受け取った。匿名の若い女性からである。なぜそんなことを書いてきたのか、不審のまま読みすすむと、最後に奇妙な願いが書かれている。「相聞」を、ある男に送ってくれという頼みだ。それは、自分を捨てて新しい女に走った恋人なのだといい、送るべき男性の住所氏名を明記してある。何の添え書きもせず、ただ「相聞」を一部送ってくれればいいのだという。

純粋な愛の賛歌「相聞」を読んで、彼の心が、あるいはもう一度、私に帰ってくるかもしれないと思うからですと書かれていた。

誌代だといって二百円、同封してあった。もし、なければ、二百円は自由にしてくださいとも書かれていた。「相聞」はむろん、一部もなく、返却しようにも、匿名ゆえ、すべもないまま、厄介な二百円は私の机の小引き出しに眠っている。彼女には、たぶんもう恋人は帰ってはきまい。彼女の傷は癒《いや》されているだろうか。机の中の金をみるたびに、私は少し寂しい気持ちになるのだ。

「つたなけれど」

「相聞」八百部を増刷して発送するとき、私たちは誌代と送料を含めて百円だけ送ってくださいとお願いした。増刷の費用が払えなかったのだ。みなこころよく送ってくださり、百円以上の方が多かった。精算してみると、私たちは「相聞」で一万余円もうけていた。困ってしまった。善意で送ってくださったのを返すのも非礼に思われた。

思い悩んだ私は、新しい冊子を作って、お返しに送ろうと考えた。もうけの一万円に、自費を足して、新しい冊子を作れるだろう。それをお礼に贈るのだ。思いつくと、もう私は書き始めていた。新しい冊子に「相聞」以外の、私の生活歌を集めてみるつもりだった。その中に、自分の苦しく寂しかった過去をありのまま書いてみようと思った。

母の死のこと。それ以後の家庭の崩壊のこと。ふしあわせな弟たちのこと。豆腐屋という職の寂しさ悲しさ。

「相聞」を読んだ感想に、私が恵まれた環境の中で、なんの生活苦もなく、みなから祝福されつつ愛を摑んだのだろうと、うらやんでいる人が、かなりあった。それらの人は、みな不幸な方々のようだった。その人たちに知ってほしかったのだ。私が、どんな苦しみに耐えてきたかを。寂しさに耐えてきたかを。

私は洋子が眠りに就いたあとも、やむにやまれぬ気持ちで書き継いだ。苦しかった日々の記憶が、あざやかによみがえり、母の死の章を書く頃、原稿用紙に垂れる涙で、書き進めないほどになった。

多忙な仕事の日々、大分放送の録音も来たりしたが、とうとう眠りを犠牲にして三日間で書きあげた原稿を印刷所に持ちこみ、無理をいって、早急《さつきゅう》な印刷にかかってもらった。

　我がつくる豆腐も歌も我が愛もつたなかりされど真剣なり

扉にしるしたこの歌から、題を「つたなけれど」と決めた。その表紙の字を、父に書いてもらおうと思った。

父は「相聞」に寄せられた人々の善意の手紙に深く感動していた。索莫と老いゆくのみだった父の心に、あざやかにひとつの灯はともったのだ。「世の中には、いい人が多いんだなあ」と、ひとこと呟《つぶや》いたのみの父だが、その感動の深さは、私にもわかるのだった。

父は照れつつも筆をとって、稚拙な字で「つたなけれど」を書いた。私は冊子の中に、ひとつのあいさつ文を折りこみ、その隅に小さな活字でソッとしるしておいた。——写真すらまるで残していない老父に、せめて小さな記念だからと、尻ごみするのを励まして、今度の冊子に筆をとってもらいました。私事ですが、こう書かせてください。題字、松下健吾。

「つたなけれど」は六百部発送した。「相聞」の読後感想文を寄せてくださった方に、洩れなく贈った。それが私と妻と、老父三人からの感謝だった。

「つたなけれど」後日

稚な過ぎあわれゆえ未だ子はなせぬと老父に詫びおり妻の居ぬ日に

「つたなけれど」を書き継いでいた日、私はこんな歌をつくった。その歌が新聞に出ると、妻も、妻の母も寂しがった。

三月十五日に「つたなけれど」を発送した。下関の中島如水氏が、いきなり「ナミダタリテヨム」と電報を打ってきたのには驚いた。それを最初として、たくさんの感想が寄せられ始めた。私が「つたなけれど」の前書きで「洋子はとても平凡な女なんです。毎夜、お菓子を食べてばかりいるんですよ。本なんか絶対に読みません。私が読んでいてさえ、寂しがって目をふさぎにきて邪魔するのです」と書いたものだから、たくさんの方々が各地の銘菓を贈ってくださり私たちをびっくりさせた。嬉しい日々だった。

心がはずんで、とうとうある日曜、妻とその妹を連れて郊外にサイクリングした。

つくしを摘み、芹《せり》を摘み、いぬふぐりが地の星のように咲く土手を歩いた。

　よろこびが地を噴きしごと咲き満つるいぬふぐりの土手妻とゆきゆく

また、毎日新聞の尼田記者が取材に来て、今度はいやがる父も加えて三人の写真を撮って帰った。三月二十三日の毎日新聞夕刊に「つたなけれど」のことが載った。老父の写真が、初めて新聞に出たのだ。愉快そうであった。私たちはしあわせだったが、弟、紀代一はその頃、また病んでいた。日記に私はこう書いている。

――人間の世界に、なぜ病気などあるのだろう。せっかく一年の闘病に克ち、復職もかない、哲子さんも妊《みごも》って、希望にあふれていた紀代一が、また突然病んでいる。足の関節に再び水がたまり始めたのだ。あわれだ。本当にあわれだ。うちひしがれている。夜、洋子と二人で励ましに行く。二千円持って行ってやる。しばらくいて、帰途二人で、ぜんざいを食べた。福沢通りの並木柳が、しるく芽立っているのに、いまさら気づく。あまりにやさしい色なので、少し摘み取って帰る。

　食べたいほど柔しと不意に柳の芽を嚙みたる妻がほろ苦さ云う

そんな日々、私の歌は妻のことばかり詠《うた》うようだった。いけないなあ、雄々しくないなあと思いつつ、そんな歌しかできなかった。

父母の島の漁協放送乗せ来ると春嵐の中に耳澄ます妻
炊事場と豆腐作業場往き戻り朝けひととき髪乱れ妻
妻の里の小祝島に豆腐売りて初燕見ぬ帰らば告げん
いさかえば小祝島へ帰りゆく妻に母あり癒《いや》され戻れ

夜々散歩する公園にぶらんこあり

妻なれど私は十九とぶらんこの汝よ星座を蹴るがに躍る
我が瞳にわたしが居るとのぞきこむ妻の瞳よ我が映りつつ

抒情

真夜独りの心おのずと優しくてくどの小蟻ら逃がして点火す

五島美代子先生評。これから一日の勤労に入ろうとして真夜独り起き出でたこころの何物にもまだ犯されていないすがたを、具体的な事実によって表現している美しい一位の作である。

細ごまとこぼれおからをくわえゆく夜の蟻かなし踏まず働く
夜業へと入りゆかんとする刻《とき》寂し溝の深処《ふかど》には鼠鳴きていぬ
明け四時を働き倦《う》みてふと来にしサーカスの暗きに象は立ちいつ

五島美代子先生評。いろいろな角度から生活の実態そのものをうたいつづけてきた作者が、はっと詩に開眼《かいげん》させられたような作だ。

星いくつまだ見え残る明けの土手麻痺のあゆみを慣らす少女いぬ

近藤芳美先生評。麻痺の足をひき、ひとり夜明けの土手を歩みこころみている病後の少女。土手の空にはまだいくつかの星が消え残っている。それだけのことを歌った一首目の作品だが、清く透明な詩情が流れている。

睫毛《まつげ》まで今朝は濡れつつ豆腐売るつつじ咲く頃霧多き街
たぎり立つ豆乳汲み取る我に向かいいま真東より朝の陽は差す

五島美代子先生評。勤労のなかに没入して無心に近い朝のこころである。たぎり立つ豆乳、真東にのぼる太陽、さまざまな生活感情の陰影も消え去って、まぶしくかがやくひとときである。

あぶらげを揚げつつ見ゆる朝の辻小鈴鳴らして園児ら渡る

近藤芳美先生評。今回も松下竜一氏の作品を首位に置いた。たくみな作者とはいえないが、どの歌にも、日常の生活の中の人間のかなしみのようなものを具体的な眼で歌い出している。この場合、小鈴鳴らして園児ら渡る、という一句がそれに当たる。さらに上句の、あぶらげを揚げつつ見ゆる朝の辻、の表現が、作者の生活と孤独な心とを的確に語っている。

揚げ並めてゆくあぶらげは香に立ちて朝日差す間は金に光りぬ

水底に豆腐並めゆく我の手が水透きてやさしく白く見ゆるを

我が寂しき吐息くるみてシャボン玉悲しきまでに消えず浮きゆく

つつがなく商い終えて積みあげし豆腐缶九個に入り日照り来る

携帯の無線機に父を呼ぶ子いつ漁火《いさりび》沖に見ゆる土手来て

近藤芳美先生評。はるかな沖の漁船にむかって、携帯無線機で父を呼んでいる子がいた、という一首目の作品であろう。それだけのことを歌いながらなぜとなくあわれさともいえる一種の感じがこの作品にまつわる。

妊りて

やわらかにものの芽濡るる雨の午後妻に確かな受胎告げらる

三月十六日、雨の朝。妻は産院に行って受胎を確かめてきた。ものの芽の萌《も》え出る季《とき》に、新しいいのちが妻の内に宿ったことを、なにかとても美しいこととして私は聞いた。

このうえもなく、やさしいこととも思えた。

受胎をば医師に確かめ来し妻は今宵乳房が温《ぬく》むと告げぬ

妻は、よほどうれしく、せつないようだった。

妻は昨年五月、一度妊《みごも》り、そのときも私は詠った。

みごもりしを母に告げんと行きし妻青梅もらいて夕べ帰り来

その歌が新聞に出ると、多くの人たちが慶《よろこ》びのたよりをくださった。中には育児書など送ってくださる方もあった。だが、七月の終わり近く、妻は突然流産した。

流産せしいのち思うと盆の夜の小さな御明《おあ》かし妻はともしぬ

悲しみの妻に、なあに若いんだから、またすぐできるよと慰める手紙が幾通も届いた。その秋、姉や弟夫婦に、あいついで男児が誕生し、周囲の晴れやかなにぎわいの中で、妻ひとり、ひそかに肩身の狭い思いをしているのが、あわれだった。

犬を可愛がり過ぎる夫婦には子供ができないと、どこで聞いてきたのか、妻はそれ以来、ラムに辛く当たった。今年の一月、ラムが悲惨な死に方をしたあと、妻はそのことで、深く悔いているようだった。だが皮肉にも、ラムが死んで間もなく、妻はほんとうにまた妊ったのだ。ラムは可哀そうに、犠牲になってくれたのねと、信じこんでいう。やがて、妻の嘔吐が始まる。苦しんで吐き続ける妻の辺で、私は罪あるもののごとく、ただおろおろしている。

妊りて嘔吐にあえぐ妻の眼にしぼるが如き涙にじみけり

妊りて過敏の妻は春嵐にむせびたる如く不意に嘔吐す

妊りしいのちはぐくむ闘いか食べて吐く妻吐けば又食ぶ

しっかり食べよ、しっかり食べよ、豆腐が一番いいのだと、私はすすめる。

我が造る豆腐朝々食ぶる妻小さなる身にみごもりてより

流産の経験をした妻は、今度は慎重だ。抱こうとする私から、スルリと逃げたりする。私は寂しさに、少しすねて詠う。

妊りしおのれ尊みたやすくは我触れしめぬ妻となりたり

妻にもみせず、ひそかに投稿したこの歌が新聞に出て、妻から、はずかしいと叱られた。でも、これもひとつの真実の記録じゃないかと私は抗弁する。

水ぬるむ

けさよりは我が指刺さぬ缶の水春の豆腐と思いあきなう

また、水がぬるんできた。辛く厳しい季節は終わった。そして、それは寂しい季節の始まりだ。豆腐屋にとって、一番悪い季節。来る春ごとに、私は豆腐の売れぬ嘆きを詠いこめる。三月から梅雨《つゆ》の終わるまで、そんな、豆腐の売れぬ寂しい日々が続く。豆腐は売れぬし、また、いたみやすくなる。寒の日々は、幾時間ほうっておいても澄みきっていた水槽の水が、豆腐のぬくみで、たちまち薄緑に濁るのだ。売れ残った豆腐に、ひと夜、水を注ぎ続ける音も、眠れぬ夜には寂しい。

残りにし豆腐に注ぐ水ひと夜音立ててやまずせせらぎの如

翌朝、それをふたつに割いて油で揚げる。だが、そうして作った厚揚げも、あまり売れはしない。捨てるのが惜しさに幾日も厚揚げを煮て食べ続けたりする。

豆腐売れぬ春の補助にと我がひさぐ桜造花は我にまばゆき

弟のために始めてやった造花装飾の小店だったが、その弟が脱落したあと、私はひとりでおよそ一年奮闘したのち店仕舞いした。しかし、なお残った幾らかの在庫の桜造花を、幾度かの春にひっそりとあきなったりした。ビニールの桜造花は、ほんとうにまぶしい。貧しい豆腐屋の私に、それはあまりにも不似合いな取り合わせだった。

花曇りする日はわきて豆腐売れず心頑《かたく》なに桜疎《うと》める

人混みを嫌い、酒席をいとう私は、かつて花見に行ったことがなかった。

今年、初めて、豆腐組合の親睦花見に出かけた。これまで、私はすっかり父に甘えて、組合の集会を父まかせにして、一度も顔を出していなかった。もういいかげん、若い私に代わってほしいとみなから、かねがねいわれていたのだ。その夜の花見も、わざわざ組合長からぜひにと誘われて、やむなく出かけた。いわば私たち夫婦の、最初の顔見世だった。

郊外の桜名所は、その夜が花の盛りらしく凄い人出だった。遅れていった私たち夫婦は歓迎された。すでに酒も廻されていて、みなが踊っていた。一本の桜を囲んだ輪となって踊る組合員は、老いづいた者ばかりだった。

豆腐屋に若い後継者はいないのだ。踊り続ける、若からぬ豆腐屋の一群が、あわれに寂しく、踊りにも加わらぬ私と妻は、人形のように並んで膝を正しく坐っていた。

春嵐砂捲く幾日か豆腐売れず寂しくて満つる海を見に来つ

すべなきまで豆腐売れねば真昼出でて悲しき恋の映画を観たり

テレビ撮影

末弟の卒業と就職を祝い、紀代一夫婦も招んで、みなで食事しようとしていた夕べ、福岡の九州朝日放送（ＫＢＣ）から電話があり、テレビに出てもらいたいという。私が返事を渋ると、また連絡しますから考えておいてくださいといって電話は切れた。それを披露すると、出よ出よと、みなでけしかける。

だが、ラジオのマイクにさえ怯《おび》えて泣いた洋子だもの、まして今は妊ったばかりの大事なときだ、やはり断わろうと決めた。だがそのまま、局から再連絡はなく、中止したのだなと、私はホッとしていた。

三月三十日雨の午後、突然ＫＢＣからプロデューサーとカメラマンが機械を重げにさげて到着した。もはや断わるもなにもない。行動的な彼らは、あわてる私たちを、たちまち、その構想の中に巻きこんでしまった。毎日、午後二時半から放送している「ティー・タイム・ショウ」というワイド番組が二年目を迎える記念に〈愛のシリーズ〉を新しく始める、その第一回に私たちをとりあげるという。「相聞」を話題にするのだ。

その午後、私はマイクに向かって声のかれるほどしゃべらされた。夜は洋子の声を録音した。私がいない方がいいというので、洋子ひとり、二階でプロデューサーと録音させた。やはり、あまりしゃべれなかったそうだが、でも、わりと使えそうですといわれて、私はホッとした。夜、二人が部屋ですごす様子など、十時過まで撮影した。明朝は、私と共に起き出て、豆腐作業を撮影するという二人を家に泊めた。

翌朝、三時に起きると、二人もすでに用意を始めていた。バーナーの点火、豆磨機の始動から撮影を始めて、やがて妻や老父が仕事に加わるのも撮り続けた。

夜のしらむ頃、配達に出る私を、チャーターしたタクシーでカメラは追い続けた。

　豆腐積みあけぼのを行く此の河口はやおどろなる群鴉《ぐんあ》の世界

こんな歌を絵にするため、二人はまだ小暗い河口の底まで降りてカメラを据えた。鴉《からす》が飛び、かもめが舞い、中津城が黒いシルエットをみせる土手を、豆腐を積んで行く私を仰ぐように撮影したりした。朝日の昇るのも撮ろうと待ったが、曇り気味のその朝、とうとうそれはできなかった。

正午まで撮り続けたたくさんのフィルムと録音テープを持って二人は帰って行った。四月三日の放送当日、私たちはスタジオに行くことを約束させられた。妻がつわりに苦しんでいるから、なんとか行かずにすませられぬかと断わったが、ぜひにと頼まれると弱気の私たちは否とはいえなかった。スタジオに引き出された洋子の怯えを思うと不安でならなかった。

　はたして、洋子は翌日から寝こんで嘔吐を始めた。すでに怯え始めているのだ。三日を控えて、私は途方にくれていた。

テレビ放送

　二日の午後、母に頼み洋子を病院に連れて行ってもらった。流産止め、嘔吐止めの薬を貰い、少し明かるんだ表情で帰って来た。

　三日は、二時に起きて、夜明けまでに仕事をすませた。商売だけは休めぬのだ。洋子の母や妹も付き添って、急行に二時間揺られて、正午過ぎＫＢＣに着いた。社員食堂で食事をすませ、調整室に呼ばれた。眼下のスタジオでは照明の用意が始まっていた。

　二時十五分、スタジオに入り打ち合わせが始まる。洋子の眼をのぞきこんだが、涙ぐんではいないようだ。二時半、放送開始。先日撮影したフィルムがまず上映された。予想以上によくまとめられていた。自分の声が画面から流れ出るのを、奇妙な気持ちで聞いていた。

　フィルムが終わりスタジオ場面となり、司会者が私たちを紹介した。私が幾つかの問に答えたあと、司会者は、洋子にただひとこと聞いた。「おめでたそうですが、いつですか？」「ハイ、十一月です」と、洋子は細ぼそと答えた。それから、昨年「相聞」を送った福岡在住の四氏と対面した。福岡大学の田所教授、今津小学校の三島先生、それに上田喜代さん、徳永喜久子さんだった。

　　夾竹桃《きょうちくとう》の枝々の端《は》に紅にじみ咲くべくなれば思う人あり

　こんなみずみずしい歌を朝日歌壇に発表される上田さんが、もう七十歳のお婆さんだったのにはびっくりした。（あんなお婆さんになりたいわねと、母は帰途、感嘆し続けた）
　博多人形などのお土産をみなさんからいただき、十五分の放送が終わり、カメラは他のコーナーに移った。
　番組終了後、私たちは四人の方々と、ロビーで話し合った。ほんとうにたのしいひとときだった。放送を観て、どうしても話したくなったといって、やはり福岡市内の多々良早苗さんが、局に電話を掛けてきた。
　やがて、局が用意したタクシーで、四人の方々は帰って行かれた。私たちもタクシーで西公園に行った。桜のあわいを抜けて登りつめると、博多湾が一望されてすばらしかった。

妻はタクシーの中で激しく嘔吐した。静かな田舎町から出て来てみると、やはり都会の喧騒は耐えがたかった。夜九時半帰着。

翌朝は、また三時からの豆腐作業で、私は少し疲れた。夜が明けると、親戚からつぎつぎ電話がかかってきた。みな、泣いて観たと告げる。とてもよかった、母ちゃんが生きていたらどんなに喜んだろうなあというのだった。いつもは汚れた作業衣姿でみすぼらしい竜一ちゃんが、背広姿できちんとしたら、あんなに立派なのでびっくりしたなどといわれて、私はニヤニヤしていた。洋子も、とても可愛かったと、みなからしきりにいわれてニコニコしていた。放送前、怯えていたことなど忘れたみたいに「今度出るときは、もう恐くないわ」などというのだった。

その一日が、忘られぬ思い出となった。

瞳の星

お空の星が私の瞳に流れてはいったのだと、幼い日の私は信じた。右目はホシがあり、完全に失明しているのだ。「それはね、竜一ちゃんの心がやさしいから、お星様が流れて来てとまってくださったのだよ」と、幼い私に母はよく語った。そう語る母は、どんなに悲しかったろう。

生後間もない急性肺炎に、激しい高熱が続き、私の両眼は飛び出したという。ホシはその時の傷である。十人の医師から見放された命だが、奇跡のように助かった。助かっても、熱でやられたはずだから白痴だろう。目も見えまいと危ぶまれた。若い父は遠く汽車に乗り、草深い里のお地蔵様に願かけに行ったという。私は白痴にもならず、右眼失明だけで助かった。その時の父母を思うと、今でも涙があふれ来る。

だが、この世の始まりで受けた痛烈な打撃は、私の生涯を悲しく支配することになった。幼い日々、私は病床にへばりついてすごした。私が今、ひどい猫背なのはそのためだ。後頭部がそがれたように平らなのも、頭を枕に置き続けたせいだ。

病床の私をいじけさせまいと、母が懸命に思いついたのが、お星様の童話だったのだろう。「竜一ちゃんの心がやさしさであふれるとき、目のお星様がやさしく光って、とても母さんはいい気持ちだよ」と語ったりした。ある日、私は鏡をもらい、寝たままの顔を映してみた。「どうしてだろう？　今はぼくはやさしい心になっているのに、目の星が光らないよ」と聞くと、母はあわてて答えた。「光っている本人にはわからないけど母さんにはよく見えるのだよ」と。

小学校でも、私はひどい虚弱児だった。そんな私をみなはおもしろがっていじめた。白《しろ》眼《め》となぶられ、訳もなくいじめられた。泣虫の私はオイオイと泣いて帰るのだった。今でも忘れぬ、あまり泣きすぎて目がくらみ、深い溝に落ちこんだ日のことを。母は「ホラホラ、そんなに泣くと、目のお星様が流れ出してしまうよ」というのだった。「目の星なんか流れた方がいいやい」といっそう泣きじゃくる私に、さらに母はいうのだった「お星様が流れて消えたら、竜一ちゃんのやさしさも心から消えるのだよ」と。泣虫の私に、母は一度だって強い子になれとはいわなかった。ただ、やさしかれ、やさしかれと語りかけるのだった。

後年、恋する年頃になり、私はいまさらのように呪った。目のホシを。猫背を。瘦身を。傷だらけの肺を。こともあろうに、そのうらみを母に投げつけようとした。母はもう、星の童話を語らず、涙を浮かべて「みんな母さんのせいだ、すまない、すまない」と詫びるのだった。母が若く急逝したあと、その母の詫び声が、私を錐《きり》のように刺してやまぬ。私は千度も万度も母に詫び返したい。幽霊の母ちゃんでもいい！　もう一度立っておくれ、私の前に。

（毎日新聞大分県版発表）

眼施

病弱で、やせっぽちで、非力で、臆病で、こんな自分がどうして世の役に立てようと、ひとり寂しい思いで殻にこもっていたある日、ぼくはその一語に出会いました。眼施——げんせ。仏教の経典にある無《む》財《ざい》の七施《しちせ》のひとつだそうです。財力もなにもない者でも、世に施すことのできる七つのものを持っているという教えです。

七つの中でも、ぼくには眼施がいちばん心に沁みて救いでした。眼施とは柔和な目で人を見るということです。やさしさのあふれた目で人に対するということです。そんな目にあうと、人はほのぼのと心をぬくめられるはずです。つまり、ほんの少し世にいいことをしたわけです。

これなら病弱で臆病なぼくにもできるのではないか。やさしさが目にあらわれるには、心にやさしさがあふれていなければなるまい。思いきりやさしい心になろう、それ以外、ぼくなんか世の役にも立てないのだから。懸命にやさしい心でいようと願いました。心がやさしさであふれてくれば、きっと目にも柔和な光がたたえられ、眼施に適《かな》うだろうと思ったのです。

そしてぼくはハッとしました。ああ、これはすでに幼い日々、母が教えてくれようとしたことではないか。体が弱く、目に白いホシがあって、みんなから白眼《しろめ》となぶられ、いじめられた泣虫のぼくに、母は一度も強い子になれとはいわず、やさしいやさしい子になれというのでした。目の星は、やさしさのしるしみたいなものなんだよ、竜一ちゃんの心がやさしければ、目の星がとても美しく光るんだよと語った、あの幼い日々の母の教えこそ眼施だったのでないか。

無学のうえ、信仰もなかった母が、眼施の教えをひとりでに会得《えとく》していたのは、母自身このうえもなくやさしい心といつくしみの目を持っていたからでしょう。母はたぶん知っていたのです。やさしさに徹することでしか、ぼくは強くなれないのだと。

でもほんとうにやさしくなることは、なんと至難なことでしょう。ぼくは今日も、つい些細なことで妻を怒ってしまいました。ぼくより小さく弱い妻を。（毎日新聞大分県版発表）

母の手紙

この世に残っているとは思いもしなかった母の手紙が、二通みつかったと姉が知らせてきた。古い手紙類を整理していたら、思いがけなく出てきたという。姉が夏季講座で、福岡に下宿していたとき受け取った手紙だ。

姉は、高校を出て、市役所や図書館に勤めていたが、やがて幼稚園の先生になった。勤めつつ、その資格取得のため、大学通信講座などを受けていた。福岡での夏季講習もそのためのものだった。十五年くらい前だろうか。母の死の二年前だ。

おそらく母が子供にあてて手紙を書いた唯一の機会だったろう。われわれのだれも母を離れて暮らしたことはないのだから。

姉に乞うて、その二通を私は貰った。二通とも鉛筆で書かれている。これが母の字だったのか！　私は忘れていた遠い日をたぐるように、母のおぼつかない文字に見入った。

「かんじを忘れて一一きくのもめんだうです。かな文字ばかりで人が見たら笑ひます。読んだらやきなさいね」などと書かれているのも胸に沁みる。

母は小学校しか終えていない。かな字の多い手紙だが、誤字はない。子に語りかけようとするままの口調を、文に移したような手紙だ。鉛筆ながら、今も色濃い文字なのは、よほど力をこめて書いたのだろう。まるで幼子《おさなご》が懸命に書くように力をこめたのだろう。

たどたどと力こめけん亡き母の文字十五年薄れず

おそらく、母の書いたものでこの世に遺ったのは、この二通の短い手紙のみなのだと思うと、ひしひしとなつかしく尊い。それは、弟たちみんなにとってもそうだろうと、私はこの二通をていねいにくるんで、弟たちへの「ふるさと通信」に同封した。

やがてみな、思いがけない母の手紙に、大きな驚きと感動を伝えてきた。そして困ったことに、みんな、自分にくれ、自分にくれと要求してきたのだ。私と姉はそのことで協議した。その結果、この二通は末弟、満の所有とすることに決めた。なぜなら、満がいちばん早く母と別れねばならなかったのだから。いちばんあわれに寂しい少年の日々をすごさねばならなかった末弟に、この母の手紙が、せめて慰めになるなら、他の兄たちはみな我慢すべきなのだ。弟たちは、みなこの決定に賛成した。その代わり、満は二通の手紙を宝として大切に保存する義務を負うのだ。いつ、どの兄が急にせつないほどなつかしんで、母の手紙を見せてくれといい出すかわからぬのだ。

手紙の署名、一通は「みつゑ」、一通は「ミツヱ」。光枝である。

間もなく十三回忌に、遠くから弟たちや、その妻子が集《つど》い帰って来るのだ。妻が、夜々縫いすすめた布団も、もう幾重ねか仕あがって、彼らのふるさとの夜を、やわらかくくるもうと待っている。春の色の美しい布団だ。

十三回忌

四月二十七日朝、思いがけなく和亜夫婦が帰って来た。征子さんがつわりで、帰れそうにないと「ふるさと通信」に書かれていたので、ずいぶん無茶をしたものだと、私と洋子は驚いた。長旅の車中で吐いたという征子さんを、洋子はすぐ布団に寝せた。

征子さんのつわりを知り、いちばんびっくりしたのは洋子だった。またしても妹に先を越されるのかと心配したのだ。だが、和亜の話で征子さんの出産が十二月と知りホッとしたようだった。自分の方が一カ月早いのだ。

その日の夕べ、雄二郎、美子夫婦が、二歳の由起子を連れて帰って来た。紀代一、哲子夫婦も章を連れて集まり、姉夫婦が展代《のぶよ》と哲生《てつお》を連れて、その夜みんな勢揃いしてわが家で食事をした。末弟、満だけはまだ帰れなかった。彼はM電機に入社し、今、名古屋で一カ月間の研修を終えようとしているのだ。

その夜から、このうえもなく賑やかで楽しい日々が過ぎることになった。五つ年上の美子、征子さんたちから、姉さん姉さんと呼ばれて、洋子ははにかんでいたが、すぐにそんなことにも慣れていった。

こうしてみなが勢揃いしたのは、私たちの結婚式以来のことだから一年半ぶりなのだ。その間に、赤んぼの由起子は、可愛い盛りの女の児になり、こちらでは哲生、章が生まれ、そして新しい仲間、征子さんが加わったのだ。

私たちは、それからの夜々、わが家、姉の家、紀代一の家と、つぎつぎに場を移して集まり語り過ごした。今はもう、たがいの過去に触れ合っても、傷口に血を噴くことはないほど成長したのだ。今度ほど、しみじみと過去を語り合ったことはなかった。母の葬儀の席で写した一枚の写真を見つつ、その日から経た十二年の苦しみ悲しみを、改めて思い出し語り合うのだった。東京で惨めに苦闘していた年のある歳末、氷雨の降りしきる空地で、雄二郎と紀代一が殴り合った寂しい思い出を初めて聞くのだった。通報があったのかパトカーが駆けつけて調べられたという。ひとりひとりが、みなそんな寂しいあやまちを繰り返してきたのだ。だれがだれを責めることもない。私たちみな、どうしようもなく苦しかったのだ。

今、私たちは若い盛りとなった。「ふるさと通信」でしっかり結ばれたはらからのきずながひしひしと頼もしいのだ。

母十三回忌の法事は四月三十日に行なった。この日、姉陽子総指揮のもと、洋子、美子、哲子、征子の女性群が料理その他に大奮闘して、男性群は、ただのたのたしていた。五月二日、満も帰って来た。京都工場に配属がきまったという。その日、私たちはみなで弁当を持って浜遊びした。昔を思い出しながら汐干狩をしたりした。

五月三日、みんな発って行き、また寂しい三人の家庭にかえった。この一週間の心のぬくみが、いつまでも胸にせつなくて、私は弟たちのことを思い続けるのだった。

和亜へ（「ふるさと通信」から）

すばらしかった一週間の日々、おれには、どうもお前だけが、少し沈んでいるのではないかと思えてならなかった。浜遊びに行った日、おれと、波打際の廃船に乗って語っていた雄二郎が、ふと「和亜はこちらに帰りたいんじゃないか？」といい出した。ああ、そうかもしれないなあと思った。

結婚したお前が、激しい神経痛で寝ついたと聞いたとき、おれは唖然とした。おれも、紀代一も神経痛にやられて一年間苦しみ続けたのに、お前までがやられようとは！　病欠が永かったゆえかどうか、お前たち夫婦はホテル勤務をやめて、今度はお菓子問屋に勤め始めたと聞いた。中学しか出ていないお前には、それくらいの職しかないのだろうかと、あわれでならなかった。二人で働いて、やっとの生活らしいが、征子さんが出産したらどうするつもりなのか。

一度じっくり語り合おうと思いつつ、なんとなく機会がつかめず、とうとう帰る日の朝、おれはお前に尋ねたのだった。お前は、照れくさそうに笑って「ウン、帰りたい気もしているのだ」といった。おれは多くをいわず「もし、こちらの方が楽だと思うなら、いつでも帰って来い」と答えたのだったな。

おれは、お前の性格が、このごろ意外なほどおれに似てきたと気づき、そのことがあわれでならぬのだ。どこに勤めても、同僚と協調できず、なにかしら孤立しているお前。潔癖なほど遊びを知らず、一滴の酒も飲めず、ひそかに詩を書きためたりするお前。

その誇り高いお前が、現実には、底辺の店員奉公にしかつけないということが、たまらなく悲しい。それに、一番丈夫かと思っていたお前が、こんなに病弱になろうとは！　おれたち兄弟は、なぜこんなに弱いのかなあ。

六人のはらからが、残らずしあわせになるのはいつのことだろうか。末弟満が就職した今、父ちゃんも、お前のことだけを気にかけている。お前自身、とりのこされたような寂しさがあるにちがいない。

でも、まだお前は二十五の若さだ。おれが二十五の日、おれは未来に絶望し、自殺のことばかり思っていた。そんななかからおれの歌が出発した。かりそめのなぐさみごとだったが、それがやがて、おれを立ち直らせた。お前だって、これからだ。

お前とおれは、今年の初冬、同じ頃父親になるだろう。お前は、すでに名付けているというではないか。自分と征子さんの一字ずつで、和征《かずゆき》だと。はたして男児かどうか、わかりもせぬのに。生まれ来るいのちのためにも頑張ろうよ。お前の性格には、都会は辛すぎるのかもしれぬ。そうなら、ふるさとに帰って来るがいい。でも征子さんは、親元で出産したいだろうし、むこうの親たちともじっくり相談して、方針を決めるがいい。

また、新しい詩をみせてくれ。

母のこと

若き日の女工仲間と告ぐる人に母すでに亡しとは告げず別れし

しばらくは、母の死を語ることが辛く、私たち兄弟は、その話題を避け合った。人にもできるだけ語るまいとした。私たちが、母の死のときを話題にしたのは、今度の十三回忌が初めてだった。実に、十二年間、私たちはかたくなに黙していたのだ。

一枚の色褪《あ》せた写真がある。大きなエプロンをあてた、おさげ髪の母がそこにいる。エプロンは女工の制服だったのだろう。母は十八くらいだろうか。まだ結婚前の美しい娘だ。

母の過去をまるで知らぬ。父の過去も知らぬ。あまり思い出も語らぬまま、母は逝ってしまったし、今になって老父に遠い日のことを尋ねるのも、なんだか照れくさく、私は両親の結婚のいきさつも知らずにいる。たぶん、聞きだしたところで、平凡な物語だろう。

母は、当市から一里離れた隣県の農家の末娘だった。娘の頃、当市の富士紡績工場に女工として勤めた。父とは見合結婚らしい。父はその頃、材木問屋をしていた。かなり手広く商い、いつも材木の買付けに、人吉《ひとよし》などへ出かけていた。いろいろなお土産を持って帰ったのを思い出す。

母は一年おきに子供を産んだ。八人産んで二人死んだ。一人は死産だったが、五番目の子は、戦後いちばん食糧難のとき栄養不良で死んだ。母の乳が出なかったのだ。「この子は、いちばんの親孝行者だ。母ちゃんを苦しめまいとして死んでくれた」とつぶやいた母の言葉を忘れぬ。たくさんの子をかかえて、戦後の日々それほど生活は苦しかったのだ。戦時統制で材木屋は早くやめさせられていた。

父母在りつつなお我が飢えてハローハローと米兵追いたる淡き思い出

豆腐屋を始めて、母は父と共に働いた。痩せてひ弱な母に、それはずいぶん辛い労働の日々だったろう。機械などひとつもなかったのだ。

夏、汗が一滴も出ぬ特異体質の母は、そのため、身体が燃えて、日に幾度も冷水をかぶらねば耐えられぬのだった。幾人もの子を産んで、歯はすっかりなくなっていた。

自分も父も無学なのに、私たちには心おきなく勉強させようとした。どんなに仕事が忙しくても、私に働けとはいわなかった。死ぬ際《きわ》まで、私を大学に進めようと努めたのだ。母が死んでのち、実はわが家にそんな余裕などなかったことを私は知った。母の覚悟が、いまさらに私の胸を刺す。

母はいろいろな餅をつくるのが楽しみで、いつも学校から帰ると、手製のおやつが用意されていた。近所の老人たちを招んで、そんな自家製の餅で、お茶をもてなすのもしばしばだった。

母が、そうしてみんなに遺していったやさしさが、今も思わぬ人々に語り継がれて、ふと私の耳にきこえてきたりするのだ。

母の死Ⅰ

昭和三十一年五月七日昼前、母が突然に倒れた。豆腐を固める重石《おもし》を抱えようとして、ふとよろめいてくずおれたのだ。

私はその頃、家を離れた裏路地に間借りして暮らしていた。病弱だった高校生活を、一年の休学までしてどうやら卒業したものの、大学受験にいどむ体力もなく、その一年を養生かたわら受験勉強をする態勢で、母が、家では落着いて勉強もできまいと、わざわざ小部屋を借りてくれたのだった。

「母ちゃんが倒れた！」と、父がゴム長のまま、駆けつけてきた。私は胸をドキドキさせて帰ってきた。母は仕事着のまま、寝ていた。髪には、まだ豆乳の飛沫がしらじらと乾《ひ》からびついていた。

「頭が悪い、なあ竜一ちゃん、頭をさすって」としきりにせがむ母に、私はおろおろと頭や首筋をもんでやった。そうすることが、脳溢血にいちばん悪いのだと、そのときの私は知らなかったのだ。やがて、母の昏睡が始まった。姉や弟たちも、つぎつぎ帰ってきて、枕元で息をひそめて、母の睡りを見守った。医師は手を尽くしたが、もう、時の経過を待つしかないといった。

その夜は、伯母が母を見守るといって、私たちを眠らせた。その深夜、母がまるで無意識のように「竜一ちゃん、竜一ちゃん」と呼んだと、のちに伯母から聞かされた。実際には聞かなかったその母の呼声が、今も寂しい風音のようによみがえる。

翌日も母の昏睡は続いた。だれも学校も行かず、母を見守った。午後、母のいびきがしだいに間遠になり始めた。

「満よ、母ちゃんはもう駄目らしいな」と、父が堪えかねたようにいちばん末の弟にささやいた。満はそのとき小学校五年だった。スーッと息を吸いこんで、ああ、もう駄目かと思うと、また、フーッと吐く。そんなかぼそい呼吸が続いた果てに、とうとう、スーッと吸いこんだ息を、もう吐くことはなかった。死んだのだ。とたんに、私たち子ら六人、母ちゃんと叫んでワッと泣き始めた。

二十一の姉を筆頭に、六人の子らが声を限りに母を呼んで泣き叫んだ。なんとか、もう一度母をこの世に呼び戻したいと、私たちはただ、母ちゃん母ちゃんと叫んで泣いた。十九の私が、いちばん号泣したと、今も伯母たちは、その光景のいたましかったことを思い出しては語る。気丈な姉が、まっさきに立ち直って「なんね！　あんたたち男じゃないか、いつまで泣いてるの！」と、私たちを叱咤した激しさも、伯母たちは驚きをこめて思い出す。

私たちにとって、それは全く初めての、全く不意打ちの死の衝撃だった。私は一生の涙を、あの日に泣き尽くしたのかもしれぬ。呼んでも泣いても、もう母は帰りはしないのだと、思えば思うほど、私の涙は溢れて号泣し続けた。畳にうち伏して泣き続けた。

母の死Ⅱ

母の命を縮めたのは、私だったのではないか？　その思いは今も消えることがない。その頃、私はそれほど母を心痛させていたのだ。病弱の自分に絶望して、私はすっかりやけになっていた。受験にさえいどむ力がなく、級友にどんどん遅れるくやしさ、みじめさに、心は暗たんとしていた。それのみではない、今思えば、その頃私は、あの青春特有の不安な泥沼にもがいていたのだ。父母に抗し、世に絶望し、飲めもせぬ酒に酔って血を吐いたりしていた。

そんな私に、母はただおろおろして涙を浮かべるのだった。そして、幼子のように私を連れては、幾つもの病院をめぐった。最後に行ったのは九大病院だった。そのときは、母もいっしょに診てもらった。汗の出ない苦しさを診断してもらおうとしたのだ。だが、それは入院せねばわからぬとのことであきらめた。そのときの診察で、母は思いもかけぬ高血圧を注意された。そのとき留意していれば、母の倒れるのは防げたかもしれぬ。母は、私のことのみ心配して、自分のことはかえりみなかったのだ。

　母は睡りのなかからも、私を呼んだのだ。泣いても泣いても救われぬ気持ちだった。とうとう私は、通夜の席で、母の遺影の前に正座して、泣きながら大声で誓った。「母ちゃん、すまない。許しておくれ。きっと、きっと、おれは勉強して偉い学者になるから、許しておくれよなあ」

　それはみんな聞いた。だれの胸にも忘られぬ言葉として、悲しみとともにしまいこまれているはずだ。十余年を経て、結局貧しい豆腐屋に成り果てた私に、その誓いを思い出させようとする者はいない。私を辛い思いにさせまいと気をつかっているのだ。思えば、兄弟みんな、あの日からそれぞれの夢を破られたのだ。あの小さな母の身体が、私たちの砦《とりで》だったのだ。

　経帷子《きょうかたびら》を着て棺におさまった母は、生きているときより、ずっとずっと小さかった。その半身はすでに紫色に変じていた。

「苦しかったろうなあ」といっては、またみな泣き出すのだった。葬儀の果ててのちも、なお泣いてやまぬ私たちを心配して、伯母たちが、みなで映画に行けといった。いわれるまま、ふぬけのように私は四人の弟たちを連れて「エデンの東」を観た。忘れることはできない。

母葬りて虚脱の兄弟われら五人寄り添い映画を観たり忘れず

母死せる虚脱一週ありありと売上帳の或る個所ましろし

美しくこより縒《よ》りたる母逝きて七夕《たなばた》飾らぬ夏八《や》度《たび》来つ

享年四十五歳。

姉

だれか、陽子姉ちゃんの結婚式の日のことを覚えているか？　母の十三回忌に弟たちが集まったとき、私は尋ねた。みな、記憶がないらしい。母の死の日の記憶は、弟たちのだれにもあざやかだのに、その翌年の姉の結婚式をだれも覚えてないのは奇妙だ。それほど私たち兄弟は、姉の結婚を拒否しようとしたのだろう。母の死後、母の代わりとしてたよりにしていた姉が、嫁に行くことを、私たち兄弟は許せなかったのだろう。おそらく姉自身、迷いに迷ったことだろう。だが、すべての反対を押し切るほど、了戒《りょうかい》弘毅《こうき》さんの愛情は激しかったのだろう。了戒さんは、姉が勤めていた幼稚園に隣接する小学校の先生だった。永い苦労に耐えてきた、地味で誠実な彼の、やや遅過ぎた青春の激情に、姉は包みこまれてしまったのだろう。

　姉があのとき結婚したことは、結果的にいちばんいいことだった。もしあのときためらってとどまれば、姉は五人の弟たちを巣立たせることにかかりきりで婚期を逃がすことになったろう。わが家から脱出できなくなっていたろう。姉はわが家から独立することで、かえって私たち兄弟のいい援助者になってくれた。まるで世間を知らぬ孤独な私と、ただ人のいい老父にとって、姉はこのうえないたよりがいのある母役だった。世間につとめを持っているだけあって、なにかと実務的な知識、能力を持ち、私たちの難問を助けてくれるのだった。義兄弘毅さんが、やさしい理解のある苦労人だったこともさいわいした。

　義母との仲がうまくいかず、すっかり乱れきったわが家から逃れるように、末弟はいつも姉の家庭に入り浸った。そんな満を、義兄はいちばん可愛がってくれるのだった。あんな逆境のなかで、満がすなおに成長していったのは、そんな暖かいもうひとつの家庭が、すぐ近くにあったからだろう。

　私はいつも姉に叱られた。今も叱られてばかりいる。私の風変わりで、どこか孤独な生き方が、常識人の姉には不安でならぬらしい。まだ独身の頃、私はいつも汚れたままの作業衣を着続けて平気でいた。そんな私を気づかって、姉はこれで服を買いなさいとお金をくれたりした。少しは若者らしい晴れやかな様子をしろというのだった。私はしおらしく、ハイハイとお金を貰うと、たちまちそれで本を買うのだった。叱られても叱られても、私は汚れた作業衣のままだった。

十三回忌を終えて東京に帰って行った美子さんが、「ふるさと通信」にこう書きこんできた。――私は中津に帰るたびに陽子お姉さんへの尊敬を深めます。妻として、子の母として、一家の主婦として、職を持つ女性として、いつかはお姉さんのようになることが理想です――と。

なぜか、私に姉の歌はない。愛情が薄いのではない。むしろ濃すぎるのかもしれぬ。姉がしだいに、死んだ母に似てくる。

姉の子

姉の子が地に降《お》り初《はじ》めて摑みにし小石を我受けひと日秘めにき

宮柊二先生評（昭和三十八年四月）。第二作、この作者には「明け四時を働き倦みてふと来にしサーカスの暗きに象は立ちいつ」という一首もあった。それにも心ひかれた。ただ、取り上げた歌の方は、表現の上で幾分か不十分な部分をもちながらも、何か人生の暗示性に濃かった。幼子が戸外に出て地に降りる。そして始めてものをつかむ。つかんだ小石。生命うけて生まれ出てきたものの、始めての意識の発揮に、作者は感動しているのである。表現の上での不十分というのは「我受け」という個所をさす。

姉の子に初めて虹を我が見すと風吹く原に肩車しぬ

五島美代子先生評（昭和三十九年二月）。生まれてはじめて見せられる虹というのが何とも新鮮である。肩車してやる若い叔父にも、その幼児にも原っぱの風が吹いている。風は雨あとのしめりをふくんで、草の匂いをともなっているであろう。一位の作者、豆腐つくりの家業を丹念に詠みながら、幅のひろい世界に目を向けているところが好ましい。

小さなる口に花芯をふふませて姉の子に椿の蜜を教えき

宮柊二先生評（昭和三十九年四月）。第一作、椿の蜜が吸えるなどと云うことを選者は知らなかった。そうした事実に対する知識の有無は今は置いて、「小さなる口に花芯をふふませて」が何とも可憐である。表現されてしまえば、だれでもそううたえると思いやすいものである。しかし、そうではない。殊に詩、さらに短歌の表現は微妙である。事実、事柄だけでは詩でも歌でもないのであって、それにアルファ部分として加わっている表現の力が必要である。この句が何とも可憐で、美しく愛しく感じられるのは、決して言葉の意味だけからくるのではない。

姉の子と入り日見て立つ風の土手父となりたき思い湧きつつ

五島美代子先生評（昭和四十年六月）。三位は、人を愛するこころの素肌のようなものが、うつくしく入り日の風にさらされている。

草にすがり眠るあまたの蝶を見せき姉病める夜に姉の子を抱き

○

私がいちばん寂しかった日々、チッチャな恋人だった展代《のぶよ》も、今春から小学生になった。私が訪ねてゆくと、頬っぺたにキスしてくれる。そして、少し顔をしかめて「おじちゃん、あぶらげくさいな」という。

歌の友

ある時期、朝日歌壇に幾首かの佳作を残し、やがて消えていった人たちが無数にある。なにげなく読みすごすそんな歌の背後に、ひとりの重い人生が秘められているのだ。

病院の女中といわれ肩張りて食器洗いてすでに十年

花野秀子さんは、飯塚市の病院で炊事婦をしていた。彼女もまた、朝日歌壇に幾首かの哀切な歌を残して消えた無名作家である。

ふとした縁で彼女から手紙を貰ったのは昭和三十八年六月だった。以来、音信は互いに絶えない。彼女は入選することの少ない投稿者だった。一年十カ月の間、一度も入選せず、なお投稿をやめなかった。四十年に入って、にわかに彼女の歌が選ばれ始めた。その年、彼女は三十五歳。自らオールドミスを呼称し、病院の「女中部屋」に若い娘たちと寄宿していた。家には病みがちの父母がいた。

休日に戻る我が家の冷えかなし安らぐ部屋に母は病み継ぐ

我が足にようやく慣れし長靴に春待つ調理場の水の沁み入る

ある朝、味噌汁に蛙が入っていたと患者から抗議が出て、炊事婦一同厳しく叱られる。

栄養士が「眼の悪い人はやめてもらう」という。近眼の彼女は、自分をさしていわれたのだと思う。その夜、彼女は詠う。

継ぎあてし身のたけほどの前かけを洗う夜半に吾れ不意に泣く

やがてその歌が、近藤先生選、第一位となる。彼女のはじめての一位であった。そのゴムの前かけを着て病院内を歩くと、冷たい視線を感じる。実際、鯨を切ったりする自分は、そう見えるのだろうと思う。

息切りて鯨鋸《のこ》曳く仕込室血と肉に濡るる吾が手よ足よ

おずおずと休暇を願う事務室に吾が前かけのしずく落としぬ

晒《さら》すごと水のかかりし足ほてる調理場の空に星のまたとぶ

四十一年、父が亡くなる。炭鉱閉山は続き、さびれる街で病院も縮小され、彼女もやめねばならなくなる。

二夜かけ前かけを縫う部屋すみにいつよりか吾れ人を恋いいき

病院での最後の歌であろう。仮構の恋歌ですという。婚期を逸した彼女にくる縁談は、彼女を怒り悲しませるようなものばかりだ。私の未来は養老院ですと、寂しい未来を書いてきたりした。

　職捨てて母のかたえに眠るなり明日を思わぬ今日のみのわれ

四十二年二月。朝日歌壇西部版での、彼女の最後の歌である。彼女は、なぜか老母をおいて、ひとり東京へ出て行った。家政婦会に住みこみ、また、女中奉公ですと書いてきた。朝日歌壇東京版に一度、寂しい歌が入選したと、切抜きを送ってきた。自分の机すら持ち得ぬ女中の日々、歌だけが支えですという彼女の歌はその後、入選しないのか、もう送ってこない。

爪剪りて

　妻が、スーパーの目玉商品を大安値で買ってきたので、私はおこった。びっくりする妻に、私はとっぴな怒りを説明せねばならなかった。（なあ、おれたちが真夜中二時に起き出て苦労して造り出した豆腐を商策のおとりにされ馬鹿値に売られたら、どんな気がする？　おれたちの労働の価値が無意味にされてしまうのだ！　それと同じじゃないか。お前の買ってきた卵にも、生産者のどれだけの心づかいと労働がこもっているかしれない。それに馬鹿値をつける者は、労働する者の心を踏みにじっているのだ。お前も生産者なら、それを悲しめ）

妻は納得したらしいが、やはり安値に未練は深そうだった。物価の中に、それを造り出し産み出した者の苦労や心づかいや愛情まで量《はか》ろうとする私の思いは、今のスーパー商戦の最中《さなか》であまりにもこっけいな感傷かもしれぬ。

先日『サンデー毎日』が特集したマスプロ豆腐は、私にとって痛烈な打撃だった。私と老父と妻と、六本の手で日にやっと二百余の豆腐を造るのだが、そこに紹介された工場は日産三万丁だという。半値になるのだ。やがて、このマスプロ方式に押しまくられて、私たち零細豆腐屋は一掃されよう。

生産はマスプロ方式、流通はスーパー方式、こんな巨大な奔流は、私の中にしみついた道徳観まで嘲笑しようとしている。第一に勤労は、もはや美徳ではないのだ。身の苦をいとわず深夜を勤労して造り出した二十五円豆腐に非難は集中し、マスプロが労力もなく易々と産み出す十円豆腐を社会は歓迎するのだ。第二に節約という美徳が、実はもう今では悪徳らしいのだ。現在の経済の生動は巨大な浪費によりささえられているのであり、いわば社会の繁栄はムダな浪費の結果なのだ。節約は経済を停滞させ、社会の進歩を阻害する悪徳となった。

貧しく育った私の中の二本の支柱だった勤労と節約が、愚劣であり悪とされるこの時代の移りに、私はひしひしと寂しい。細々と手造りする豆腐に生計をかけた私と妻と老父の三人を、いつまでひそやかに生かしてくれる世だろうか。

マスプロの豆腐に怯《おび》え寂しけど爪剪《き》りて浄き豆腐造らん

（毎日新聞大分県版発表）

○

零細の豆腐屋淘汰さるべしと読みしを妻に秘めて働く

同業ひとり過労に死せり零細の豆腐屋われら淘汰されゆく

つつましく生きんを妻と語りおりたつき賭け来し豆腐売れねば

豆腐あまた売れ残りつつ食欲の無き云う父は早く眠りたり

あぶらげ

花の絮《わた》幾つはかなく浮く油槽《ゆそう》あぶらげ揚げん灯を低く吊る

深夜。あぶらげを揚げようと灯を吊る油槽に、蒼白くおのが顔が映ってみえる。死者のような顔だと寂しむ。暗く澱《よど》んだ油は、沼のようだ。

沼のごと澱む油槽に映る顔蒼く寂しくあぶらげ揚げそむ

やがてたぎり始めるあぶらげが、夜のしじまに、小さな音を立て始める。寂しいつぶやきのように。

瀬の音の如き寂しさ真夜揚ぐるあぶらげたぎりてこぼこぼと鳴る

単調に箸をたぐりながら揚げ続ければ、睡魔はひそやかに、しつように忍びこんでくるのだ。

眠りとの闘いのごとあぶらげを揚げ継ぐ深夜幾度よろめく

私は疲れ倦み、油も疲れ倦む。しだいにあぶらげの色が濁り始める。油煙がしきりに濃くなってくる。

われ倦みしころは揚げ油《ゆ》も疲るるかしだいに寂しあぶらげの濁色《だくしょく》

だが、耐えねばならない。生きているということは、耐えているということではないのか？　私はくどの前に、しっかりと両足を踏んばる。

油濃き指痕つけつつ卵吸うすでに九時間あぶらげ揚げ継ぐ

今はもう、私のように箸をたぐって、一枚ずつ丹念に揚げるあぶらげは、しだいに稀なものになりつつある。機械揚げに変わってきたのだ。あぶらげもマスプロでなければ成り立たないのだ。私はそんな大勢に乗り遅れてしまった。

しかし、手製のあぶらげを愛してくれる人たちがたくさんいるのだ。そんな人たちのために、私はもうけの少ないあぶらげに甘んじて、手のこわばるまで、箸をたぐり続けるのだ。

あぶらげの揚げ箸あらたに削らんと殊に香のする松薪選《え》りおく

何もかもマスプロで自動的に大量生産される陰に、ひっそりと私は、手製のものを遺し続けたい気がする。私のあぶらげに、私は愛情をこめてあきなうのだ。うまくもうけることを知らぬ私は、最低の商人だが、そのことに悔いはない。私の作業衣は油がくまなく沁みこんでいるのだ。

　あぶらげの油くまなく沁み凝《こ》りて作業衣雨も透さずなりぬ

作業衣だけではない、私の身体まで、あぶらげ臭いのらしい。

　人の職の香はなべて襟の辺に染むと理髪師は云えりわびしかりけり

十三回忌で集まった弟たちが、もう東京では探し出せないあぶらげだと、喜んで、それぞれ幾十枚も、お土産に持って帰っていった。

　未だ繭ほどの

妻の内に、ひそやかに育ちつつあるいのちのことを思う。そんな想いのなかに、ふとある夕べ、灯のともったようにほんのりと、小さな真白の繭《まゆ》が浮かぶ。

　妻の内にふた月を経しいのちあり未《ま》だ繭ほどの吾子《あこ》ぞと思う

妻の嘔吐が続く。青い陰気な妻の顔を、あわれと思いつつ、つい厄介に思ったりもする。妻に寂しがられつつ、そんな気持ちをも、ひとつの過ぎゆく日々の事実として、詠いとめようとする。

　つわりして豆腐作業に役立たぬ妻を疎みぬ我は疲れて

まろまろと乳房が張ってゆく。その生理の不思議を、妻は自らおどろいていう。ある夜、その乳房から乳の湧く夢をみたとも告げる。

　泉のごと乳湧く夢を見しと告ぐ妊《みごも》りて未だ三月《みつき》経ぬ妻

腹がほんの少しふくらんでくる。医師は四カ月目と告げる。やはり嘔吐は続いて、毎日のように病院に通う。なぜかしきりに眠がる妻を寂しいと思う。

　此の日頃眠りむさぼる妻のこと寂しみごもる生理と思えど

四カ月目の胎児は、もう心臓を持っているんだって！　医師に聞いてきた妻がおどろいていう。なんとひそやかで、なんと神秘的なのか！　いのちの形成とは。感動が、つんと登ってきて、私は妻の腹に耳をつけてみる。

　妻の腹に耳つけてみつ胎児はやかそかな心臓持つとし聞けば

　珍しく妻が歌っている。小さな声で歌っている。からかうと、胎児に聞かせているのよと、真顔でいう。

　此の夕べ妊るいのちに沁むべしと妻が小声に歌いておりぬ

　そんな妻に、私はやさしさをいっぱいそそぎかけようとする。どんな言葉がいちばんやさしいだろう。花びらのようにやさしい言葉をさがして私はとまどう。

　スイートピーの花びらのごとやわらかくやさしき一語を妻に云いたき

　つわりの激しい日、妻は終日寝床に臥す。仕事に追われる私は、夕暮まで、妻をかまってやれない。寂しいだろうなあと思いつつ、ひと日を商い続ける。

　つわりして臥す妻小声に鮨《すし》欲《ほ》りぬ商い疲れし我の日暮に

おから

その若い女が、三朝続けて、バケツにいっぱいのおからを買いにきたとき、豚の餌ですかと、私は尋ねた。いいえ、八人の朝御飯ですと、女は平然と答えた。芝居小舎に来ている一座だという。そういえば女の首におしろいが濃く残っている。連れている幼い女の子の首も真白い。子役をつとめるのだろう。家の近くの侘《わび》しい劇場にときおり田舎廻りの一座が来るのだ。

翌朝また、おからを買いにきたとき、私はその子におにぎりを持たせた。そんな乞食みたいなことしてはいけませんと、女は叱ったが、幼子はもらったおにぎりを手放さなかった。

夜のお客が四十人以上はいらぬと、翌朝は御飯の代わりにおからですよ。安くて栄養があり、おなかも太るから、座長がそう決めたのですと、女は幼子がおにぎりを食べる間、語り続けた。昨夜のお客は三十八人だったのですよ。惜しかったわという。帰り行く二人の後姿が寂しかった。

その夕べ。私はなぜか、今夜も劇場の客が三十八人で、もう二人入れば明朝は御飯だと、祈るように彼女が客を待っている気がしてならなかった。そうだ行ってやろう。友を誘うて四十人目の客になってやろう。私は、ただ一人の優しい友にわけをいい、連れ出した。

その夜、劇場の客は老人ばかりで、私たちは恥ずかしく、いちばん後ろに坐った。数えると、三十一人しかいない。駄目だなあ。一座の明朝は、またおからだなあと寂しく思った。芝居はマゲもの人情話で、おから買いの女も舞台に見ると美しかった。少ない客の前で一座は真剣だった。私はいつしか本気で見入り、不覚にも涙ぐんでいた。こんな田舎芝居で泣くなんて恥ずかしい。私はうろたえて、友を横目にうかがった。アレ、濡れてるじゃないか！　彼の目も。私はたまらなく友を親しく感じた。

だが、翌朝なぜか女はおからを買いにこなかった。あとで劇場前を通ると、もう、一座ののぼりはなかった。深夜、発ったのだろう。

その劇場もいつしか芝居はかからなくなり廃屋となった。一夜の人情芝居にいっしょに目を濡らした唯一の友は病んで死んだ。

（おからをしぼるジャッキのきしみが、鉄の悲鳴のように真夜のしじまに響きます。孤《ひと》り働いていると、どうしてこんなに寂しい思い出ばかり湧いてくるのでしょう）

（毎日新聞大分県版発表）

少年福沢会

福沢諭吉旧邸周辺の悪童十人が、こんな大それた名前の子供会を結成したのは、十六年前のことだ。自発的にである。会則は三条。一、福沢公園の清掃をすること。二、福沢先生の教えを学ぶこと。三、会員の一人がけんかに負けたら、会員全体で報復すること。

第三条が唐突だが、当時たいへんな腕白が近くにいて、腕力の弱い私たちは、深刻な被害を受けていた。そのための集団体制であった。会員は第三条に則《のっと》り、チェーン、木刀、ゴム銃などを持ち寄り、福沢公園のＷＣの一角に秘密武器庫を作った。効果てき面、もはや私たちに手を出す者はいなくなった。

かくて意気天をつく少年福沢会は、顧問に当時、旧邸管理人だったＫ老をお願いした。温厚な老は、会則第二条に則り、私たちに福翁の教えを垂れるべく、しばしばその座敷に招じ入れた。たまたま訪れた人が驚くと、老は笑いながら「この中から第二の福翁が生まれるのですよ」と答えるのだった。だが学校での劣等生である私たちは、ついになにひとつ福翁の教えを学びはしなかった。いま思えば、たしかに老は中学生の私たちに「学問のすすめ」の講義をしようとしていたのだった。

第二条には忠実でなかった私たちだが、第一条の清掃はよく守った。冬の朝など、暗い公園に集まり、掃除をし、体操をし、白い息を吐きつつ焼きイモを焼いた。当時、観光バスなど訪れない公園は、ほんとうに私たちの遊び場だった。愚かな会館はまだ建たず、広々したそこで野球をしたり、記念館屋上でターザンのように叫んだ。ある夜は記念館の二階で、のど自慢騒ぎまでやらかした。福翁の遺品の尊さなど知らぬ私たちは、それらが陳列された階上をドスドス足踏みして騒いだのだ。さすがにもれ聞こえて、かけつけたK老にきびしく叱られた。勉強会だという口実を信じて、二階を貸してくださった老だったのだ。

いま私の悔いは深い。ゆえにかどうか、遊んでばかりいた私たちの末路は哀れである。会長の私が貧しい豆腐屋となったのをはじめ、みなしがない生業に日々、きゅうきゅうとする身とはなった。いま福沢公園には、ぞくぞくと観光バスがやってくる。中にはすでに千鳥足の一団まである。彼らもまた、少年諭吉がこもり学んだ暗い土蔵を見ていく。その酔眼に映るものはなんであろうか。ともあれ、私たちの少年時代に思いも及ばなかったほど、福沢公園は観光地化した。そこはもう子供の遊び場ではない。私たちを継ぐ第二の少年福沢会をついに聞くことはないのである。

（毎日新聞大分県版発表）

バラ園と藤棚を観に夕べ来し福沢旧邸雨にひそけし

私たち悪童を教え導いたK老、今は老いて病む

病む老師の喜び給う我が豆腐をとどけ来し庭こでまり咲きて

風の子と艦長

おびただしい穴窪と石くれの土手だ。豆腐を積み行くぼくは、いつもうつむいて地をみつめている。猫背をなおいっそうまるめた自分の、もの悲しい影が、どこまでも添って並んでいく。注意をそらせば、小さな単車は石に乗りあげてガタンと響く。荷台の豆腐がこわれるのだ。（くる日も、くる日も、こんなにひそやかにこの土手を往復して、ぼくの青春は過ぎていきました）

ときおり、河口からそれ来るかもめの影が地をかすめると、ぼくは誘われたように空を仰ぐ。青空のまぶしさに、一瞬、ぼくの中の青春がきらめきを返す。真上を過ぎるかもめの足が、やさしく腹下に閉じられて紅い。

少年が立っている。手に新聞を裂いて作った二本の細長い紙片を持って、風になぶらせている。ヒラヒラとなびく紙片を、少年はやさしい目でみつめている。少年は精薄児だ。その手には、いつもリボンのように細長い紙片があり、風になびかせては、それに見入って無言でいる。風のない日は、みずから駆けて風を生むのだ。

よく土手に立っているのは、河口の風がいきいきと紙片をなびかせるからだろう。川瀬の青のりのように、ブルブルとなびいてやまぬ紙片をじっとみつめている。楽しいのだろうか、美しいのだろうか。不思議なのだろうか。少年はいちずになびく紙片をみつめている。

アッ、ひょっとしてこの子は風の子じゃないかな。みんなは知恵遅れの哀れな子だというけど、ほんとうは風の子じゃないのか。そうだ。土手に立つのは、この河口から遠く拡がる海にあこがれているのだ。

ぼくは少年の傍を過ぎつつ、大洋を航海する艦長みたいに、風の子にあいさつを送る。むろん、言葉をかけて驚かせたりはしない。やさしいまなざしを送るのだ。でも風の子は気づかない。そうだ。この少年が風の子なら、ぼくは艦長だ。穴だらけの危険な水路をたくみに乗り切って豆腐を運ぶ艦長だ。

ガタン！　しまった。風の子に気をとられて艦は窪に落ちてしまった。荷台をふり向くと、豆腐がひとつ割れている。ぼんやり艦長！

五月の汐風のなか、少年はうちなびく紙片と、まだなにかをささやきかわしている。

（毎日新聞大分県版発表）

宮先生のハガキ

六年近い朝日歌壇への投稿で、連続三度ボツになったことが、ただ一度ある。昭和四十年、四月から五月にかけてである。そのとき、私はなぜ自分の歌が、そんなに無視されるのか、どうしてもわからず、迷いに迷った。とうとう思い余って、宮先生に手紙を書き、教えを乞うた。たまたま、その頃の新聞で宮先生の住所を知ったからだった。やがてハガキでご返事をいただいた。

　お手紙拝見しました。一首一首について申し上げる余裕がないので、感想だけ走り書きをします。①感動が素直なかたちで出ていない。何か題材だけのような感じである。（歌というものは題材をこなして、その上で、その人の感情が余情として響いている必要がある）②語句の使い方が荒い。テニヲハの使い方も十分でない。（歌は言葉を使うのであり、詩であり、表現は形式をもっている。そこを勉強することが大切である）歌は短い詩であるから偶然によい作もできますが、ほんとうにむずかしい。勉強の過程では、どうしても停滞する時期も出てくる。そこをしっかりと切り開いてゆくことが大切です。

このハガキを読んでも、私は自分の歌を、具体的にはどう改めたらいいのか、やはりわからなかった。結局、人に教えを乞うても無意味だ、自分で悟るしかないのだと覚悟した。その覚悟を、先生にもう一度、すなおな形で書いてみた。投稿者は、みな苦しんで励んでいるのに、自分だけ先生に教えを求めたのが卑怯《ひきょう》でした。二度と書きませんともしるした。今後も、朝日歌壇一筋で勉強しますと書いた。それに対して思いがけなく、先生はもう一度ハガキをくださった。

朝日歌壇で勉強をつづけられる由、御決心何よりと存じます。前便でも申し上げました通り、詩（短歌）などは、一にかかって作者の奮励と才と勉強、その他からの力などは微々たるものです。いいお手紙をもらったので、お返しまで。敬具その後、二度と先生に手紙は書かない。他の先生方にも書かない。近藤先生が雑誌『芸術生活』に、私のことをとりあげてくださった文章の中で「豆腐作りという以外に松下竜一のことを私は何も知らない。他の投稿者と同様に知らない」と書かれているのを読んで、私はこころよかった。それがいちばん正しい投稿者と選者の関係だと思ったのだ。私が、朝日歌壇の投稿者であるかぎり、三人の先生に、手紙を書いたりお目にかかったりすることはしないつもりだ。

ただ一度、心弱かった日、卑怯なことをした戒《いまし》めの思い出として、私は宮先生の二枚のおハガキを大切にしまっておくのだ。

夏

何鳥か未明鋭し我が豆腐売りゆく島は橋より低し——と詠った北門橋。

マツヨイクサ

ひそやかに競《きそ》いほぐるるマツヨイクサみごもる妻と夕土手に坐す

妊《みご》りて問うこと多しと母に行く妻との夜道青葉木菟《あおばずく》鳴く

妊りて日記ひそかに付けそめし妻に小さな辞書買いやりぬ

三首とも、昨年の歌だ。でも、この夏の歌だといったっていい気がする。みごもる妻と、夕ごとに行く河口の土手に、今年もまたマツヨイクサがひらき始めた。やがて城の裏杜《もり》に、青葉木菟の声を聞く夜となるだろう。妻は中断していた日記をまた付け始めた。

胎動を知る日近みて待つ妻と幾夜静かにテレビともさず

二人静かにいる夜の部屋に、摘んできたマツヨイクサが、今ほぐれ始めている。ふしぎなものに魅せられたように、二人ともじっとみつめている。ふたつはひらいてしまったのに、あとふたつなかなかほぐれない。部屋の中では、やはり遅いのだろう。しびれをきらした妻が夜の町に出ようという。腹帯を買うのだという。明日、それを産院に持って行って先生に巻いてもらうのだ。五カ月目に入ると、妊婦はみんなそれをするのだという。私は夜の町を従いて行く。柔らかい風がサッと肌を撫でて過ぎる。ねえ胎動って、こんな感触かなあと妻はいう。

　柔風《やわかぜ》の肌に触れ来るごときかと妻は胎動をあこがれて待つ

それよりもっと強いものじゃないかと、私は知りもしないことをいう。腹の出てきた妻と、こうして町を行きつつ私は面映《おもはゆ》い気がし始めている。こんなにぶかっこうになって恥ずかしくないのかと問うと、むしろ嬉しいくらいよと笑っている。気弱で稚いのみと思っていた妻に、もう母の一面がきざし始めているのか。

　人目にもようやく身重と見えゆくを誇らしと告ぐ気弱な妻が

薬局で妊婦帯を買った妻と、喫茶店でミルクセーキを飲んだ。しきりに風鈴を欲しがる妻に、今日はもう金がないよととりあわず帰ってくる。夜の部屋に灯をともすと、マツヨイクサの花が四つともひらききっている。
寝る前、ニュースを見ようとテレビをともして、R・ケネディ議員の死を知る。妻と私の、こんなひそやかな日々、国内にも国外にも衝撃のニュースが続いている。ただ、私はおろおろとそれを遠く見守っているのみだ。

内に外に劇《はげ》しきニュース続く日々確かに拠《よ》るべきもの無き思い
待ちわぶる胎動今日も無かりしとつぶやきし妻早く眠りぬ

時事詠

佐世保港での原潜ソードフィッシュの異常放射能事件が起きると、それをただちに反映した歌が出る。やがて九大構内の米機墜落事件も歌となって登場するだろう。朝日歌壇は、つねに時事に敏感に反応してきたのだ。

私自身も、私なりに政治への思いを詠ってきた。だが、それは主張でも弾劾でもなく、ただおろおろとした憂《うれ》いの歌だった。初の原潜が入港した冬も、幾首かの歌を詠った。

原潜監視の望楼と云いはちまきの幾たりかいき悲しその写真
吹雪《ふぶ》く日を映像薄るるテレビにも紛れなく黒き原潜を見つ
かの原潜いずくにひそみ待機すか報けわしき日にふとも思えり

だが、今私は迷っている。私に時事詠をなす資格などないのではないかと。一首のたくみな歌をまとめるより、十歩ほどでもデモに従いていった方が真実に意義があるはずだ。私はいったい、今まで何かひとつでも政治的行動をしてきたことがあるだろうか？　否である。ただ一度のデモにすら加わったことはない。

ひとつには自分が、豆腐屋という零細商人であり、なんらの労働組織にも属せぬひとりぼっちな若者だということもあろう。だが、それだけでは言い訳だ。やはり臆病なのだ。

幾年か前、小倉の牧師と医師が、朝日新聞「声」で、ベトナム平和のための市民運動を呼びかけたことがあった。私はその声に反応した。何かをしたい。何かの組織の中で平和の運動をしたいと思い続けていたのだ。やがて名簿が送られてきた。大分県下で声に反応した者たち十数人で、県ブロックをつくれというのであった。私たちは互いに手紙で連絡し合った。ところが、だれがこの会を世話するかの段階でみな尻ごみし始めた。一番若い私が、一番行動的だと思ったらしい。みな、私にやってくれという。私は卑怯にも逃げてしまった。あわれ、ベトナムの会大分支部は瓦解してしまった。今もうしろめたさは消えない。

行動できない臆病者の私に、政治への憂いを詠う資格はないのだろうか？　平和を願い祈る思いは、だれにも負けず切実なのに。

　豚追いて何ささやきゆく朝鮮語君等の祖国乱るる夕べを

沖縄解放大行進の一群が県境を前に旗巻き憩《いこ》えり
インドネシアの国連脱退告ぐる文字歌謡パレードの画面よぎりぬ
梨ひとつ配られて又続きゆくベトナム憂うる小さき集い
たじろがず原爆映画を直視せん妊る妻は遠ざけていぬ

暗い窓から

みんな、それぞれの死者を抱いているのですね。いつもいつも思い出してやるわけにはいかないけれど、決して忘れることのない死者を抱いているのですね。ぼくは、一人の友を抱いています。彼のことを書かせてもらいます。でも、ほんとうは書くことなんか何もないのです。死ぬ前、彼は写真一枚残さず焼き尽くしたのです。恋もせぬ若さで、むざむざ死にゆくことが、くやしくてならなかったのでしょう。地上に生きていた痕跡を抹殺して死のうとしたのでしょう。

ぼくよりずっと偉い人間でした。命あれば、きっと秀でた仕事をしたはずです。だが、成す間もない若さで逝きました。ぼくが、いくら偉い奴だったといっても、むなしいことかもしれません。きざしをはらんだまま、死んでいったのです。

死後、幾年もの時間に洗われて、ただひとつあざやかに心に沁みいる言葉があるものですね。今夜、ぼくの心に、死んだ彼の言葉が切ないほど響きを返しています。

「やっと星のほんとうの美しさがわかるようになったよ」

死ぬ前の年の夏でした。そのころ、彼の父は製材所の経営に失敗して極貧《ごくひん》の中にありました。田んぼの中にポツンと立つ製材所の片隅の物置の二階一間が住居でした。久しぶりに訪れた夜、物音の果てた寂しい製材所も物置も、全くの闇でした。いないのかなと、裏のあぜ道に回ってみると、彼は小さな暗い窓から夜空を仰いでいるのでした。

滞納して送電を止められているのです。夜は、こうして空を仰ぐしかないという。「やっと星のほんとうの美しさがわかるようになったよ。電気のないおかげだね」と笑うのでした。なんだか、素直に死ねそうな気がするともいうのでした。

中学生のころからの肺結核がしつように彼をむしばんでいました。治療の余裕もなく、毎朝ほかの製材所に雇われていくのでした。朝ごとに血を吐くことも秘めて。

翌年正月、彼は死にました。前夜、付き添うぼくに「お前、豆腐作業に二時から起きるんだろ。早く帰って寝ろよ」と気をつかってくれるのでした。ぼくへの最後の言葉でした。

みなさんには全く無縁な一人の若者の名前ですが、ぼくはどうしても、せめてこんな片隅にでも書きのこしてやりたいのです。感傷を許してくださいね。福止《ふくし》英人《ひでと》。享年二十五歳。

つきつめて死を怖れたる友逝きて我はせつなし生きて桃食ぶ

（毎日新聞大分県版発表）

付記。この文に対して英人君の父は不満を洩らした。英人は法《ほ》華経《けきょう》に救われて、安らかに死んだのであり、決して怖れなどなかったのだと。

五本のマッチ

その朝も二時に目覚めた。豆腐作業のくど火を焚こうとマッチ箱をあけると、からだ。深夜の家じゅうを探したが、なんと一本のマッチも見出せぬ。不覚！　タバコをすわぬ私は、日ごろマッチにあまり留意していなかったのだ。これでは豆腐をつくれない。同業もまだ目覚めてはいまい。この深夜に、とうとう妻の実家を起こしてマッチをもらおうと私は行き始める。

河口の橋まで来ると、一人の老人がくず拾いの車をひいて幻のように渡ってくる。私はふと老人に寄っていく。深夜の橋上で私に迫られた老人は、ギクリと立ち止まった。「マッチを持ってませんか？」と問うと、怯えたようにタバコマッチを出してくれる。「五本くださいね」とマッチをもらいつつ、私は老人に事情を説明した。老人はホッと納得した様子で「お若いのにたいへんですねえ」という。「おじさんこそこんな夜中に？」と問うと「わしは、こんなヨボヨボで、とても車をひいて昼の街は回れんので、夜のゴミ箱をあさり回ってくずを拾うのです。わしひとり生きるにそれで十分です」という。

数日して朝の路上に老人と会い「先夜はありがとう」と声をかけた。老人はドギマギしていた。だれからも声をかけられることがないらしい。そんな老人の孤独に気づくと、私は会うたびに笑顔であいさつした。やがて老人も、私をみつけると自分からあいさつするようになった。それだけのことで、なにかこのみすぼらしい老人と私の心は少し通い合うようだった。

その夏、私は妻とよく夕べの河口に散歩した。老人はいつも橋上にうずくまりはるかな沖をみつめていた。私をみるとニッコリして「お出かけですか」というのだった。いつもそれだけいうのだった。なぜそんな老人と知り合いなのか、妻は不思議がった。

だが、その秋から老人を見かけなくなった。病んでいるのだろうと、妻と語り合った。今年も夏がめぐり、私たちは夕べの河口に行く。だが、もう橋上に小さな老人を見ない。死んだのだろうと私は妻にいう。

私は五本のマッチは返さなかったが、たくさんの笑顔を返した。それはたぶん、五本のマッチの火よりもっとぬくく、老人の心をともしただろうと、ひそかに思い慰めている。

(今夜も私は明朝の作業のため、一箱のマッチを枕辺に確かめて眠りに就《つ》きます)

(毎日新聞大分県版発表)

涙

昨夏以来、毎日新聞大分県版の「毎日サロン」という小欄に、求められるまま、月に一度か二度小文を書いてきた。一千字以内だから、ほんの小文なのだが、何を書いても自由というのが楽しくて、毎回心をこめて書いてきた。

ほかにもたくさんの人たちが交替で書くが、みな、県内の学識者、役職者で、無学な豆腐屋の私が書く暗い寂しい文が異色なのか、いつか人々の興味をひいているらしい。それはたぶん、私が本などからの知識でなく、あくまでも生活体験しか書かないからだろう。

六月の初め、私の十五回目の小文「涙」が新聞に載った。それは弟、紀代一と私の、最もいまわしい争いの日の思い出を、七年前の日記からそのまま書き抜いた文章であった。それは、あの暗い惨めな日々の最も象徴的な悲劇だった。兄弟の争いに、警察の介入まで招いた屈辱の日であった。

私がその小文を発表したのには、二つの意図があった。一つは、その時の警察に対するくやしさを七年経た今も忘れ得ぬからであった。かつて世間から無視され続けたあわれな日々、私の言い分など聞いてくれる人はなかった。だが、こうして社会の公器たる紙面に小さな窓を与えられる立場になった今こそ、私はあの日のくやしさを、あの時の非情な刑事たちに怒りをこめて投げつけたかったのだ。

今一つの意図は、非行児をかかえて現在苦しんでいるだろう家庭に、せめて私たちの惨めな体験が何かの参考になればと思ったのだ。

だがその午後、幼稚園の姉から電話がかかってきた。「どうしてあんなのを書いたの！哲子さんが泣いて訴えにきているよ」というのだ。紀代一の過去を新聞に書いたことが、紀代一の妻、哲子さんにはショックだったのだ。私はびっくりした。そこまでは考えてなかったのだ。弟の名前をあげずに書いたのだし、それにハッキリ弟の立ち直ったことも書いたのだし、まさかそれほど紀代一や哲子さんに、その小文が衝撃を与えるとは思いもしなかったのだ。

私と紀代一夫婦と、姉陽子と、その件で幾度も話し合った。姉は「いかに生活の真実を書くといっても、それによって現実に兄弟の生活に迷惑をかけるべきではない」と私を叱った。「あんたの考えるほど世間は甘くないのよ、決して過去のことを大目に見てくれないのよ」と説くのだった。

私は不本意ながら姉の常識に屈した。私は「文芸者」ではないのだ。あくまで平凡な「生活者」なのだ。自分の文や歌が周囲を傷つけるなら、書くことを詠うことを断念するのが当然だ。

私は今度出版する本のために、すでに書きためていた原稿を、紀代一夫婦と姉に読ませて、それぞれの立場から検閲してもらった。その結果、あまりにも惨めな幾章かを削りとられることになった。「涙」は、むろんそのひとつである。

玉のごと今うごけりと不意に告ぐけさ胎動を知りそめし妻

はじめての胎動告げんとはずむ妻暁早く母に電話す

六月十四日未明、胎動に目覚めたという。まるで玉がグルグル動くみたいな感じだったのよという。ホラホラ、今も、まるで玉が左右に転んでるみたいよと、私の手を腹に当てさせようとする。そうかそうか、小さな繭ほどの命と思っていたのが、もう大きな玉になったのだね。

○

東京の次弟、雄二郎が「ふるさと通信」で、みなに父の日の贈り物を呼びかけてきた。姉の三千円を筆頭に、以下それぞれの額を割りあてて総額一万円の案だった。だが、満だけ、いち早く自社製の電機製品を送ってきた。

父の日にマッサージ器を送り来ぬ遠く就職せし末弟が

私たちは雄二郎の提案に賛成したが、さて何を贈るか迷ってしまい、結局、姉が父に希望を聞くことになった。

贈らんと欲しきを問えど無しと答うわれら六人育てし老父は

それではあまりに寂しいと、あえて問いつめると、夏ズボンが欲しいといい出した。なあんだそんなものでいいのと、私たちは笑った。だったら、上に着るものも何か添えようと、父に聞いてみると、なんと父の欲しいのは夏物背広上下だとわかる。なあんだ、最初からハッキリ背広が欲しいといえばいいのにというと、父は照れている。父の日には間に合わないが、さっそく姉が注文した。私は「ふるさと通信」で、いきさつを書き送り、予想以上の出費になるはずだから、みな覚悟しておくようにといいわたした。

○

和亜が、征子さんの流産を知らせてきた。せっかく洋子と一カ月遅れの出産予定だったのに。征子さんはショックで黙し続けているという。やはり、帰郷が無理だったのだ。父と私は、見舞金を添え励ましを書いた。

二日後、また和亜から手紙が来た。きびしい怒りの手紙だった。「ふるさと通信」に貼って廻した「涙」に対する怒りだ。なぜこんな兄弟の恥部を新聞に発表したのかという痛烈な問いだった。私は紀代一夫婦や姉と、一応了解がついて、その問題は落着したと思っていただけに、今度は遠い弟から怒りの手紙を突きつけられてびっくりした。しかもどうやらそれは雄二郎夫婦の意見をも代表して、和亜が書いたらしいのだった。

私は反論をくわしく書き送った。だが、寂しさは深い。小文「涙」をきっかけとして、弟たちがいかに、私の本の出版を怖れているかがわかったのだ。そのことを和亜はハッキリ書いていた。「自分の文が世間の目を引くようにねらって、おれたち弟に犠牲と恥辱を強《し》いるのではないか」と。私の本は、弟たちに祝福されず出版されねばならないのだろうか。

信じてくれ

小文「涙」への和亜の怒りに反論して（「ふるさと通信」四十三年第十一信から）

和亜よ。「涙」を「マスコミの反響をねらうために書いた」と推するお前の思いは誤解だ。あの文の唯一の動機はうらみだ。おれが七年前に刑事たちから受けた屈辱を、いったいだれが知っているか！　おれひとりの胸中に深々と刺さったくやしさだったのだ。だが、そのうらみをだれが当時聞いてくれたか。見捨てられ馬鹿にされ続けていた貧しい豆腐屋の言葉に何の力があったろうか。おれは決して忘れぬ怒りの炎を胸奥《きょうおう》に秘め続けてきたのだ。それはたんに、刑事たちへのうらみではない。それに象徴される世間の冷たさへのうらみなのだ。お前たちも、その冷たさに、あれほど泣かされてきたではないか。

今、おれはどうやら世間に発言できる立場になった。おれは七年間のうらみをこめて、あの文を書いたのだ。紀代一のことは、そのキッカケとして説明したにすぎない。

ハッキリいっておくが、おれの書くものは、絶対におれが世間に対して発言したい、やむにやまれぬ気持ちで書いているのであって、世のウケをねらっているのではないことだ。

以上は「涙」についてだが、ほんとうはあの小文のことはもう過ぎたことだ。むしろ、お前たちが恐れているのは、おれが出版しようとしている本のことだろう。父母、兄弟、姉およびそれぞれの家族が全部実名で登場する本のことだろう。殊に、母ちゃんの死後、乱れた兄弟の日々を世間にさらされるのが辛いのだろう。だが、そこを削ってしまってはおれの本は成立しないのだ。

おれは、おれたち一家が惨めでどうしていいかわからなかったどん底から、やがて一人ずつ立ちあがっていく過程をひとつの重い事実として書きとめたいのだ。それはなによりも、おれたち自身のためなのだ。おれは今度の本にひとりの読者がつかなくてもいいのだ。ただおれたち兄弟のために作るのだ。

今度「涙」に対するお前たちの反応をみて、おれがいちばん強く感じたのは、松下兄弟に特有な精神のひ弱さだ。いつも外見ばかりとりつくろって、ほんとうに自分を裸にして世間に飛びこんでいこうとしない弱さなのだ。それぞれの過去をふり返って思いあたることはないか。雑草のような強さで、世間体かまわず、しゃにむに生きて行く活力、意志力に、みな欠けているのではないか。

過去がなんだ！　世間がどう思おうとなんだ！　過去のことなぞ、雄々しく笑いとばして前進する強烈な精神力を持たぬかぎり、松下一族はいつまでもダメな敗北者なのだ。

おれは書き続ける。ガリ版ででも、必ず本にする。この本が、おれたち兄弟の前進の基点となることを確信しているのだ。過去を直視して、はじめておれたちは真の団結をするのだ。紀代一はおれを信じるといっている。雄二郎も和亜も満も陽子姉ちゃんも、みなおれを信じてくれ！

寂しいなあ

夏は寂しいなあ。春より、もっと寂しいなあ。ぼくはとてもとても痩せているのだ。町を行く若者たちが、いち早く半袖シャツに着替えて、たくましい腕を曝《さら》けて歩くのに、ぼくは恥ずかしくていつまでも春のままの長袖シャツなのだ。

ぼくよりずっと背の低く小さな妻も、身重になって四十五キロを越えた。ぼくはまた少し痩せて四十三キロになってしまった。暑くなれば、もっともっと痩せるだろうなあ。四十キロになるかもしれないなあ。寂しいなあ。夏は寂しいなあ。

ぼくは、少年の頃から銭湯に行かぬ。うちに風呂のない頃も、姉の家に貰い湯に行ったりして銭湯には行かなかった。裸になるのが辛く恥ずかしいのだ。自分の心臓のコトコト動いているのが、あらわに見えるほど痩せた胸が恥ずかしいのだ。

まるで女みたいに真っ白な肌ね、と妻がいう。病身な肌なのだ。日に焼けたことのない肌なのだ。決して人目に曝すまいと、どんな太陽の下でもシャツをぬがぬ肌なのだ。

ぼくがとうとう、ほんとうの友だちをひとりも持てなかったのは、きっとぼくが裸になれなかったからだろう。太陽の下、健康な裸身をさらけ出して、肌触れ合い、ぶつかり合うとき、ほんとうに血の通った友情が生まれるのだろうなあ。ぼくには、そんな経験がない。寂しいなあ。寂しい青春だなあ。

この痩せて小さな肉体のため、ぼくは幼い頃から今まで、どんなに屈辱に耐えてきたことか。ぼくは異常なほど肉体の暴力を恐れる。幼い頃から、みんなにいじめられてばかりいたぼくのひ弱な肉体に刻みつけられた本能的恐怖なのだ。ぼくは、だれの前に立ってもなにか肉体的な恐怖を心の底にいだいている。もし、一発なぐられても、ぼくは死んでしまうかもしれないなどと思ったりする。中学生すら、ぼくはこわく思うことがある。ぼくが、まるで人嫌いみたいに、人中に出たがらぬのも、こんな根深い恐怖のせいなのだ。でも、こんな気持ちはだれにもわかってもらえないだろうなあ。寂しいなあ。

力はまるでないし、おまけに心臓が人よりとても小さいのだと医師はいう。肺活量もない。ゴム風船ひとつふくらませることができない。水泳に行った日、悪童が、ぼくを水中に押し沈めた。幾分間だったろう。そのくらい、悪童にとってはほんのいたずらだったろうが、肺活量のないぼくは、まるで窒息寸前だったのだ。そんなことがみんなにはわからないのだ。人並みでない肉体の悲しみが、わかってもらえないのだ。それ以来、水泳にも行かぬ。

　寂しいなあ。夏って寂しいなあ。こんな痩せてあわれなぼくが、父親になるのかなあ。ぼくには信じられぬみたいだ。ぼくの細い腕で、子供をだっこできるのかなあ。ねえお前、半袖シャツを出しておくれ。着換えるよ。

梅雨

田植にて村の豆腐屋休めりと聞けば遥けく売りに我が来ぬ
こごりゆく豆腐目守《まも》るに夜明けがた梅雨《つゆ》はひそかに霧となるらし

せっかく始めたばかりの絹豆腐を、もう幾日休み続けていることか。降る日は売れぬのだ。明け方が近むと、私はきっと戸外に出て空を仰いだ。星がひとつも見えないと、絹豆腐造りを諦めるのだ。

停電して豆腐出来そこないしこと梅雨の未明のかなしみとなる

停電して豆腐失敗せしわれの影揺れやまず蠟燭《ろうそく》の灯に

七月二日未明、すさまじく降りしぶく梅雨のせいか、突然停電した。まだボイラーに変わる前の頃は、停電しても蠟燭の灯《あか》りで仕事ができるのだったが、今は豆乳を煮るのさえ、バーナーのモーターが止まってはどうにもならぬのだ。機械化され電化された仕事から、不意に電気を奪われた時のみじめさを、その未明、私は痛烈に知らされた。間もなく夜明けなのに、ただいらいらと待ち続けては、停電を呪い罵《ののし》るしかなかった。人々は停電していることも知らずにまだ眠っているだろう。かなしみが衝《つ》きあげてきた。その停電は二十分も続いた。

土間隅にひそむ沢蟹泡抱きて夜業の火《ほ》色《いろ》に薄く染まりぬ

梅雨の日々、庭に小蟹がたくさん出るのだった。そんな一匹が仕事場に入りこむ夜もあった。

ひと釜の豆乳煮あげて仰ぐとき月にひそかに暈《かさ》は生《あ》れいつ

たまたま晴れた夜の月には、大きな暈がかかった。疲れて充血した眼に、暈は淡い虹色にうるんでみえた。

我が夜業の廃湯の湯気か遠溝に月かげ差せば薄白く立つ

我よりも寂しき職か猫捕《と》りが猫獲《と》るを見つ夜業の窓ゆ

人の職は、みんなそれぞれに寂しいのだろう。深夜の町をひそかにめぐって、こっそりと猫を獲っていく男は、私よりもっと寂しいだろう。何かをしなければ、人は食べてはいけないということが寂しさの根なのだ。

ひ弱な私が、このきびしい豆腐造りを生業とすることも寂しい皮肉だし、足を病む弟がバスの車掌であることも寂しい皮肉だ。おのれの職に満足しようとしまいと、とにかく毎日追われるように働かねば食べていけないのだ。

追記。近藤先生は、七月二十一日の朝日歌壇で沢蟹の歌を一位に選んで評言をくださった。

第一首。作者は豆腐造りを生業とする。その夜業にいそしむ土間の片すみに、どこから出て来たのか沢蟹がいて淡い泡を吹いている。孤独な心をつたえる作品。たしかな造形性ともいうべきものが何によって生じているかを見てほしい。

裸身

夏の日、作業場は湯気地獄となる。昼間は人目を恥じて隠す裸身も、真夜ひとり、さらけ出して働くのだ。それでも汗を噴くのだ。

痩せいるを恥じて人目に隠す裸身しろく曝《さ》らけて真夜豆腐造る

豆乳の湯気が包めば真夜ながら豆腐する我が裸体汗噴く

そんなはかない裸身が、しらじらと鏡に動いているのに気づく。ハッとするほど寂しい。まじまじとみつめていたりする。

夜業われのあくびの涙光るをばふと鏡に見つ泣けるが如し

真夜孤《ひと》り働く我の顔映り寂しき鏡は裏返したり

かなしげな裸身を蚊が襲う。蚊取線香がいつの間にか消えているのだ。蚊を叩けば、裸身が寂しい音を返す。

土間隅に置く蚊遣《かや》り香水かぶりいつしか消えおり豆腐造る真夜

真夜の蚊を罵る父に蚊遣りして我はさびしく豆腐造り始む

県境の鉄橋越ゆる貨車の音遠く伝い来《く》夜業二時五分

遠き灯をなぜにぼんやり数えいる我かと寂し夜業倦《う》みつつ

あまりの熱気に、ひらいておく窓から、ヌッと酔どれがのぞく。こんな真夜中、家へ帰ろうとしているのだろうか。

寂しきかと窓越しに問う酔どれに黙して真夜をあぶらげ揚げおり

おのれこそ寂しげな酔どれなのに、相手にならずにいると、水をくれという。窓越しに汲んでやる水を飲みほすと去って行く。

揚げいつつ眠り昏《くら》みし幾分《いくふん》かあぶらげ瞬《たちま》ち焦《こ》げ果てており

眠りとの闘いに負けそうになると、私は頭から水をかぶる。だが、そんなことをしても耐ええない瞬間、私は立ったままフラフラと眠っていたりする。寂しいひとりの秘密だ。こんなに身をさいなんで、私はますます痩せてはかなくなってゆくのだろうか。今、自分はまだ三十一歳だ。いかに病身とはいえ、それなりの若さを持っているのだ。だが、もう十年もして、私はこんな作業に耐えうるだろうか。青白い裸身をみつめて、不安は深いのだ。

樹々の香の風さっと来ぬ暁を迎えん夜業の窓を展《ひら》けば

絹豆腐はじめましたと貼る戸の面《も》明け四時の空星薄れつつ

星は、もう西空に数えるほどしか見えない。すでに飛ぶ燕《つばめ》が見える。早暁を働く人たちが動き始める。私もまた、小さな単車を引き出す。

隙間なき戸に朝刊を入れなずむ少年の脛《はぎ》ほそき清《すが》しさ

ひそやかに絹豆腐をば運ぶ土手チガヤにすがり蝶まだ眠る

風鈴

何かあげたいなあ、何がいいかなあ、はじめて友ができ、嬉しい妻は、新しい友に何かを贈ろうと、幾日もいい続けていた。

「ずっと毎日サロンの文を愛読してるんですよ。いつか、お二人とも内気過ぎて友だちがないって書かれてたでしょ！　その時から、私じゃいけないかなって、ほんとうはもう幾度もお家の前まで来たんだけど、勇気がなくて、いつも引き返してたのよ」Ｉさんは、初めて訪ねて来た日、そういった。三十を幾つか過ぎた小柄なＩさんは、心のいきいきした奥さんだった。子供がいないという夫婦二人の生活は、やはり寂しそうだった。いい友だちになりたいと、私も妻も思った。

　二度目に来たとき、彼女は、私の歌にあるマツヨイクサが見たいなあといった。じゃあ、夕方いっしょに行きましょうと勧めた。夫が出張中だという彼女は、寂しかったのだろう。早くやってきた。私と妻とＩさんは、淡い潮風に触れつつ、河口の土手を歩いて行った。小さくパッチリとひらいているコマツヨイクサを指さすと、ワアー可愛いと歓びの声をあげた。悪いけど、わたしに摘まれてねと、Ｉさんは小さな花に詫びつつ、摘み取った。

　だが、いちばん見せたかったオオマツヨイクサは、まだほぐれていなかった。真紅の日が、ようやく沈もうとしていたのだ。ほぐれそうな幾本かを、Ｉさんは摘み取った。きっと、手に持って行くうちに夜がきて、花がみるみるひらくはずですよと、私たちは散策を続けた。

　あれほど内気な妻が、なぜそんなに素直になついていったのか、その夜の散策で、すっかりIさんと友だちになり「ねえ、わたしIさんから料理を習うことにしたわ、その代わり、あなたがIさんの短歌をみてあげてね」と、いい出したりした。

そのまま夜市に出て、妻は風鈴《ふうりん》を買った。小鳥と花の飾りがついた、安いが可憐な風鈴で、帰るさをチリリンチリリンと鳴り続けた。Iさんはしだいに魅《ひ》かれたのか、私も買えばよかったなあとくやしがった。Iさんの持つオオマツヨイクサはとうとうひらかぬまま、私たちは別れた。

そうだ風鈴を買ってあげよう！　やっと贈り物を決めた妻は、次の夜市の土曜を待った。だが、その朝が来て、妻は危うく流産しそうになり、絶対安静の病臥となった。ショックで、しばらく泣いたあと、フッと小声で呟いた。「風鈴を買いに行けなくなったなあ」

妻の入院

流産を危ぶみ入院する妻が小さな風鈴も荷に包みたり

医師から流産のおそれをいわれて、数日家で臥した妻は、七月三日入院した。その日から私の病院通いが始まった。昼間、仕事の暇の時間わずかをみつけては顔を出し、夜は七時から九時まで、病室ですごした。新しい友Iさんも、毎日必ず慰めにきてくれた。妻の母や妹も来てくれた。

妊娠中毒症といわれて、妻はしきりに百科事典の「に」の項目を持ってきてとせがむのだった。自分の目で調べてみようと思っているのだ。私が索《ひ》いてみると、思ったよりそれは危険な病気のようだった。特効の治療法もなく、まちがえば母体の命も危ういらしい。こんな解説を読むと、妻はいよいよ神経質になるだろう。私は、なんとかかとかいい逃れして、事典を病院に運ばなかった。

　　めだたざる妻と思えど病み臥して家居荒れたり座に蟻が来る

入院が意外に長びくにつれて、妻のいない家が荒れ始めた。殊に、私の居室である二階はすさまじい混沌となった。紙屑と本と、汚れたままの皿と茶碗とビール瓶とグラスが山なしていった。夜の食事は、妻の母が用意してくれたものを貰って帰って、父と二人ひっそりと食べるのだった。

　　身重妻と夕日見ておりこんなにも美しい世に早く生《あ》れこよ

妻の病室の外は、物干しを兼ねたベランダで、私たちはよくそこに出て沈む夕日に見入るのだった。仕事の大多忙が続き、時間の余裕のない私は、そんな夜々、原稿用紙を持ちこんで妻の病室で新聞のための原稿を書いたりした。そんな私にとりのこされた妻は、寂しいのか、しきりにものをいいかけたり耳をひっぱったりしては、私の原稿を書きそこなわせるのだった。

ある夜は、母の作ってきたおにぎり弁当をＩさんや私たちみないっしょに、まるでピクニックのように妻の病室で食べるのだった。今夏はじめての西瓜《すいか》を食べたのもそんな夜だった。病院の夕食は四時過ぎで、そのあとの長い夜を、妻はよく空腹を訴えたのだ。

朝二時から三時には起き出る私は、夜も九時を過ぎると妻を病室にひとり残して帰っていった。妻は眠れぬらしかった。病院の窓にぴったりと吸いついたやもりをみつめたりして、寂しく目が冴えていくのだと告げたりした。

七月十七日、Ｉさんに連れられて、妻は二週ぶりに病院近くの浴場に行った。二時間も入浴を楽しんで帰って来た夕べ、先生が「帰ってみるか」といった。その夜、妻は退院した。天井の低いわが家の夜は蒸し風呂の暑さで、妻の苦しむのがあわれで、翌日実家に帰した。

今夜、妻のところに来ていっしょに食事をしたが、そのあと妻は激しく嘔吐し始めた。やはりほんとうに治ってはいないのらしい。

参院選

みごもりて平和の願い云いそめし妻はじめての投票を待つ

選挙権を得て最初の投票日、七月七日を、妻は病床で寂しくすごした。待っていたのになあとつぶやくのだった。

私と父は、その朝たがいに意中の候補をいい合った。安保廃棄、非武装中立を支持する私は社会党候補の名をあげた。しかし父は、非武装中立など夢だといって、地方区に自民党候補をあげた。私は父を説得できなかった。自分自身では揺るぎなく信じている非武装中立も、他人に理論的に説明できないのだ。

非武装を納得せざる老い父とかたみに異《ことな》る票を投じぬ

アメリカの大豆にたよる家業ゆえ保守票投ずと老父云い切る

だが父は、必ずしも自民党を信じているわけでもなく、全国区には青島幸男を選んだ。テレビでファンなのだろう。少なくも、彼は悪いことだけはせんだろうというのだった。

父もまた、既成政治家を信じてはいないのだ。

おのが信ずる非武装中立を、父に説きえなかったことを、私はいつまでも寂しく思い続けた。選挙の結果、社会党は惨敗だった。私は父にどう説けばよかったのか。非武装中立を納得させえぬかぎり、社会党の伸びることはあるまい。非武装中立を理論的に説くことができるのか。ぜひ教えてもらいたいと思い、そのことを朝日新聞の「声」に投稿した。

社会党と非武装中立（十四日の新聞より）

なんの組織からももれている零細な豆腐屋の私は、参院選で社会党に投票した。同党が零細家業の真の味方だと信じていないが、同党の安保廃棄、非武装中立を支持したいのだ。

だが、その同じ問題で、父は自民党を選んだ。もしどこかが攻めて来たらどうするのだ、父の素朴な問いを私は受けとめえなかった。非武装中立を貫けば攻められるはずはないと私は信ずるが、では絶対攻められぬ保障を示せ、と父に問い詰められて私は答えられなかった。父は、さきの中東戦争の例も持ち出し、もしイスラエルに軍備がなければ、あの国は滅亡しているはずだという。私はそれにも答えられなかった。

社会党の人たちに教えていただきたい。父の問いにどう答えたらいいのか。非武装中立論は、ただ信念だけを根拠とした理想論にとどまるのか。私の父ひとり、客観的に説得できない社会党は、今後も伸びを期待できぬ。

「アメリカ大豆にたよって豆腐屋をしてるんだから、もし社会党政権下でアメリカからの輸入が絶えたら大変だ」とも、父はいう。生活に直結するこんな重要なことも、社会党政権下ではどう変化するのか、まるでわからぬ不安が私たちにはあるのだ。

党員、労組のみでなく、私たちのごとき市民にもわかりやすい社会党紙みたいなものでも発刊して、どんな素朴な質問にも、具体的な生活の言葉で答えていただける場がぜひ欲しいと思うのは私ひとりではあるまい。

折鶴

梅雨が明けてカラリとした晴天が続き、豆腐がよく売れる。夜中の二時から夕暮れまで立ち働く日が続いた。夜明け前、午前、昼、午後、夕べと、一日に四度も五度も小分けして豆腐をつくるのだ。どんな猛暑の日にも、お客さんにあたらしい豆腐を売るためなのだ。

猛暑の一日を、バーナーの熱気と噴く湯気の中で休みもなく立ち働くのは厳しく辛い。風の入る余地のないわが家は逃げ場もない暑さで、仕事場の熱気が、そのまま部屋まできた。

豆乳の熱気部屋まで噴き来るか母の忌《き》の花夕べ萎《な》えいつ

風涼しき小祝島に身重妻を帰して我はボイラー焚く日々

妻の実家は、裏庭がまるで草原みたいで、終日涼しい風が吹く。夜ごと、私は橋を渡って妻を訪ねた。テレビのない実家の夜は静かだ。

台風四号の迫った夜も、合羽に身を固めて私は橋を渡った。まさか来ようと思ってなかったと、妻は無邪気に喜んだ。今、こんなものを折ってるのよと、畳の上に小さな折鶴を幾つも並べてみせる。飴の包み紙で折ったのもあるらしく、夜の灯にキラキラと光る。

今日ね、出産予定日までおよそ百日だなって数えているうち、そうだ、日に十羽ずつ折ったらちょうど千羽鶴のできるころ、赤ちゃんが産まれるのだと思いついたのよという。

良き子をば産まん願いの千羽鶴妻は小さく折りためていぬ

日に十羽の鶴折りためて産む日待つ妻に苦の夏たちまち過ぎよ

激しい戸外の風雨を抜けてきた私に、こうして産まん命のため、ひたぶるに鶴を折っている平和な妻の姿はひとつの救いのようだった。

わたしは千羽の鶴を折るから、あなたは千首の歌を詠《よ》むといいわと、妻がからかう。私が週に一首の歌も作れずしょんぼりしていることを知っているのだ。そうだ、歌ができない代わりに、私は日に十度、百日で千度ほど、心の中で「洋子が好きだ。洋子が好きだ」と繰り返していおうと、妻に告げる。

ほんとうに毎日？　と妻が疑わしげに問い返す。ほんとうさ。まず、仕事に起きる真夜の二時に第一回をつぶやこう。それから夜明けの配達で、まだ星の見え残る河口の土手を行きながら、第二回目を声に出していうよ。沖に朝日が昇ったら、瞳も胸も紅々と染まりながら三度目を心の中で告げよう。そんなふうに一日じゅう繰り返して、最後の十回目は、夜こうしてお前に会ったとき、直接ささやくのさ。だからお前は、千羽の鶴と千の愛の言葉にくるまれて、きっといい子を産むんだよと、私は妻にいった。

風の夜道を帰りつつ、私は「洋子が好きだ」と十度、声に出して繰り返した。暗黒の河口で、激しい風はたちまち私の声を吹き散らした。

寂しい父

洋子がわが家を離れて一月が過ぎる。結婚前の、あの幾年かのように、私と老父のみの日々が静かに寂しく過ぎる。その頃、無口な父と子は、一日にひとことものをいい合わぬまま過ぎることが多かった。

嫁貰え孫欲しよとは責めざれど無聊《ぶりょう》の父か今日も蠅《はえ》打つ

なぜ結婚しないのだと問う父ではなかった。私もまた、稚い洋子の成長を待っているのだとは告げなかった。かたみに黙し合って、その寂しさを痛いほど感じ合って過ぎた。私の作るつたない料理をひっそりと食べて、夜は父と子の床を並べ合って寝た。子供のように寝相の悪い私は、父を蹴らないように少し床を離して敷くのだった。

釜底の柔飯呉れよと云われつつつぎやる我も父も寂しき

失くす筈なき箸探す此の夕べ我も老父も寂しくなりゆく

蚊遣り香真昼ともして部屋隅に父寝《い》ねており寂しき現実

寂しくて作りしならん老い父の郵便受けに来る手紙無し

貧しきを苦しと洩らさぬ老い父が月面写真に黙々と見入る

母亡くて羽織ぶざまに着し父が祖母の葬儀にわが前を行く

父と居て寂しき夜を紙よりて父のパイプのやに取りてやる

そんな寂しい日々を経て、やっと洋子との結婚を告げたとき、父はあまり賛成しなかった。十八の洋子が稚なすぎる、身体が小さすぎるというのだった。豆腐屋は激しい肉体労働で、それに耐えうる頑健な女であってほしいというのだった。だが、あえて反対はしなかった。とにかく私の結婚で、寂しかった家庭に、やっと華やぎが添うのだと父はひそかに期待しているらしかった。

父の期待はむくわれなかった。洋子は、家庭に華やぎを添える嫁ではなかった。無口な父子に、もっと無口な嫁が加わったのだ。私にむかって心をひらくまで六年かかったほど内気な洋子だと、父は知らない。どうしてもっと、お父さんお父さんと話しかけてくれぬのかと、父は不満なのだ。たがいに無口なまま、父と洋子の間にいつか誤解が生じたりするのを、私は寂しく気づいている。

家庭とは、こんなにむつかしいのか。かたい飯を好む私と、柔飯を好む老父の間で、どう炊いたらいいのか洋子はおろおろする。若い私たち夫婦と老父の食物はまるで違うのだ。

私たちは、いつも老父をポツンと残して散歩したり、二階の二人の小さな城にこもったりする。老父はひとり、階下でテレビを響かせ続けている。まるで寂しさを訴えるように。

だが、私は今ひそかに期している。洋子が産む愛くるしい赤ん坊が、この寂しいわが家をいきいきと騒がせ始めるだろう。赤ん坊を抱き合うことで、やがて洋子と父の心も通い合うだろうと。

売れる日、売れぬ日

昨日は夕べ五時には、もう豆腐が売り切れてしまって、おろおろと店々の電話注文をことわり続けた。そのつもりで、今日はたくさんつくったら三十丁も余って、結局捨てねばならなかった。もうずいぶん永く豆腐屋をしていながら、どうしても毎日の豆腐の売れぐあいを正確に予測できぬ。なぜか人は、ふしぎなほど揃って豆腐を食べる気になったり、食べたくなかったりするらしい。だから売れる日と売れぬ日の差が大きくひらくのだ。ある日は大不足で、ある日はたくさんの廃棄となる。

このごろ、毎日午後四時頃になると、夕べの豆腐をつくるかどうか、私は迷いに迷う。つくるとすれば、四時に始めねば販売に間に合わぬのだ。だが、売れそうでつくってみると、さっぱり売れず、汗みどろでつくった豆腐を夜には捨ててしまってガッカリするのだ。

その日の豆腐の売れゆきを見通すのは、ある程度、永年の経験でわかるのだが、どうしても正確にはいかない。いったい、人が豆腐を食べようという気になる条件は何なのか？　まず、夏にかぎって考えてみると、なんといっても炎暑が第一条件だろう。それもカラッと晴れて積乱雲の雄大な日が殊にいい。だが、そんな炎暑も幾日と続くと、しだいに豆腐の売れゆきは下降する。そんなときは、一日くらい雨が降って、天候にアクセントがついた方がいい。私の場合、第二条件は販路の特殊性だ。私が豆腐を卸すのは、小店ばかりほぼ十四店だが、半分の七店が小祝島にある。そこでは漕網漁《こぎあみりょう》に出た日と出ぬ日で大きく違ってくる。夜漁を終えて、暁に帰る船がどっと魚を水揚げすると、朝からでも人々は魚を食べる。豆腐は買わないのだ。

　　漁季の来て悲しきまでに魚《うお》食ぶる漁村に豆腐売れずなりたり

冬は寒気のきびしい日ほど豆腐がよく売れる。雪や吹雪の日が絶対だ。夏は冷奴だが、冬はちり料理などだから、その日どんな魚が市場に出たかとか、どんな野菜が安いかとかも大きな条件となってくる。小祝島の冬は、海苔漉《のりす》きでろくに食事もせぬ忙しさが続く。みんな海苔巻きのおにぎりを食べながら働き続ける。そんな日々も、豆腐は売れぬ。

だが、そんないろいろな条件を考慮してみても、なお予測がはずれることが多い。なにかしら微妙な条件が、人の心理、生理に働きかけるらしい。そんなとき、私はいつも嘆いていう。「あーあ。人の食気《くいけ》ほど浮気なものはないなあ」

私は今夜も腹を立てながら、豆腐を捨てている。「畜生！　浮気者たち奴《め》が！　昨日はあんなに豆腐を欲しがったくせに、今日はサッパリ食べようとしねえ！」

妻、帰る

八月二日早朝、毎日新聞の尼田記者から、今日午後西部本社の河谷編集委員が取材に来られるとの電話があった。家の中は荒れ放題だったから、妻を里から帰した。

久しぶりわが家に戻った妻は、いっしょに加勢に来た妹の京ちゃんとともに、てきぱきと家じゅうを掃除していった。私は昼までに仕事の段落をつけようと大わらわで働いた。

毎日新聞が、今年一年を通しての企画として、毎月一度、「わが道ははるかなり」という特集ページをもうけている。いろいろな分野にわたって、それぞれの道ひとすじに貫いてきた価値ある地方人を紹介するのだ。

私は毎回楽しみに読んでいた。登場者は、自他共に許す業績を持つ著名者ばかりだった。「切腹」「上意討ち」の原作者、佐賀の滝口康彦氏も紹介されたひとりで、強い印象に残っていた。いつか自分も何年か先、こんなページに登場できるようになれたらなあと、ひそかな思いの湧きつつ、私は読むのだった。

その私を八月の同特集がとりあげるらしいと、当地の尼田記者から内報されたとき、私は茫然とした。喜びより恐れの方が強かった。いくらなんでも、そんな晴れがましい場所に登場できるような私ではない。いったい私に何の業績があろう？　たった六年間、新聞歌壇で歌を続けてきただけではないか。しかもそれは朝日歌壇であり、毎日新聞ではないのだ。

なにかのまちがいだろうと思った。だがそれから数日して、友松勇先生が訪ねてこられた。現在、当市の中学校校長である先生は、毎日歌壇賞受賞の歌人であり、私は交際のないままひそかに先生の歌を敬し、幾首も愛誦していた。先生は毎日学芸部からの依頼で、私の歌に関する評文を書くため、「相聞」「つたなけれど」を借りにみえられたのだった。やはり、私に関する企画は準備されつつあるのかなあと思ったが、なお半信半疑で信じられなかった。

そのまま日が過ぎて、やはり企画倒れになったのだと、ほっとしつつ、さすがに未練の気持ちもあった。だが取材は進んでいたのだ。午後、尼田さんといっしょにみえられたとき、河谷編集委員はすでに「松下竜一ノート」とマジックで大きく表題を書いた一冊の大学ノートに、私に関する資料をすっかり書きこんでいるようだった。

私は何よりも聞きたかった。なぜ、あえて私ごとき業績もない無名者をとりあげようとするのか。河谷さんはいわれた。「ほんとうの意味で生活詠を貫いている数少ないひとりとしてあなたを紹介する価値があるのです。生活の中に文芸が生きている例として尊いのです。発表の場が朝日であっても、そんなことは構いません」と。河谷さんは、ふとおもしろいことをいわれた。私の歌を読んでいると、八木重吉を感じると。あの純粋無垢《むく》な宗教詩人と、私の傷だらけの歌とどう関連するのか、自分では思ってもみなかったことだけに驚いてしまった。

虚名

わが家に帰ってきた日、あまりに急に動き過ぎたからか、妻は翌日から幾朝も鼻血を出した。耳鼻科に行かせた。帰ってきて「先生がね、ああ有名な松下さんですかといったのよ」といって照れていた。この頃そんなことが多い。殊に私は、よく未知の人から、毎日サロンを愛読しているとか、歌壇を楽しみにしているとか告げられる。テレビで観たとも、新聞記事で読んだとも告げられる。

そんな私を危惧して「あなたがタレント化しようとしていることに不安を感じる」とハガキで戒《いまし》めてくださる方があった。ただ一途《いちず》に歌壇に歌を投じているうちに、いつしか私の名は知れ渡ってしまった。歌の質とは関係ないところで、何かしら私にはマスコミの興趣をそそるものがあるらしいのだ。貧しい豆腐屋が、懸命に豆腐造りの歌のみを作るということもそのひとつらしい。稚い学生に恋をして十八で妻に迎えたということもそのひとつであろう。マスコミの眼も、読者の眼も、私たちに好意的であり、いじらしいとみているようであった。

わずか四、五年前、私は少し頭がおかしいのではないかと噂されていた。豆腐を積んで小さな単車を走らせつつ、いつも独り言をブツブツつぶやいている私が、異様にみえたのらしい。私が短歌を声に出してまとめようと苦しんでいるのだなどと知る人はなかった。私が歌を詠《よ》むということを、まだ人々は知らなかった。その頃がなんとなつかしいことか。ただ一途に、おのれの生活を訴えようと、明けても暮れても歌をつぶやいていたのだ。頭がおかしいと噂されていることを知ってもかまいはしなかった。

今はもう、この小さな町で、私のことは知られ過ぎてしまった。六年前のように、無名のまま、ひっそりと詠い書き継ぐことができればどんなに理想的なことか。だが、もはやそれは許されぬほど、私の虚名は世間に流れてしまった。

こんな状況をすなおに受け入れたうえで、なおおのれの素朴な真実を守り抜かねばならないのだと、私はこのごろ切実に思うのだ。私は繰り返し、自分にも妻にも戒める。歌を作り文を書くことは、決して誇るべきことではないのだと。だってそうじゃないか。寂しさを寂しいと歌で訴える人間と、何も訴えず雄々しく寂しさに耐えている人間と、どちらがほんとうに偉いのか。言挙《ことあげ》などせず、黙々と立派な仕事をしている人が、いかに多いことか。その人たちにくらべるとき、詠ったり書いたりする文筆の徒は、深い羞恥を抱くのが当然なのだ。

弱虫で行動できないから詠ったり書いたりしているのだ。ひっそりと、恥じつつしなければならぬことなのだ。いかに世間から、私の歌や文がもてはやされようとも、この羞恥心だけは失いたくない。そのはにかみが私から失《う》せるとき、私は生活の根無し草となるだろう。

歌とは？

「毎日サロン」の執筆者は、みなそれぞれ高名な肩書を持っている。昨夏、私にも執筆依頼がきて、原稿を渡したとき、末尾に豆腐屋と書き入れておいた。それが私の唯一の肩書だからだ。だが、活字になったとき、私の肩書は歌人となっていた。抗議してもいっこうに改まらない。豆腐屋ではものを書く資格がないらしい。

　この一年間、二十回近く「毎日サロン」を書いてきたが、私は一度すら歌人の立場として書いたことはない。つねに豆腐屋の視点から文を書いてきた。歌人の肩書は偽りだ。

　私は河谷編集委員から、どんな歌人を好むかと質問されたとき、だれにも興味ありませんと答えた。唐突なその答え方は、補足しなければ理解してもらえなかった。私はこういった。ぼくのつくるものなんか、ほんとうは歌じゃないと思っています。いわば歌の型を借りた生活綴り方で、歌人の歌とは断絶したところにあるものです。ぼくは、自分が文芸をやっているのだとは思いません。ただ、日々の生活記を歌や文の形で残そうとしているのみです。ぼくにとっていちばん大切なのは、日々の現実生活そのものです。それを充実する手段として記録に励むのです。歌人の歌には生活の根が読みとれません。

　口下手で、理論的頭脳を持たぬ私は、しどろもどろになり口をつぐんだ。歌について問い詰められると、私はいつもわからなくなるのだ。絶望的なほど歌の正体が見えなくなる。だから何も考えず、ただ懸命に詠うのだ。

　歌誌も読まず、結社にも属さず、地方歌会にも出ぬ私のかたくなさを非難する人があった。それでは発展などできるものか、今に停滞して歌ができなくなるぞと。私は結構ですと答えた。発展などしたいとは思わぬのだ。

単純な私の人生観はただひとつだ。「人を愛したい」ということに尽きる。せめて自分の親、姉弟たち、妻、そしてそれぞれにつながる一族だけでも、心から真剣に愛して一生を貫きたいのだ。いったい、愛に発展とか進歩とかが必要だろうか？

私は発展などなくてもいいから、自分の日々を誠実に生きて、せめてその狭い世界の中だけでも懸命に愛を深めたいのだ。私の歌は、その愛の過程でおのずから生まれるはずだ。自分の仕事を愛することで、豆腐の歌は限りなく生まれるだろうし、妻をいとしむことで愛の賛歌は泉のように湧きくるはずだ。

私はすでに知っている。悲しみや怒りですら、それを詠いとらえて、幾十度も口につぶやくとき、すでになにかしらいとしいもの、愛みたいなものに変わっていることを。

そうだ！　私にも煮つめてみたら、歌の定義がひとつあったのだ。――詠うとは、愛することなのですね。

真夏

散りやまぬ汗をはじきて飛ぶ油裸身のけぞりあぶらげ揚げ継ぐ

こぼれ豆ひそかに芽ぶく土間隅に夜業ひとりの蚊遣りを焚きぬ

大豆が幾粒も土間隅にこぼれて水を吸い、はかない青芽を伸ばしている。それが豆磨機《まめすりき》の振動でかすかに震えている。

もう少し音を小さく働けと老父が喚《よ》べり真夜の臥所《ふしど》ゆ

煤《すす》飛ぶを機械響くを疎《うと》まれて真夜をひそけく豆腐造る我

近所の家々を煤で汚したり、真夜中に機械を響かせたり、どんなに肩身の狭い思いで働いていることか。ある夜、火の粉が噴いていると通報があったと、消防車が駆けつけてきた。だれかのいやがらせだったらしい。悲しい職なのだ、豆腐屋とは。

鱗粉の淡く溶け出て死蛾《が》の浮く真夜の水更《か》え作業に入りゆく

なぜ、蛾は水槽に落ちて死ぬのだろう？　うっすりと羽根の粉が水にひとすじ溶け流れている。

覚めて直ぐ夜業のマッチともすときうるみて美し小さな炎

夜業に起き出てすぐの、私の眼はまだうるんでいる。バーナーの点火に、マッチをともすと、小さな炎にボッと虹色の光輪が浮く。思わぬ美しさに、私はかがみこんで燃えつきるまでみとれたりする。

思わずも身重妻抱きおおいたり激しき地震に深夜目覚めて

八月六日午前一時十五分、大きな地震があった。揺れ続ける間、妻の上におおいかぶさっていた。おさまってからそのまま夜業へと降りて行った。宇和島湾が震源であった。

眠る妻に風通うらし風鈴の細き音きこゆ夜業の我に

身重の妻に寝苦しい夜々が続く。仕事場で私の噴かす豆乳の湯気まで二階にのぼって来るらしい。二階の窓に吊り置く風鈴がかすかに階下の私にきこえくる。あっ、妻に風が通っているのだなと、私はホッとしつつ働く。

豆乳二斗の沸《ふ》く泡消すと大しゃもじ揮《ふる》いつつわれ汗みどろなる

わが造る絹豆腐よりなお白き雲ひとつ見ゆ夜業の窓ゆ

夜業持つこの身すばやく寝つかすと酒飲むあわれ魂迎《たまむか》えもせず

盆の日々、豆腐が売れに売れて、私と老父は倒れんばかりに働いた。夜は酒を飲んでブッ倒れるように早寝した。寂心とはほど遠い私であった。

　造りつつ配りつつわが豆腐の歌生《あ》れゆけよ机に向かわざる日々も

そんな荒々しい労働の息吹きの中からこそ私の歌は生まれるのだ。肉体は泥のように疲れても、歌の泉は湧き続けるのだ。

小祝島

山国川が周防灘《すおうなだ》にそそぐ喉元《のどもと》に、小さな小祝島《こいわいじま》が浮かんでいる。だが当地の人々はだれも小祝島とは呼ばない。三角洲の島だが、市街と橋続きだから、たんに小祝と呼ぶのみで、そこの住民も小祝島とは呼ばぬ。小祝島は、私が勝手に作歌の上で作り出した名前だ。しかし、現に、それは地理的にたしかに小島なのであり、そこの半農半漁の住民も市街地区とはかなりことなった生活をしている。それを詠ううえで、私は小祝島と呼ばざるをえない。

父の頃から、小祝島の豆腐販売をほとんど独占してきたのだから、そこの人々の暮らしと私の縁は深い。そして妻もそこからめとって、もはや血縁の里となってしまった。海に働く人々の声も言葉も荒い。私はそこでは「豆腐屋んあんやん」と呼ばれたりする。「豆腐屋の兄ちゃん」ということだ。歌壇など読まぬ人々は、私が歌を詠むことなど知らぬ。歌人などと、うしろめたい偽りの肩書より、こう呼ばれる方がどんなに私にとって爽快なことか。

沖で働く若者たちの体軀はすばらしい。そんな彼らの目から、貧弱でみすぼらしい私は、あわれまれてもいるらしい。商人のくせに、無口で無愛想な私を、変わり者だと思っているらしい。いつだったか、ひとりの若者が、「豆腐を積んで行く私の背をドンと叩いて「オイ、なんちゅう顔しちょるか！　元気出しない！」と大声でどなったことがあった。たぶん、そのとき、私は、暗く寂しい思いをたどっていたのだろう。彼らの善意の表現は、こんなふうに荒っぽい。寂しげで、痩せ果てて、唖みたいにものいわぬこの豆腐商人も、小祝島の人々には、すでに仲間のひとりみたいに見慣れた存在なのだろう。

この小島に、七軒の小さな八百屋がひしめいていて、たがいに競い合っているのだ。それこそ完全な年中無休で商い続けて疲れ果てている。休みたいのに、競い合って休めないのだ。そんな店々に豆腐を卸す私もまた、休むわけにいかぬ。七軒の小店を、私は夜明け前から、昏《く》れそめるまで、幾度もめぐっていく。たがいに競争店をそしり合う話を聞いても、私ひとりの胸に秘めて、私はどの店にも誠実であろうとする。媚《こ》びを持たぬ無愛想な私が、なお店々に愛され優しくしてもらえるのは、私の精いっぱいの誠実が、いつしか信頼されるようになったからだろう。

　迷路のような路地に、もう古びた家々がひしめいている。蚊取線香ひと巻き、味噌五円ほど、あぶらげ半分、風邪薬一服、そんなわびしい商いがあたりまえの日々なのだ。

あぶらげを裂きて半分買うもおり貧しき漁村の人声荒く
汐の香の霧に沈める小祝島音無き明けを豆腐売りゆく
汐溜りに映る星あり目覚め早き小祝島に豆腐積み渡る

橋

何鳥か未明鋭し我が豆腐売りゆく島は橋より低し

近藤芳美先生評。第一首。夜の明けの水の面に、鋭い鳥の声がきこえている。豆腐を売りながら島に渡る橋。橋より低い島、というとらえ方の中にいつもながらこの作者のとぎすまされた感覚がうかがえる。

潮時のままに遅るる島の夕餉《ゆうげ》昏《く》れ初めてわれ豆腐売りに来し

近藤芳美先生評。第一首。いつものように作者は作った豆腐を売って歩く。売るために渡って来た島の部落。島の夕餉は潮どきのまま今日もおくれているのであろう。その感じ方にするどい詩が生み出されて行く。生活の詩ともいうべきものである。単に生活を歌っているのでなく、生活の中に詩を歌いとらえていることに注視すべきであろう。

豆腐積みあけぼのを行く此の河口はやおどろなる群鴉《ぐんあ》の世界

近藤芳美先生評。豆腐を積んだ車をひいて、夜の明けようとする河口の土手を行く第一首の作者。茫々とひろがる河口にはすでに、数知れないからすが群れているのであろうか。単純化されたとらえ方のため、この作品は何か象徴的なものを感じさせる。群鴉は「ぐんあ」と作者によってルビが振られていた。

河口ではない、川口だよと注意してくれる人があった。河口とは、もっともっと広いものだという。旅をしたことのない私は、大きな川を知らぬまま、山国川の展《ひら》くここを河口だとばかり思いきめていた。

この川口をどんなに愛していることか。まだ星の残る頃、私は北門橋を渡る。市街地と小祝島を結ぶ二つの橋のうち、海に近い最初の橋が北門橋だ。旧中津城の北門にあたる。高いその石橋を渡ると、小祝島をとり囲む土手に沿って進む。マツヨイクサが、いっぱいに花ひらいている草土手だ。

　星いくつ未だ見え残る明けの土手麻痺のあゆみを慣らす少女いぬ

この川口を、この橋を、この土手を愛するのは私だけではない。たくさんの人たちが暁の水辺に散策する。足の麻痺を持ち、静かに試歩している老人たちも数多い。頑《かたく》なにおのれひとりの歩みをしている孤独な老人もいるし、いつしか睦《むつ》み合い慰め合っている老人たちもいる。

この北門橋を、毎朝必ず掃除する元教師がいる。橋守《はしも》りと呼びたいほど、この橋、この川口を愛しているのだ。だが、橋を汚す者もまた、何と多いことか。自動車で運んで来た大きなごみ屑を橋から平気でぶちまけたりする。橋守りの老教師は、それでも柔和な顔をして、暁の長い橋を、ひとり掃き続ける。

　ひそやかに豆腐積み渡る我に馴れ欄干の鴉《からす》 翔《と》び立ちもせず

山の顔

童話だと思ってください。家郷を一歩も出ないぼくに、いつからか根づいた、ひそかな夢想です。山国川の川口にかかる最初の橋、北門橋に立つと、周防灘《すおうなだ》も箭山《ややま》連山も一望です。八面山《はちめんざん》に山の顔を見るようになったのは、いつからだったろう？「大いなる石の顔」を読んだあとですから、小学校末年でしょう。ホーソンの有名な物語です。盆地をとり巻く山に、人の顔に似る巨岩があり、神々しいまで英知に輝いています。一人の素朴な少年が、この偉大な神の顔と、心の対話を日々くり返しながら成長する話です。この物語に目を洗われたように、幼いぼくは突然、八面山に山の顔を発見したのです。幼い心に感動は深く、畏怖といっていい思いがわくのでした。

あなたも北門橋に来てみてください。ここからでないとダメなのです。山に向いて左手の方の八面山の稜角を鼻だと思ってください。さあどうです。大いなる山の顔は、静かに天を仰いでいるでしょう。

山の顔を発見したぼくは、ひょっとすると、あの物語の少年のように、詩人になるのではないか。虚弱児のぼくに、それ以来、美しい夢が芽生えたのです。

ぼくは詩人になれるでしょうか？　毎日、臆病に問い続けるのに、山の顔は答えてくれません。いつやら二十歳を越えて、ぼくはあわてました。夢想の中のぼくは、すでに神のつぶやきのような詩篇を残して夭逝《ようせい》しているはずでした。夢に裏切られ、おろおろとぼくは豆腐屋になりました。

でも豆腐を積んで渡る橋上から、明けゆく山の顔を仰ぐたびに、ぼくの心を望郷のように切なくするものは消えません。

「いいのだよ。詩は成らなくても、お前の心は詩人なのだよ」と、山の顔は慰めてくれるようです。だがある朝、仰いだ山の顔にピカピカ光るものを見た時のぼくの驚き。蒼古たる山の顔が、安物のイアリングを光らせているみたいです。何かのまちがいだ、あすは消えるだろうと思いました。でも消えません。消えるはずがありません。八面山に放送中継塔ができたのでした。

ああ、文明はまたしても、ぼくの夢を深々と傷つけたのです。

（毎日新聞大分県版発表）

生きていたラム

ラムに似た犬を見かけたと、最初にいい出したのは、妻の妹京ちゃんだった。夜、畠中の鶏舎に卵を買いに行くとき見たという。私は一笑に付した。ラムが、打撲のショックで、ヨロヨロと家出してから七カ月、一度すら見かけたことはないのに、どうして生きてなどいよう。数日して、今度は母も見たという。すっかり大きくなっているがたしかにラムに違いない、ラムと呼ぶと遠くから尾を振るという。すっかり人間を怖れているふうで、決して近寄って来ない、出没するのも夜遅くらしいという。私の胸はときめき始めた。ほんとうにこの七カ月間、ラムはあわれな野犬となって生きていたのだろうか？　ぜひなんとか捕まえてほしいと、母や妹に頼んでおいた。

翌日早暁、豆腐の配達に行くと、母がラムを玄関の内に閉じこめてあると、興奮したように告げる。昨夜十二時まで張りこんで、豚の餌をあさりに来たラムをとうとう捕まえたという。薄暗い玄関に行ってみると、なるほどラムらしい犬が、怯えきったようにうずくまっている。おい、ラム！　と呼ぶと眼をあげて尾を振る。その眼がなんと険しくなっていることか。七カ月、野犬としての荒《すさ》んだ日々が、あのやさしかったラムの眼をこれほど邪悪に変えたのだろうか。

首輪を調べて驚いた。あの家出の日に、ピッチリと締めていたまま、だれもといてやるものもなく、大きくなったラムの首にキリキリと嚙みこみ、肉をえぐって血と膿《うみ》がにじんでいる。なんと苦しかったろうなあと、私は鋏で首輪を断ち切ってやった。

午後、あらためて連れに行った。だが怯えきったラムは一歩も歩こうとしない。とうとう単車の荷台に乗せて、京ちゃんに後から、飛び降りぬよう支えてもらって、二人で押して家まで帰ってきた。父も妻も、信じかねることだと驚くのだった。

いったい、七カ月の間、小祝島のどこにひそんで生き続けていたのだろう。あれほど日がな一日、小祝島をめぐり続ける私の眼にふれることもなく。なぜ思い出して帰ってこなかったのか？　打撲のショックで、記憶を失ったのだろうか。記憶を失い、人を怖れて、昼は納屋かなにかにひそみ、夜だけ豚の餌などあさって生きてきたのだろう、なんとしても、昔のやさしい思い出をよみがえらしてやらねばならない、私は、ラムよラムよと呼びかけ続けた。

今朝二時。仕事に起き出てみると、ラムがクフンクフンと甘え鳴きして、私に飛びかかってくる。思い出したのだ！　思い出し始めているのだ。今日、陰暦七夕《たなばた》の星空の下に、私とラムはせつない思いで、しばらく睦み合っていた。

妊娠中、犬に触れると病菌を移されると信じている妻は、遠くからラム、ラムと呼びかけながら近寄らぬ。ラムはまだ怯えていて、連れ出そうとしても外には一歩も出ない。

ラムよ！　ラムよ！

ラムがまた、家出をしてはならないので、最初は裏庭に閉じこめておいた。だが　そんな必要もないほどラムはおとなしかった。玄関の庭まで連れてきても、一歩も戸外に出ようとしない。すっかり人を怖れているのだ。夜は、あわれなあわれな遠吠えをして、私を目覚めさせるのだった。

三日目、まだ星のさわにまたたく頃、単車を表に引き出そうとしたとき、ラムがスルスルと家を出てしまった。そして一目散に小祝島の方に駆けて行った。叫んでも振り向かなかった。その日、とうとうラムは帰ってこなかった。馬鹿なラムが、馬鹿なラムが、あんなに可愛がってやったのにといいながら、幾度も私は小祝島に探しに行った。どこにも影はなかった。やっぱり駄目だ、もう野良犬になりきっていたのだと、私はあきらめた。

翌未明、私が表の戸をあけると、ラムがいきなり飛びついてきた。なんだ、お前帰ってきたのか、帰ってきたのかと、思わず私はラムを抱きしめた。その後わかったのだが、ラムは夜しか行動できないのだ。野良犬の日々、昼はどこかにひそんで、夜のみ餌をあさっていた習性らしい。前日も、暗い頃出て、つい遊んでいるうちに夜が明けて、もう帰れなくなったのだろう。夜になって、ひそかに帰り着き、家の前で戸のあくのを待っていたのだろう。

その後も、未明の外出は続いた。ある暁、私が豆腐を積んで小祝島の土手を行くとき、河口の浅瀬をしぶきをあげて走る犬が目についた。奇妙な犬もあるなあと、よく見るとそれがラムだった。その時から、私はラムの孤独に気づいた。ラムは人を怖れているだけではない。仲間の犬をも恐れ避けているらしいのだ。よくズブ濡れになって帰ってきたのは、こうしてただ一匹、広い河口を駆けめぐって孤独な遊びをしていたのだ。

ラムが生きていたというので、不思議だ不思議だと、近所の人たちものぞきにきた。犬ゆえに、ついに語ることのできない七カ月の空白を、私たちはさまざまに想像してはいうのだった。一週間もすると、完全にラムの記憶は戻ったらしい。私が夜業に降りてくると、まっさきにラムが飛びついてくるのだ。真夜の裏庭で、私とラムはしばらくひっそりとじゃれ合い、それからラムを振り切って仕事にかかるのだ。仕事中の私を、ラムは幾度ものぞきにくる。

夜業われを折り折りのぞきに来る犬が眼の遇《あ》いしとき強く尾を振る

私は、そんな夜々を働きつつ、愛の不思議さをしみじみと思った。愛が、どんなに人の心を溢れさせ、やさしくさせ、美しくさせるかを思った。相手は一匹の犬にすぎないのに、こんなせつない眼をして、幾度ものぞきにこられると、つい私もたまらなくなり、仕事の手を休めて、裏庭にラムを抱きに出ていくのだった。

蒼氓

熊谷久虎《くまがいひさとら》が監督した石川達三原作の「蒼氓《そうぼう》」。ぼう頭のスクリーンいっぱいにおおいかぶさる字幕〈そうぼうとは、もろもろの民のことである〉

三十年前に見たこの映画の感動を、私はまざまざと思い出す。もろもろの民の二人を、汗をふきふき取材したからであろう。

八月十九日、毎日新聞「わが道はるかなり」の前書きを、河谷編集委員はこう書かれた。もろもろの民のひとりが私であり、もうひとりは、鹿児島で名物のラーメン屋道岡ツナさんであった。

なぜ、私ごときが、晴れがましいページに登場するのか、ずっと疑問だったのが、この短い前書きで一挙に判然とした。そうだったのか、平凡に働き続ける庶民の心の代表として、ここに選ばれたのか。ラーメン屋ひとすじのおばさんと、豆腐屋の若者と、まさにそれは、河谷さんのいわれる蒼氓の組み合わせだ。

蒼氓とは、なにかしら寂しい文字だなと思う。暗い文字だなと思う。私のことが載ったその朝刊には、バス事故で史上最大の惨事となった飛騨《ひだ》川転落のニュースが惨状をぶちまけていた。蒼氓百七人が、もろともに死んでいったのだなあと、私は暗然として、そのニュースを読んだ。

そんな大事故の報の陰で、「わが道はるかなり」は、とてもひっそりとしてみえた。それが、いかにも自分にふさわしいと思った。大惨事の報に気を奪われて、みな、私のことなど読まないだろうと思うと、気が軽かった。

だが、いつも私を見守って愛してくださる方々は、すぐに慶びのたよりを寄せてきた。北九州の吉良《きら》至誠さん、福岡の田所信成、三島憲和両先生、佐賀郡の山口コウさん、中津市郊外の正島一彦さん、高校時代の旧師南隆先生、豊後《ぶんご》高田の鹿島洋子さんなどであった。

その夜、私は中津郊外を一時間余も探し廻って、草深い里に友松勇先生を訪ねた。

　たくましくかなしく光ぼうを引いて、それはまさしくやむにやまれぬ魂の叫びであり「まこと」の歌である。彼の歌は彼のつくる豆腐のように庶民的であり、清い叙情にあふれている。

「わが道はるかなり」の一節で、先生は、私のことをこんな過分な言葉で讃めてくださっていた。私は朝日歌壇ひとすじ、先生は毎日歌壇ひとすじで、同じ市内に住みながら、今までお会いする機会がなかった。

　歌で想像していたとおりの温厚誠実な先生は、若い私の突然の訪問を喜んでくださった。私は今朝の紙面での讃辞の礼を述べた。そして、私たちは歌のことを語り合った。初めての対談だったが、すでに私たちはたがいの歌を通じての知己《ちき》であった。その親しさで話がはずんだ。やさしい奥さんは、微笑を絶やすことなく、かたえに坐り続けていた。

第十三信

嬉しいニュースが「ふるさと通信」第十二信で届いた。和亜が、とうとう適職をみつけたらしいのだ。H観光という会社で、万国博覧会係だという。なにしろ和亜は、中学生のとき、リュックひとつせおって東京まで無銭旅行してきたほど、旅行に特殊な才があるのだ。そんな彼にぴたりの仕事らしい。

日曜日に、初仕事として、団体客をひきいて富士登山したと書かれているのを読み、思わずふきだしてしまった。あの和亜が、一団の観光客をぞろぞろひき連れて登山していると想像するだけで愉快だった。今度こそ、男の最後の職の覚悟でうちこむのだと書いている。水を得た魚のように張り切っているのだ。

そして、同じくらい嬉しいニュースが今日第十三信で中津から発せられる。紀代一がバス会社の事務職員に登用されたのだ。多数の受験者の中から、やっと面接まで残りながら、その後あきらめていただけに紀代一の喜びは大きく、今朝早く知らせに駆けつけてきた。車掌から事務職員への登用は稀なのだ。まして高校も出てない紀代一にとって、それは有頂天な喜びだった。夕方までには、その報告記を書いてくるだろう。

今夜発する「ふるさと通信」第十三信は、次のような内容になるだろう。一、事務職員登用の報告（紀代一）一、章の近況（哲子）一、自動車学校通学報告（陽子）一、のぶよの成績（陽子）一、ラムの生きていたこと（竜一）一、盆の夜のこと（竜一）、それに八月十八日の朝日歌壇切り抜きと、十九日の毎日新聞「わが道はるかなり」の大きな切り抜きが貼りつけられるはずだ。

あっ、それにもうひとつ大事な文を書かねばならないのだ。第十一信に書かれていた満の質問への答えだ。満の質問は、先の「涙」にからむもので、私が不遇の日々抱き続けてきたうらみを、今になって憎しみとして世間に叩きつけようとしているのは賛成できぬというのだ。書くことで傲慢になると、私を危ぶんでの警告であった。満の叱責は正しい。うらみを含んで文を書いたりしてはならないのだ。文を書いて発表する者の謙虚さをつねに心におき続けよう。義兄も姉も四人の弟たちも、なかなかの批判者なのだ。彼らから見守られて、私は正しい道を進もう。

最後に朝顔のことも書いておこう。十三回忌に帰ってきた美子さん征子さんが植えていった朝顔が、こんな晩夏になって、美しい大輪の花を、毎朝幾つかずつひらき続けていることも、それを父がとても楽しみにして、花瓶に挿し、わずかの花の命を愛《め》でていることも。

朝顔の徐々ひらきゆく明け前を我の豆腐は静かに凝《こ》りいつ

この我をとりあげしと聞く助産婦の老いて咲かする朝顔美し

夜。今から第十三信を投函に行く。全部で十四ページの通信だ。

老作家来たる

八月十五日午後、突然未知の老人が訪ねてきた。長崎から来たと名乗る。榛葉《しんば》英治《えいじ》。もう古い頃の直木賞受賞作家である。「相聞」のことが新聞にとりあげられてから、ときおり遠くからそんな未知の方が訪ねてくるのだった。私のつたない歌を愛してはるばる来てくださると思うだけで、感激して私たち夫婦は客を迎えるのだ。

松葉杖をついた老作家は、豊富な話題をめぐるしいほど展開して、私はじっと聞いているのみだった。話題の中には、現文壇の一流作家が、友人としてつぎつぎ登場するのだ。日頃は東京に在住しているが、今度九州の離島を舞台にテレビドラマを書くための取材に帰郷したのだという。そのついでに、かねがね会いたかった人たちをこうして訪ね廻っているのです。熊本の斎藤典子ちゃんも訪ねてきましたよと、あのサリドマイド児典子ちゃんを訪ねた夜のことを詳しく語るのだった。

「私は自分もこんな不具なので、典子ちゃんには関心が深く、今度初めて寄ったのですが、いいところに行きあわせましてね。八月十六日に東京で全国サリドマイド児親子の訴訟集会があるので、典子ちゃんの家にも招請状が来ているのに、お母さんは旅費がなくて諦めていたのです。行きあわせた私は、すぐに旅費を出し、無理をきかせて駅からやっと特急券を手配してもらい、やっと典子ちゃん母子を出発させてきましたよ」などと、こともなげに語るのだった。

私はそんな善意に目をみはって聞き入った。彼の善意は、典子ちゃんに対してばかりではないらしい。柳川《やながわ》の病臥の歌人池上三重子《いけがみみえこ》さんにも、精薄児施設野菊学園や、田川の炭住に住みこみ伝道教育している若夫婦などにも、彼の善行は及んでいるらしかった。

そんな彼の、すばらしい善行に感動しつつ、しかし、なぜかこの老人を私はあまり好きになれなかった。彼は、当然泊めてくれると期しているらしく、夜になってもビールを飲みつつ語り続けた。妻は階下から私を呼んで、どんなごちそうにしましょうか、泊めるんでしょ？　と聞いた。いや、泊めない、晩御飯も出さないと私は答えた。

わが家は、夜中から機械を響かすので、泊めたいけれど泊めるわけにいきませんと、私は老人に告げた。うるさいことなんか構いませんと老人はいったが、私がどうしても泊めるといわないので、とうとう旅館に案内してくださいといいだした。小雨の中を、私はすぐ近くの安宿に彼を案内した。もう、九時近かった。

どうして、あんな酷なことをしたの？　と不審がる妻に、どうもあの老人を好きになれないのだよと、私は答えた。だが、妻に責められてみると、さすがに悔いは湧いた。明日は盆の十六日だから、特別に一日仕事を休んで、あの老人の相手をしようと、私はいった。

老作家去る

　翌日、老人を中津城に案内したり、諭吉邸に連れて行ったりして、私は一日相手をつとめた。その間も、彼は珍しい話を語り続けて倦《う》むことを知らなかった。とうとう夕べ、私は老人にいった。ぼくはもう、疲れましたよと。老人は、今夜もあの安宿に泊まろうといい出した。さすがに私も、今夜はわが家に泊まってくださいといわざるをえなかった。父は、老人のために風呂を焚き、妻は老人のために料理を用意した。

　翌朝、毎日新聞の朝刊に、上京した典子ちゃんが園田厚相と会っている写真が出た。私は老人の話が本当だったことを確認した。ただ好きになれないというだけの理由で、老人に最初の一夜の宿を貸さなかったおのれを、私はひそかに恥じた。

　その償《つぐな》いに、私は、こうして上京できた典子ちゃんの陰に、一人の松葉杖の老作家の善意があることを、みなに知らせたいと思い、毎日新聞通信局に尼田記者を訪ねた。尼田さんも大乗り気で、あとで取材に行きますという。私は帰ってそのことを告げると、起き出たばかりの老人は困惑したふうで、私は売名行為は嫌いだから記事になりたくないといった。午前十時に、尼田さんが駆けつけたとき、すでに老作家は松葉杖をついて発っていた。惜しいニュースだったと、尼田さんは残念がった。

正直いって、私にとってあの老作家は、一種の闖入者《ちんにゅうしゃ》だった。彼につきまとわれた二日間、私は毎日の労働以上に疲れ果てた。去ってくれてホッとしていた。だが、数日して、再び彼から中津駅に呼び出された。東京に帰る途中だという。「松下さん、実は車中で、東京行きの切符や現金の入った財布をすられましてね、弱りましたよ……」という。

その瞬間、私はなぜ彼を好きになれなかったか、ハッキリとわかった。詐欺師なのだ。文壇の友人も、典子ちゃんのことも、池上さんのことも、みんな嘘だったのだ。私の直感は、ずっと最初からそれに気づいて、この老人に反撥し続けていたのだ。作家、榛葉英治氏の名をかたるニセ者に過ぎなかったのだ。

私は老人に与えるためのお金を取りに帰った。私は妻にいった。あの老人、嘘つきだよ。だけど、可哀そうだから、お金を少しやるつもりだ。お前も、その五目御飯を詰めて弁当をひとつ作ってやってくれ。

偽者に弁当とお金をやるの？　といぶかる妻に、いいじゃないか、あわれな老人にめぐんでやるのさと、私は答えた。

私は老人に、二千五百円と、まだぬくい弁当を与えて、バスに乗りこむまで付き添ってやった。私たちの善意が、老人の心に少しでも反省の思いを生んでほしいと願ったのだ。

その夜、柳川の池上さんに老人のことを問い合わせた。池上さんは心配して速達でくわしく答えてきた。池上さんもまた、老人に迷惑をかけられたという。

不快な事件だったが、それを縁に、私と池上さんの文通が始まったのは楽しい収穫だった。

今も、灯が……

なぜそんなに舟ばかり作るのか、母の死の翌年、小学校の末弟はしきりに木片を削って舟を作るのだった。黙々と小さな舟ばかり作るのだった。できあがった舟はどうするのか、いつか失くなっていた。すさんだ家庭の中で、兄弟みんな悩み抜いていたそのころ、そんな奇妙な末弟に、だれも注意を向けなかった。

その夏休み、末弟はことに念入りな舟を作っているようだった。ある夕べ、小刀で指を裂き、三針も縫う騒ぎがあった。それでも舟作りは止めなかった。祇園祭りのころから始めて、盆の日も作り続けていた。

竜一兄ちゃん、舟を流しに行こう、と末弟がいったのは、その盂蘭盆《うらぼん》の終わる魂送《たまおく》りの夜だった。作っていたのはお精霊舟《しょうろうぶね》だったのだ。私はハッとした。お前、今まで作った舟はいつも流していたのかと問うと、うん、と答える。あのなあ、母ちゃんに手紙書いてなあ、舟に入れて流してたんだという。

お前、今日の舟にも手紙を入れたのか、と聞くと、出して見せてくれる。――母ちゃん。兄ちゃんたちがけんかばかりしてあまり勉強ができません。今度来た人も好きになれず、母ちゃんと呼ぶ気がしません。いっしょに連れてきた自分の女の子ばかりひいきにするのです。――

たどたどしい末弟の文字に、私は胸を衝かれた。いつも争い合うすさんだ兄たちと、他人に過ぎない義母とその子の陰で、末弟はひとり悩み続けていたのだ。今まで末弟は幾つの舟を、西方の母に向けて流し続けたのだろう。そのひとつひとつに訴えの手紙を乗せて。

いけない！　この子だけはしっかりと守ってやらねば。自分を捨てて、もう一度この家庭を立て直そう。長兄たる私の務めだ。おれも手紙を乗せるよ、と私は末弟にいった。――母ちゃん。おれは父ちゃんと豆腐屋を継いでいく決心をしたよ。家から脱け出ることばかり思っていたが、やはりしっかり踏みとどまって働くよ。大学生になる約束は果たせなくなるけど、きっと末の満だけは大学生にしてみせるからね――。ふたつの手紙と、茄子《なす》ととうもろこしを積んだ小さな舟に、線香の灯をポツンとともして、私と末弟は闇無浜《くらなしはま》から、はるかなはるかな母へ向けて流した。茫々とした闇夜に、その波にゆらぐ小さな小さな灯が、いつまでも目にしみた。

十年を経た今も、ホラ、私の胸のさびしい海を、小さな灯が母へ母へと流れ続けている。

（毎日新聞大分県版発表）

けが

今朝、作業中に足がすべって、肋《あばら》をしたたかに水槽の角で打った。息の止まるほどの激痛で、一瞬に紫色の脹れが胸脇に拡がった。洋子さん、タクシーを呼べ、すぐ病院に行けと叫ぶ父を制して、アイスノンを当てて胸を冷やしながら、洋子に手伝わせて、とにかくあぶらげを揚げ続けた。揚げ終えてから、一時間ほど座敷で横になり、ひたすら冷やし続けた。あとの仕事は、父がひとりでし続けたが、配達だけは私でなければできない。疼《うず》きつつ、私は昼と夕べの配達に走り廻った。

夜。疼きが激しくなった。こんな状態では、とても明朝働けないのではないか？　そのことの不安が重くのしかかる。身重の妻は、今では豆腐作業に全く役立たぬ。老父のみがたよりだ。その父も、三日ほど前、暑気に当てられたのか頭痛を訴え、激しく嘔吐したばかりなのだ。

こんなとき、豆腐屋という職をこのうえなくみじめに思う。どんなに苦しくても休むわけにいかぬ商売なのだ。夜明けには、必ず遅れることなく店々に豆腐を配って、この十年余の間、休むことはなかったのだ。そんな揺るぎのない信頼のきずなで、しっかりと松下豆腐店と十余軒の食料品店は結ばれてきているのだ。おろそかにできぬことだ。

私は、冬になるとよく風邪をひいたが、どんなに熱が高くても決して働くことはやめなかった。よろよろと倒れそうな状態でも、気力のみで働いてきた。サラリーマンの世界とは違って、おのれに代わって働いてくれる者はいない家業なのだ。五体健全に働いている日々には、つい忘れているのだが、こうして不測のけがで身体が動けなくなると、いまさら愕然として気づくのだ——私の生活が、日々、いかに不安な基盤の上にいとなまれているかを。全く、おのが健康が唯一のたよりの日々なのだ。

今朝は、あぶらげが不出来で、気を苛だてていたばかりに、思わずすべりこけるようなへまをしてしまったのだ。くやしくてならぬ。妻が、買ってきた膏薬を貼ってくれる。私は祈りつつ早寝する。——どうか神様、明朝働けますように。あの重石《おもし》を自在に積み降ろしできますように。三斗の豆乳桶を、しっかりと持ちあげることができますように。か細い私の肋にヒビが入っていませんように。痩せ果てた胸に内出血していませんように。

それからそれへと不安は重なって、私は容易に眠れない。私は今まで、どんなにたくさんの悲しみを豆腐の中に造りこめてきたのだろうかなどと思ったりする。ただ白いのみの豆腐に、人は悲しみの影などみないだろうなあ。

○

二日後、痛みのひかぬまま、病院に行きレントゲンで調べてもらった。さいわい骨に異常はなかった。妻がいった。「あの詐欺旅行のお爺さんが来て以来、あんたはついてないようね」と。きっと厄病神だったのさ。次の訪問先で、今度は私のことをくわしく語って、相手の信用を得ているのだろうなあ。

夏の終わり

台風十号が、今日一挙に涼しさを寄せた。四十丁つくった絹豆腐が五丁しか売れなかった。明日はもう、型箱をしまおう。

身重の妻に救いの涼風が吹く。今日、妻は三百五十羽目の鶴を折りあげた。二つの大きな紙箱にいっぱい溢れる折鶴は、色とりどりの美しさだ。新聞の折り込み広告や、買物の包装紙や、雑誌の色刷りページなどをたくみに使って折りためた小さな鶴の群れなのだ。一夏、裸で寝続けた私も、今夜からはシャツを着て寝る。仰向けに寝ると、胸の打撲あとが疼くので、えびのように丸くなって寝る。夏の終わりは、いつも何かしら寂しい。今年は、殊にその思いが深い。身体が傷ついているからかもしれぬ。詐欺の老人に出会ったこともある。だが、こんな深い寂しさの底にあるのは、チェコのことや、九大や東大の学生たちのことだ。

八月二十一日の夕刊に「ソ連と東欧四カ国軍が、チェコ全土に侵入」の記事を読んで以来、ただおろおろと、遠い小国の悲劇を見守ってきた。侵入してきたソ連の重戦車群に、武器を持たず抗議するプラハ市民の激しい、賢い団結力を、胸迫りつつ読んだ。銃砲の前で、なお屈することなく、チェコ国民が、ドプチェク、スボボダと、彼らの指導者を呼び慕う心情に、私の眼はうるむのだった。

大国の暴戻《ぼうれい》まざまざ見る幾日わがたつきの歌ひっそりと熄む

屈せざる小国チェコを思いつつ真夜凜々と豆腐造りおり

自由への希求激しも武器持たぬ市民群らがり戦車を包む

だが、そんな感動的な彼らの抵抗も、結局巨大な国の軍事力、政治力の前にはむなしかったのか。モスクワ会談後のチェコ国民に、絶望の気運が拡がり始めていることを、今日二十九日の新聞は報じている。国民こぞっての、自由への希求が、結局は抹殺されようとしているらしい。世界じゅうの世論の批判など、こんなにも無力なのか。思えば思うほど寂しい。

そしてまた、国内に吹き荒れる学生騒動も、実に衝撃的なニュースをつぎつぎに提供し続けている。九大では、ついに学生たちが、師に角材をふるった。東大では、学生たちが医学部本館を閉鎖し、研究員や教授陣を一方的に追い出し、貴重な研究を数多く中断させてしまった。

究極の目的達成のためには手段を選ばぬのだ。そこには、人間尊重の念などかけらもない。隣人への愛や連帯もない。私などには通じない、こうした異質な新しい世代が育ちつつあるのかもしれぬ。そんな漠然とした不安が、私を寂しくさせる。

私の胸の打撲の痛みはやがて癒えようが、チェコはどうなるのか、わが国の学生たちはどうなるのか、そんな大きな解決しがたい痛みは、今年の夏の終わりの思いを、いよいよ寂しいものにしているのだ。

秋

梁がむきだしの屋根裏のような二階が夫婦の小部屋。仕事の合間に来ては本を読んだ。

夜明け

おーい。夜明けの庭に妻を呼んだ。今朝はラム公にうんとごちそうを作ってやってくれよと、今投げこまれたばかりの新聞を展《ひら》いたまま、私はいった。いったいどうしたの？とけげんな妻に、私は黙って、今朝九月一日の日曜版の朝日歌壇をさし出してみせる。

わが犬は豆腐積み行く土手に沿《そ》い暁の瀬をしぶきて走る

近藤芳美先生評。第一首。豆腐を積んでひく作者について来る犬なのであろう。あるときは瀬におりて水しぶきを立てながら走ろうとする。労働の、孤独な夜の明けの思いが鮮明に歌いとられている。しぶきて走る、という表現には疑問が残るが、全体の叙情の高さのゆえ、あえてとった。つねに具体的な歌い方と、素朴な生活感情にこもる詩性とが、この作者の身上であろうか。毎回、心ひかれる作品を必ず見せている人である。

読み終わった妻が、すり寄ってきたラムに、よかったね、お前の歌が一番だよといいつつ、にこにこして頭を撫でてやる。

私は二階から広辞苑を持って来て「しぶく」を調べる。なるほど、しぶくは自動詞のみで、他動詞の用例はないのだ。しぶきて走る、というわれながら美しい表現も、文法的には誤りなのだろうか。

そんなことをしていて、配達が遅れてしまった。もっとも、日曜日は、家々の目覚めも常よりは遅いのだ。すでにもう、私はジャンパーを着ている。夜明けは、それほどの冷えなのだ。明けの明星がひとつ消え残って、河口には、もう白鷺《しらさぎ》が幾羽も降りたっている。ラムは、従《つ》いてこない。

山国川かくも青きに遊びいて白鷺けさは十二羽か見ゆ

○

夜業すでに秋と気付きぬ我が肌に触れ来る湯気の此のしたしさは

切り分くる豆腐五十の肌ぬくくほのかにしたし冷ゆる未明は

ひと夜経《へ》しあぶらげの肌冷えびえと商う我に秋は来にけり

五島美代子先生評。秋のおとずれを感ずることは、それぞれの環境によって、さまざまな形をとるであろう。一位の作者は自ら作ったあぶらげの肌の明け方の冷えにそれを感じている。さわやかななかに寂しさあり、好もしい生活詠である。

ふと閉じて睫毛《まつげ》露けし星空の未明豆腐を積みてめぐれば

霧に濡るる髪やわらかし暁と未明の境豆腐積み行く

けさのラムのごちそう。等外の肉百グラム。卵一ケ。牛乳一本。

静かな歩み

千羽鶴折りつつ身重の夏越えし妻に秋来ぬ吾子《あこ》を生む秋
身重なる妻に合わする我があゆみ静やかなれば湧く思いあり

夕食が終わり、あとかたづけをすませた妻が風呂に入ると、もうすっかり夜だ。それから私たちは河口へ散歩に出る。ラムが待ちかねていたように、私たちのあとさきを駆け廻る。身重の妻のあゆみはゆるやかだ。労働に追いまくられて暮れる私の日々に、夜のこの静かにゆるやかな歩みが深々と安らぎをもたらす。

ひたひたと満ち来る岸に降りて、二人並んで石に坐る。土手の草むらから、虫の声が降りそそいでやまない。遠く展ける灘の沖は、恐ろしいほど暗い。私たちは黙って星を仰いでいる。風が冷えてくると、私たちは土手をあがって、河口沿いの遊園の道を抜ける。

幾十羽のあひるが、首をうめて寝ている。その陶器のように白い群れが美しい。遊園の中央には、メリー・ゴーランドが大きくそびえている。昼間ですら、めったに入園者のいないここのメリー・ゴーランドは、まるで廻転を忘れたようにそびえている。あのひとつひとつのゴンドラの中に、毎夜毎夜、きっと月の光がいっぱいにたまるのだろうなあなどと思いつつ仰いだりする。

遊園を抜けて、城のお濠に沿うて私たちの散歩は続く。道草をくうラムに、ときおり私たちは大きな声で呼びかける。夜のしじまに、その声が響き透る。

身重の妻と、ゆっくりゆっくり石の階《きざはし》を登って、中津公園地の石垣の上の石のベンチに坐って憩《いこ》う。城の石垣を利用した小さなテラスで、ここに小幡翁の銅像が立っている。日本最初の歯科医を記念したものという。このテラスの下に大きな噴水があって、夏の夜は三色の水を美しく噴きあげているのだが、秋となった今は、もうひっそりとまったままだ。

夜八時を告げる、市のオルゴールがきこえてくると、私たちは帰り始める。だが、帰り道にある和田公園まで来ると、妻がぶらんこに乗ろうよといったりする。人けのない公園のぶらんこに私たちは乗る。妻はぶらんこをソッと揺すっている。私はぐんぐんと揺する。その廻りをラムが驚いたように跳ね廻る。遅い月が出始めているのか、夾竹桃にさえぎられた東の空が明かるんでいる。

ぶらんこに身重の妻とさ揺れつつ星仰ぎおり未来あるべし

父母となる前の、この期待をはらんだひそかな二人の夜々を、私たちは心に深く記憶しておくだろう。未来を、もっともっと美しいものにしていくために。

帰ってくると、もう九時に近い。父が見ているテレビドラマも終わろうとしている。私たちは、早い眠りに就く。

柔らかな真白き豆腐を造る手に我がみどり児を抱く日近むも

伯母二人

妹《いも》なりし母の墓参に涼風《すずかぜ》を待ちて来ましぬ老い伯母《おば》二人

二人の兄と二人の姉を持った一番末っ子の母が、ただひとり早く逝ってしまった。伯父たちも伯母たちも老いて病みがちとなっている。一人の伯母はそこひを病んでいる。

　　燃え立てるかまつかはなお見ゆると云ういよよ盲《めしい》となりゆく伯母の

私が、こう詠《うた》ったのもすでに四年前だ。私が結婚するとき、その伯母にはもう洋子の顔が見分けがたかった。もう一人の伯母も病みがちで、家庭的に不幸な状態にある。なぜか、母方の血縁はみなふしあわせだ。そんな不幸な血の流れは、早逝した母から濃く私たち兄弟にも続いているのらしい。

いつか、末弟が酔うてのたわむれに易をみてもらったら、私たち一族はほろびの血だといわれたそうだ。私の中にも、たしかにそんな敗北の宿命観が巣喰っている。父の筋にも母の筋にも成功者はいない。まして学問のある者は一人もいない。記憶をたどっても、私たちの父母は一冊の本も持ってなかった。そんな無学な父母と環境の中で、私はひとり学ばねばならなかった。しょせん私は無学な卑しい一族のひとりであり、いかに励んでも選ばれた秀才の血には勝てないのだと、私の中の劣等感は小学校の日々から疼《うず》き続けていた。励みに励んで、高校でやっと校内一番の成績をとるようになったときにも、そんな劣等感はひそかに疼いてやまなかった。

だが、今私は努力して、そんな劣等感に袂別《べいべつ》しようとしている。長兄たる私が中心となって兄弟全部、そんな敗北的宿命論から立ちあがろうとしている。「ふるさと通信」のひとつの目的はそれなのだ。ほろびの宿命から兄弟一丸となって前進する拠点なのだ。

　ふりかえれば、わずか八年前たしかに私たち兄弟はほろびの淵に追い詰められていた。兄弟みなが憎み合い争い合い、父をないがしろにし、家庭は崩壊寸前だった。だが、私たちはどん底を脱した。私は先に、「ふるさと通信」第十七信の冒頭を、こう書き送った。

――さあ、いよいよ松下姉弟の進撃開始だ。ひとりでも脱落しそうな者があるときは、五人が集中して援助し励まそう。おれたちは決してほろびの一族ではないのだ！

　京都から、藤沢から、東京から、今日さわやかな決意が返ってきた。読み返しつつ私は涙ぐんだ。この団結がある限り、私たちはもはやどんな不運にも敗れはしないだろう。

　盲者の白い杖をついた伯母と、もっと弱々しくみえる妹の伯母と、寄り添うて母の墓参から帰ってきた。老父と私と妻は、心から二人の伯母を歓待した。あとで妻は足がむくんでしまうほどだった。その夜、二人の伯母は母の遺影を置く仏壇の前に床を並べてひっそりと眠りに就いた。

にがり

虫すだく狭《さ》庭《にわ》の甕《かめ》に汲む深夜にがりはいたく指傷に沁む

中津の海岸線にも、塩田が点在していて、そこからときおりにがりをリヤカーに積んで売りにきたことを記憶している。だが、私が歌い始めた頃、もうにがりは使わなくなっていた。塩田も廃止されていた。

今、にがりに代わっているのは、寄粉《よせこ》といって硫酸カルシウムの粉末で、まるで小麦粉みたいに純白だ。先日、新聞の家庭欄で、今の寄粉による豆腐は、昔のにがりによる豆腐より柔らかすぎて味も落ちるというような声をとりあげていた。味が落ちることには疑問だが、たしかに柔らか過ぎるようだ。

湯呑み一杯くらいの寄粉をタンクの底にしいて、これを適量の水で溶かしておき、その中へ、一箱分（三十五丁）の熱い豆乳を一挙に注ぎこむと、凝固反応が起きるのだ。豆腐製造過程において、この部分がいちばんの中枢である。ここで、豆腐の良《よ》し悪《あ》しが決まる。それぞれの豆腐屋の工夫が、ここにあるのだ。

一方、あぶらげの生《き》地《じ》を固めるのに、わが家では塩化カルシウムの液を使っている。これは塩化カルシウムの白い結晶体を湯で溶いて、甕にいっぱいの液を作っておくのだ。この液はにがりと似ていて、傷のある指を浸そうものなら、飛びあがるほど沁みて痛いのだ。私の歌のにがりは、この自家製のにがりである。

塩度計を深夜浮かべて濃度読む甕のにがりの冷えは秋なり

にがりは潮水のように濁っている。潮水沫《しおみなわ》のように白い泡が浮かんでいる。にがりは苦汁と書く。私は苦しく惨めだった日々、なにか、この苦汁という文字が、さながら自分の人生を暗示しているように思えてならなかった。にがい汁。くるしい汁。塩からにじみ出した汁。薄濁りした寂しい汁。傷口に喰いこむように沁みる汁。わずかなことにしか用途のない汁。——汁という文字の代わりに、生活という文字を入れてみると、そのまま当時の私の暗い日々の再現となるだろう。

幼い日々から異常なほどしもやけに悩んできた私は、大人になった今も、冬のいちばんの苦の種がしもやけなのだ。ひとり立ち働いている深夜、私の足指のしもやけが、どうしようもないほど燃え始めると、私は洗面器ににがりを汲んで、その中に足を浸すのだ。じんじんと血が鳴るほど痛んで沁むのだが、それをじっと怺《こら》えていると、あのたまらぬかゆさが去ってゆく。そんなことも、なにかしらにがりを暗く寂しいものに連想させる。

このにがい汁が、豆乳と一瞬の凝固反応で豆腐はできるのだが、できあがった豆腐には、にが味などかすかにも残っていないところが不思議である。もし、ほんとうににがりが私の人生を暗示するのなら、私もまた、いかに苦しかろうとも、その暗いかげりを決して周囲に一滴も落としてはならぬということだろうか。

やもり

やもりの目の不意に愛らし夜業倦み壁にもたるるわが肩の辺《へ》に

近藤芳美先生評。第一首。思いがけなくかれんなやもりの目を見出す。夜業につかれた部屋の壁に、今日もはっている小動物である。やもりの目というするどい一点に作者の感情は凝縮する。短歌のような小詩型はその凝縮により成立するものといえよう。

九月十五日の朝日歌壇で、近藤先生は前回に続いて、私の作を一位に選んでくださった。間近に見たやもりの目の、その意外な可愛さは、新鮮な発見であった。その感動から、この歌は生まれた。午前三時頃だったろう。

夜の作業場に入り来るのは、みんな小さな生きものばかりだ。蟻。蛾。沢蟹。やもり。ゴキブリ。こおろぎ。かまきり。蜘蛛《くも》。単調な労働に疲れた私の目は、そんなはかない生きものにも、思わず魅《ひ》き寄せられていく。こぼれおからを運ぶ蟻に、じっとかがまり見入った夜。豆乳の湯気が、しろじろと窓を流れ出るとき、まるでその湯気の精のように真白の蛾が、ひらひらと舞いこんできた夜。

あぶらげを揚げ継ぐほとり小蜘蛛垂るうるむ我が目に夜の糸見えず

凝《こご》りゆく豆腐待ちつつ佇《た》ちおればかまきり跳び来《く》未明の闇ゆ

狭庭の、ほんのささやかな草生にも、かまきりは幾匹も生まれるのだろう。私は、そんな小さな生きものを、一首ずつ詠いとめることによって、愛し始める。やもりを詠った夜以来、私はやもりをも愛し始めた。あの、小さな小さなクルクルした目を愛し始めた。そのことで、単調な夜業に、ほんの少し心のうるおいが増した。

私はときおり想像する。——ある夜、にわかに私の目が「詩眼」となって、視るものことごとくに美しい詩を見いだせたら、どんなに素晴しいことだろうと。

灰色の石壁も、豆腐の重石《おもし》も、重油タンクも、ボイラーも、ゴムの前掛けも、ゴム長も、豆腐缶も、大豆も、豆磨機《まめすりき》も、ジャッキも、水も火も、おからも、水槽も、バケツも、桶も、つるべも、型箱も、マッチも、にがりも、たわしも、庖丁も、モーターも、みんなみんな、めくるめくほどの詩を奏《かな》で始めたら、どんなに素晴しいだろう。ほんとうは奏でているのかもしれぬのだ。ただ、私の平凡な目にそれが映らぬのだろう。

濁った平凡な目しか持たぬ私は、精いっぱいの凝視《ぎょうし》で、ひとつひとつの詩を掘り出していかねばならぬのだ。

片目の私は、精いっぱい、その片目をみひらいていねば、人の半分しか詩を発見できないのだろう。だが、なんと夜業はねむいことか。私の目は、いつもおぼろにうるんでいる。

疲れつつ我が眼うるみぬバーナーの炎に月に美しき暈《かさ》

凝視することは、なんとむつかしいことか。

私の宝

幼い頃、私は宝箱を大事に秘めていた。中に入っていた宝は、こわれた置時計の機械とか、ナゾ入りめんことか、美しい貝殻、磁石《じしやく》、虫眼鏡、匂いガラスとかだった。雑多な屑の一片ずつが、幼い夢に彩《いろど》られて貴重な宝と化していたのだろう。

少年の日、私の宝は、絵葉書の蒐集、切手の蒐集、各種新聞題字の蒐集などだった。

高校時代、私の宝は映画資料のコレクションだった。参考書を売り、学校をさぼってまで、はるばる北九州に「天井桟《さ》敷《じき》の人々」「望郷」など数々の名画を観に通ったほどの私は、そんな映画のスティールや文献をせっせと切り抜いてアルバムに整理していた。二十冊もあるそのアルバムが、孤独だった思春の私の、ひそかな宝となっていた。

　そして今。私の宝は四冊のアルバムである。それに、昭和三十七年十二月十六日以後の朝日歌壇を、一回洩れなくきれいに貼りつけてあるのだ。自分の歌がボツの日の歌壇もちゃんと貼ってある。

　幼い日々、少年の日々、思春の日々、それぞれの宝を飽かず眺めて、ひそかな愉悦に浸ったように、今の私もまた、この四冊の宝をおりおり読み返して楽しむのだ。いつの間にか、この六年間の朝日歌壇上位入選歌は、ほとんどそらんじてしまった。

　なつかしい記憶の名前も、たぶん百人近かろう。そんな未知の一人一人を、その作品から思い描いて親しんでみたりする。なかには、ほんとうにただ一首の入選歌しかない作者もある。そのただ一首ゆえに、私はその作者の名をなつかしく記憶にとどめる。なんと素晴しい縁《えにし》だろうか。

　作歌が行き詰まると、私はこのアルバムをつぶさに読み返す。そこには、無数の無名作者の生活の息吹《いぶ》きが溢れている。真剣さが立ち昇っている。私は、そのしぶきに洗われて、ふたたび意欲に燃えあがるのだ。

　なにしろ私の宝だから、できるだけ豪華なアルバムを使っている。私の六年間の思い出が、この中に閉じこめられているのだ。一首一首の入選歌が、一枚一枚の記念写真より、もっと鮮明な思い出を焼き付けているのだ。

今、ふとひらいてみるページ。第一巻三十六ページは、昭和三十九年四月五日の朝日歌壇である。私は三選者に入選している。（宮先生一位、五島先生三位、近藤先生三位）

私はたちまち思い出す。この日、私は、まだ高校生だった洋子と、その母や妹を連れて秋芳洞見物に行ったのだった。駅の売店で買った新聞を、早朝の車窓でひらいて、そこに入選歌を見いだし、みなで大喜びしたのだった。その小旅行の思い出は、その歌壇を見るたびにあざやかによみがえるのだ。

どのページにも、その時々の思い出がまつわる。もはや、ただのスクラップ帖ではない。思い出でいっぱいにふくらんだ宝なのだ。私は、この宝を、いよいよゆたかに、五巻六巻と積みあげていくだろう。

生家を追われて

星のさわにまたたく未明から、落日のあかねが並木を染める夕べまで、幾度その通りを往き来することか。豆腐を積み行く猫背の私の姿は、たぶんその通りでいちばん見なれたものだろう。諭吉翁の名にちなむ福沢通り。両側の並木が、秋風にさやいで影を散らしている。

私たち姉弟六人、この通りの塩町で生まれた。戦前、父は材木屋をいとなみ壮《さか》んだった。大商いにふさわしい家で、裏庭も材木を並べて余るほど広かった。借家とは知っていたが、幼い私たちは、その生家に持ち主がいることなど信じられなかった。

各地の空襲が激化し、当市でも被災時の用心に、通りの向かい側を強制疎開で倒壊させることになった。毎日毎日、家に綱がかけられ、あっけなく引き倒されるのを見続けた。

結局空襲のないまま終戦を迎え、倒壊は早まった用心に終わった。だが、それゆえ戦後、この広々した福沢通りが誕生したことを思えば、倒壊の功もなしとしない。

しかし、家を壊されて寄辺《よるべ》もない人たちは、早まった倒壊をうらんだろう。私の父母は、そんな一家を二階に住ませてやった。ゆかりもない他人だが、人のいい父母は同情したのだ。戦時統制で、早く材木屋をやめさせられた父母は、戦後ほそぼそと石臼を回して、豆腐屋を始めていた。

ある日近所の人が、お宅の家は買われたそうだが、といってきた。父母はびっくりして、そんな馬鹿なことはありませんよ、大家から何の話もないし、第一、家を買うにも、だれも下見に来ませんもの、と答えた。父母は、その唐突なうわさを何かのまちがいだろうと聞き流した。

下見に来るはずはなかった。ひそかに家主と交渉して家を買いとったのは、二階の同居人だったのだ。同情して住ませてやった一家から、私たち親子八人、やがて猶予なく追いたてられる破目になった。

決して人と争わぬ父母は、黙って追いたてに従った。生まれて育った家を去る日、私たち兄弟は、炊事場の井戸に、一人ずつ首をつっこんで、それぞれ思いつく限りののろいの言葉を吐きこんだ。そして急いでふたを閉じた。

彼らが、この家の主人となって、井戸のふたを取ったとき、きっと、むらむらと私たちののろいが立ちのぼり、一家に襲いかかることを信じて。——私たち兄弟は、その日世間を憎むことを知りそめた。

（毎日新聞大分県版発表）

指輪

台風十六号がくずれた余波の雨が続く。昨夜も今夜も、雨の中を二人で歩いた。合羽を着てヘルメットをかぶりゴム長をはいた私。赤い傘をさし大きな腹をして雨靴をはいた妻。ずぶ濡れになって従き来るラム。珍妙なトリオの夜の散歩だ。

　昨夜は雨の暗い河口をひっそりと歩き廻ったから、今夜は久しぶりに夜の街に出ようかと、きらきらと光のしずくをこぼす福沢通りの並木柳に添うて行った。街灯の下のフラワーポットに、サルビアが濡れてひときわ紅《あか》い。サルビアも詠《うた》おう。オシロイバナも、爪紅《つまぐれ》の花も、さるすべりの花も詠おうと思いながら、とうとう歌は成らずに、そんな花々の盛りも過ぎようとしている。

　街に出て、妻がウインドウの指輪の前に立ちどまって覗きこんでいる。私は気づかぬふりをして先に行く。妻は指輪をほしがっているのだ。妻には一個の指輪もない。婚約指輪すら、私は買ってやらなかった。あんなものに金をかける愚劣さがたまらないのだ。あんなもの一個が、なんで愛の証《あか》しになるものか。

　私たちが婚約した日、私の姉が、母の形見の指輪を洋子にゆずった。しかし、それは古風な緑色の玉の指輪で、若い洋子の指に飾れるようなものではなく、母の大事な形見としてしまわれたままになっている。一度、靴か何かを買ったおまけに安物の指輪を貰い、それを妻は結構よろこんで指にして帰ってきたが、私に叱られてあきらめてしまった。私は決して妻の指に指輪など許さないだろう。

　しばらく行くと、ベビー用品の店に、また妻がたたずむ。ベビーベッドに見入っている。おいおい、ベッドは姉さんの家のお古を貰うんだよと、私はいう。うん、だけど新しいのが欲しいなあと妻はいう。ぜいたくをいうなと、私はさっさと歩いて行く。こんな光の渦のような夜の華やぎと、私ひとりの夜業の世界とは、なんと大きなへだたりだろうか。

私達は踏切に行って、夜汽車のあかあかと過ぎゆくのを見た。誘われたように、新婚旅行の思い出をいっていた妻が、突然、ねえ、髪をほんの少しだけ切っていい？　と問う。だめだめだめだ、髪を切ったら離縁だぞと、私はきつくいう。身重になって、なぜかしきりに髪を短くしたがる妻を、いつも叱り続けているのに、やはりおりおりこうして問いかけるのだ。私は肩までかぶさるほど長いすなおなままの黒髪が好きなのだ。

指輪のことも、ベッドのお古も、髪のことも、テレビを禁じることも、稚い妻の心には不満なのだろう。だが、しかたなく私のままに従っているのだろう。

散歩の終わりに覗いた花屋のウインドウに、りんどうの紫紺があまりに美しいので、その一束を買った。りんどうの花束を持って私たちは帰って来る。ラムの腹は泥だらけになっている。雨はなお細く降り続いている。

白鷺

瀬に降りん白鷺の群舞いており豆腐配りて帰る夜明けを

近藤芳美先生評。第二首。夜の明けのころ豆腐を配達して帰る。河口の瀬であろうか。舞降りようとして白々と鷺のむれが飛んでいる。夢幻の世界を思わせるその情景が作者自身の心の内部と共に鮮明にうたいとられている。

白鷺が最も皓々《しろじろ》と冴えてみえるのは夜明けだ。どこから来るのだろう。山国川の流れに沿うて飛んで来る。背景の箭《や》山《やま》がまだ碧々《あおあお》と色濃い頃、まるで象眼《ぞうがん》のようにきわだって純白の群が飛んで来る。河口の空に来た白鷺は、やがて降りようとして瀬や汐溜まりの上を舞い始める。舞いながら降下してくる。着地する瞬間の美しさ！

私の小さな単車には、二缶ずつしか豆腐が積めないので、小祝島の店七軒を二軒ずつ分けて四度も夜明けの橋を渡る。最初はまだ五時前の暗い河口だが、四度目の配達を終えて帰り来るころ、すでに河口は明けわたって白鷺が幾羽も来始めている。

私は橋上から河口を見渡して、今朝の白鷺は幾羽かなと数えるのが楽しみだ。二十羽も数えようなら、もう大喜びだ。遠い汐溜まりに降り立っている白鷺はまるで白い花のようだと思ったりする。汐溜まりから汐溜まりへと、低く飛び移っていく姿も美しい。汐の退いたばかりの河床は黒々と濡れて、どこにいる白鷺もきわだって見える。汐が満ち始めると、また山国川を遡行《そこう》して白鷺は帰って行く。どこへ帰って行くのか？

私が、夕べ遅く小祝島に最後の豆腐を持って行くとき、まだポツンと残っている白鷺がいたりする。橋を渡る私の頭上を低く越えて帰りそめる白鷺がいたりする。

日の落ちて豆腐二丁の配達に我が行く上を白鷺帰る
没陽して白鷺去りし汐溜りしばらく明かるし鴫《しぎ》移り来ぬ

夜明けから日暮れまで、幾十度河口の橋を渡り、土手に沿い行く私にとって、白鷺と鴉はいちばん見なれたものだ。もし一羽一羽が、人間のように特徴を持っているのなら、たぶん私は河口に寄せくる白鷺と鴉のことごとくを熟知しているだろう。悲しいかな、彼らはただ真っ白い群であり真っ黒い群であるに過ぎぬ。

私は、あのニセ榛葉氏と中津城天守に登ったとき、そこから眼下の河口に、小さな白い一点の白鷺を指さしてみせた。「私には、この河口が、なにか私の歌の母胎みたいな気がするのです。いつもこの河口に来ると、湧然《ゆうぜん》として歌への思いがほとばしるのですよ。そして、白鷺がそんな私の歌心の象徴のように美しくみえるのです」と熱をこめて語った。

詐欺老人の心に私の言葉の真意はどう沁みこんだろうか?

起き忘れる

永い間の習性が、まるで本能みたいになっているのか、私は目覚める瞬間に、アッ起き忘れたなと直感する。まだほんとうに醒めきらぬ夢のなかで、しまった起き忘れたぞと感じてしまうのだ。それは必ず当たる。今朝もそうだった。はたして枕辺の目覚ましは、四時十分をさしている。

私は仰天して、ドドッと階段を飛び降り仕事場へ駆けこむ。こんなとき、なにかを考える余裕はない。一瞬でも早くバーナーに点火せねばならぬし、豆を磨《す》り始めねばならぬのだ。寝巻のままでも、下駄をつっかけたままでも、とにかくすばやく作業を始めねばならぬのだ。作業が緒《しょ》についてから、私はやっと寝巻を作業衣に、下駄をゴム長に替える。そして、豆腐のできあがる時間を計算してみる。

ボイラーとなってから、普通三時に起きる。最初の豆腐ができあがるのが四時十五分ごろで、私が最初の配達に出る四時五十分までには、七十から百丁の豆腐ができているのだ。しかし、前日のあぶらげが残ってない朝は、豆腐の前にあぶらげを造らねばならないので、二時前に起き出るのだ。今朝がそんな朝で、私は目覚ましを午前一時五十分に合わせていたのだ。それがなんと、ハッと目覚めたのが四時十分ではないか！　二時間二十分も眠りこけていたのだ。

　もはや、あぶらげをあきらめるしかない。あぶらげは店々に詫びればすむのだが、朝から豆腐ができなかったとだけは、決していえないのだ。それは豆腐屋のいちばんの恥だ。とにかく、今朝は全速力でも、豆腐のできるのは五時二十分ごろだ。日頃なら小祝島七軒の店と、町の店々の半分くらいまでは配達を終えているはずの時刻だ。

「起き忘れ」の新記録だなあと思う。今まで四時の記録は幾度かあったが、四時過ぎの起き忘れは初めてで、それだけにショックだ。たとえ私が起き忘れても、老父が目ざとく覚めるのに、今朝は老父も妻も、まるで気づかず眠りこけていたのだ。思えば父も私も、よくも幾千の夜々を正確に目覚め続けてきたものだ。こののち、また幾千の夜々を目覚ましのオルゴールとともに覚めねばならぬのか。悲しみに寝つけぬ夜も、風邪熱に頭のあがらぬ夜も、やさしい夢のさなかにも、午前二時、三時がくれば、必ず目覚めねばならぬのだ。それは、この職業の宿命なのだ。思えば茫々として寂しい。

――夜が白みはじめる。おろおろと幾個もの重石を型箱の豆腐に積み増す。早く凝《こご》れ、早く凝れと祈るように待つのだ。五時を過ぎる。「あんやん、けさはどうしたんか?」と、やがて小祝島の店々から、つぎつぎに電話がかかり始めるだろう。窓外の空を、早くも河口をめざす鴉が一羽、低く飛んで行く。

病む日々

ひどいことになったものだ。胸の打撲の痛みがやっと消えたら風邪をひき、それゆえなのか、たちまちひどい下痢が続いた。その結果だろう、持病の腰痛が始まった。最初は大したことでないつもりだったら、昨日の朝、仕事中ににわかに痛みが激化した。それのみではない。私は初めて痔までわずらうことになった。

下痢と痔と腰痛と、まさに三重の責めに私はあえいでいる。全く働けないのだ。腰痛で、まるで物が持てないし、前かがみにすらなれないのだ。とにかく豆腐造りだけは父がやってくれるので、私は懸命に痛みをこらえて、配達をし、あぶらげを揚げる。単車に乗っていても、腰と痔の痛みであぶら汗が出るほど辛い。だが、休むわけにはいかぬのだ。

老父が頑張ってくれる以上、私も懸命の努力で頑張らねばならぬ。弱い息子を持って、父の苦はいつまでも果てない。父にとっては、私が歌をうまく詠むより、健康で豆腐商売にうちこむ息子である方がどれほどありがたいことか。

　歌よりも豆腐造りに精出せと老父怒れば我が涙わく

私は医者に行く。「松下さん。絶対安静に寝てなきゃ命取りになるよ。いくら才能があっても若死にしちゃなんにもならないからね」と医者にやさしくいわれて、私は思わず涙ぐんだ。

　腰痛を訴えに来し我がからだ豆腐臭しと医者に云われぬ

夕べになって、雨の中を小倉の勤務から疲れて帰った紀代一が、心配して加勢に駆けつけてくれたので、私はとうとう床に臥した。医者には、なんとなく恥ずかしくていえずに帰ってきた痔を、妻に治療してもらう。小指の先くらいのいぼみたいなものが出ているらしい。それを妻が指でグイと押しこむのだ。その激痛に、思わずギャッと悲鳴をあげる。入った入ったと妻がいう。そうか、入ったかと、痛みに溜息しつつ、それでもホッとする。妻はそのあとに坐薬をさしこんでくれた。三十分ウトウトして覚めてみると、押しこんだ痔がまた出ていてガックリとなる。

夜、紀代一夫婦もいっしょに晩御飯を食べる。車掌から、いきなり精算事務に登用された紀代一は、慣れぬ数字計算の日々にすっかり疲れているようだ。二人が帰っていくと、もう一度妻に痔を押しこんでもらう。激痛にうめきつつ、それでもこんなことをしてくれるのも妻なればこそだなあと、私は思う。

「すまぬなあお前」と、私が口に出していうと、妻はおどけた口調で「だって夫婦だもん」と答える。灸《きゅう》をすえさせたり、腰をもませたり、痔を押しこませたり、若い彼女に寂しい幻滅だろう。どうか、この一夜に、痔がおさまり激痛が薄らぎ下痢がおさまってくれますようにと、私は身体を動かさぬように、ソッとソッと寝つこうとする。なぜか、ラムも今朝から嘔吐してグッタリしている。

私はまた、あの神経痛が再発しつつあるのではなかろうか?

神経痛

甘美に過ぎるとさえいわれた「相聞」の歌々が生まれていた日々、私は神経痛と苦闘していた。発病したのは、ちょうど私の二十九歳の誕生日、二月半ばごろだった。最初は左足がだるく、疲れだろうと思っていた。それがしだいに疼痛に変わり、尻横のくぼみが殊に激しい痛みだった。

医者に行って、初めて坐骨神経痛だとわかった。飲み薬を貰い注射を繰り返したが、痛みはやわらぐことがなかった。まるで、腰から足が呼吸しているかのように、ドキドキと痛みの波を打ち寄せるのだった。

弱い身体で、毎冬冷たいゴム長をはき、硬い石の土間に深夜を働き続けた無理が、神経痛となってあらわれたのらしい。豆腐屋仲間では、神経痛に悩んでいる人が多い。一種の職業病かもしれぬ。いくら弱い身体でも、若いのだからとたかをくくっていた私に、まぎれもなく神経痛が出たことは大きなショックであった。どんなに痛んでも、仕事だけは休めず苦渋に顔をゆがめて働き続けた。

病院だけで八カ所も変わってみた。整体、指圧、鍼《はり》、灸《きゅう》、漢方薬と、聞くだけの法はみんなこころみてみたが、痛みはやわらぐことがなかった。結局、最後は医療をあきらめて、灸だけにしぼってしまい、毎夜洋子の家に行って、洋子かその母かに、熱い灸をすえてもらうのだった。

洋子は、当時高校を卒業したばかりで、金物店に勤め始めていた。私は、洋子にその秋の結婚を承諾させようとしていた。そんな花婿候補が、あわれにも神経痛で、未来の妻たる十八の乙女に灸をすえてもらう夜々を重ねるのだった。これほど奇妙な寂しい情景はなかったかもしれぬ。

だが、私の肉体はあわれでも、私の精神は高らかだった。洋子のすえてくれる灸の熱さにうめきつつ、なお私は相聞の歌を詠いあげつつあった。苦痛の歌は一首も詠おうとはしなかった。

冬に発病して、夏の日々もなお痛みはつのるばかりだった。もう、なおらないのかもしれないねと、洋子はいうのだった。うん、なおらぬかもしれぬなあ。それでもお嫁になってくれるかい？　と私は聞くのだった。しかたないもん、見捨てるわけにはいかないわと、洋子は笑って答えるのだった。

秋になって、私は十一月三日と定めた挙式を延期しようかと真剣に悩んだ。それほど、私の足腰の疼《うず》きは激烈をきわめていた。

結婚式が近づくと、弟たちが帰ってきてくれた。私は、彼らに配達などまかせると、毎日午後を幾時間か、秋の日向でぼんやりと足を投げ出して休ませるのだった。だが、その効果はほとんどなかった。

結婚式

昭和四十一年十一月三日、結婚式。

帰ってきた弟たちが、みなで加勢してくれて、その日も仕事は休まなかった。私は病院に行き、式の間だけでも痛みをやわらげる強力な鎮痛注射をしてほしいと頼んだ。だが、そんな注射も効なく、私は疼きに耐えて花婿の座に就いた。私の顔面は蒼白だったという。

私にも妻にも、友人はひとりもなく、列席したのは両親族のみで、三十人ほどだった。式の果てぬ午後五時、私たちは新婚旅行に発った。引出ものに「相聞」を忘れずに配ることを姉に頼み、私の旅行中の仕事の指図を弟たちに念を押して、車中の人となった。その車中で、客席の空いていることをさいわいに、私は足をグッタリと投げ出していた。疼きはいよいよつのっていた。

その夜は博多に泊まった。疲れ果てて、夜の町にも出ず早々と眠った。翌朝早く、急行「天草」で三角《みすみ》へと発った。三角からバスで天草五橋を通過。それが、私たちの旅行のお目当てだった。さらにフェリーボートで、海上から五橋を見つつ、島原外港へ向かった。刻々と夕日は落ち、やがて夜の海となってゆく変化に、私たちは寒さも忘れて陶然と見入っていた。この海上の旅が、私たちの新婚旅行でいちばん美しい思い出となった。

その夜は雲仙に泊まった。湯の宿は親しかった。妻はすっかり気に入って、もう一晩ここに泊まろうとせがむのだった。私にとっても、こうしてゆっくりと湯の宿に泊まるのは、中学の修学旅行以来十数年ぶりのことだった。こののち、来ることももうないだろう。妻にせがまれなくても、私もまた、せめてもう一泊したい思いは強かった。だが、この二泊三日の旅の間も、私に代わって働いてくれている弟たちを思うと、そんなぜいたくは許されない。

翌朝、バスで長崎へ出た。観光タクシーで長崎市内をあわただしく見物すると、短かった旅も、もう終わりだった。薬をあおるように飲み、疼く足をひきずるように歩き廻った苦痛の旅だったが、それにもかかわらず、甘美な青春の旅だった。夜十時、帰り着くと、姉夫婦や弟夫婦やみな待っていてくれた。

その旅の間は、一首の歌もできなかった。不器用な私は、もともと旅行詠など苦手だったのだ。そして、もっとおかしかったのは、盛んに撮りまくってきたつもりのカメラにフィルムが入ってなかったことだ。もう幾年か前買ったカメラだが、めったに使うこともない私は、いまだにうまく扱えず、中のフィルムを確かめるすべさえ知らぬのだった。旅行の写真は一枚もできなかったので、お土産に買ってきた絵葉書を、私たちはアルバムに貼りつけて思い出にした。

祝婚歌

私の新婚の歌を、五島美代子先生は、三度続けて一位に選んでくださった。祝婚の慶《よろこ》び、これに過ぐるものはなかった。

今日よりの姓松下を妻汝《なれ》が夜汽車の窓に指書きしおり

評。新婚旅行の車中であろう。今日から名乗る婚家の姓を、手習いするように、窓ガラスに指で書いている新妻。その初々しい幸福そうな姿に、心の底からこみあげてくる愛と充足感を、一位の作者はさりげなくうたっている。

老い父の味噌汁の好み問う汝よ我妻となり目覚めし明けに

評。新婚第一日の朝明け、ついに得た新妻にたずねられたことは、老父のみそ汁の好みであった。長い間の愛がみのって、これから二人いとなもうとする生活に、まず父上の、それもみそ汁の味を考えてあげようとする、涙ぐましいほどかれんな花嫁の姿と、それに対する作者の気持がひたひたと描かれていて、末長い幸福を祈るこころが切である。

ルーソーの童画切り抜き妻は貼る妻の壁よと定めてやれば

評。新妻のために部屋をあたえるということもできないが、ここの壁は主婦のかべときめてやったという夫。つつましやかな新婚のよろこびに、おさな妻はいそいそと童画の切抜きをはる。そのことがらを叙しただけで一位の作者の気持はぐんと胸にくるものがある。

○

昭和四十二年十二月三十日の朝日新聞東京版に、朝日歌壇の選者座談会が載った。その中で、いままで、全国の朝日歌壇でどんな作者が印象に残っているかという問いに、宮、近藤両先生は、「一人の作者をここであげるふうには見ていない。むしろ、無名の歌として、全体のトータルとして評価すべきだろう」と答えられた。そして五島先生は、次のように答えられた。

いまの近藤さんと宮さんがおっしゃることは、ほんとうにいいと思うんですの。でもやはり十年も続いている間には、どうしても注目する作家ができて――。たとえば九州のおとうふ屋さん。その人がまだ学校にいっている人が好きになって、なんとかして結婚したいと思っているころから、とうとう結ばれるところまで。

学園を巣立つ日頬にキス許すと君が約せし春は近むも

婚約の成りし部屋昏《く》れ亡き母の針箱君に継がせんと見す

など、中津市の松下竜一さんですが。

○

遥かな東京から、この九州の田舎町の私たち夫婦を、やさしく見守っていてくださる五島先生の眼を、ふと母の眼のように思ったりする。

入院

新婚の日々、私の体調は極度に悪化していた。足の疼きに加えて、腹痛と吐き気が続き、疲労がはなはだしいのだ。顔色の異様な蒼さを、だれもがいうようになり、私は診察を受けた。その場で入院を宣告された。すでに血液が常態の半分以下に減っているのだという。一年間服用し続けた神経痛の薬が、副作用で胃腸を破り、出血を続けていたのに私は気づかなかったのだ。よくこれまで働き続けたものだと、医師があきれた。二日間に分けて輸血を受けた。

血をやれて嬉しと妻はささやきぬ病めばくやしく黙《もだ》す夕べを

かたくなに窓あけさせぬ患者いて空恋う我もただ黙し臥す

病身な私だが、入院は初めての経験だった。十年間、身を粉《こ》にして働き続けた果てに、こうして入院する身となったのかと思うと、くやしく悲しかった。

たまたま職を失って帰郷していた和亜が、結婚式のときに続いて、入院の間も私の代わりによく働いてくれた。和亜がいなければ、ほんとうに私は入院などできなかったろう。帰郷していたことは、全くの幸運だった。それに、当時足を病んで一年の休職をしていた紀代一も、快方に向いているのをさいわい、毎日加勢にきてくれるらしかった。老父を中心に、二人の弟たちが働いてくれるので、私も安心して病臥できた。

だが新婚間もなく、自分より年上の弟たちに囲まれて、一家の主婦役をする妻の気苦労を察するとあわれだった。夜、病院に来て、私の辺にありつつ、それとなく苦労を洩らすのだった。そんな妻の足のしもやけを、病床から手を出してさすってやったりした。

私はわずか十日で退院した。妻が可哀そうだったし、弟たちにもそれ以上迷惑はかけられなかった。和亜は上京しようとしていたのだ。老父も疲れているらしかった。十日ぶりに地を踏んで、私はおや？　と思った。神経痛の疼きがやわらいでいるのだ！　だが、あれほど頑固な痛みが、そのまま治癒するとは信じられなかった。一時的なやわらぎだろうと思った。

でも、しだいに足は軽くなっていた。十年ぶりにとった十日間の休養が、最上の療法となったのだ。たった十日の休みがとれなかったばかりに、一年間を苦しみ続けたのかと思うと、いまさらに零細家業の悲哀が胸を嚙んだ。

退院すると、たちまち以前のままの労働の日々が始まった。腹痛はなお執拗で、通院は続いた。一カ月後、今度は妻が入院した。盲腸だった。手術した妻は、私の入院していたと同じ部屋の同じ場所に臥す身となった。看護された私が、今度は看護する番だった。

妻がやっと退院して一カ月すると、あの思いがけない「相聞」騒動が待ち受けていた。ひっそりした病床から、あの晴れがましい騒ぎの渦へと、私たちの新婚の日々はあわただしかった。

読書

和亜が休日ごとに東京に出て、次弟雄二郎にマージャンと酒の手ほどきを受けているという通信を読み、いじらしかった。観光会社社員となった彼にとって、マージャンも酒も必須の交際条件なのらしい。少年のような生き方をしてきた和亜にとって、それはたぶん辛い修練となるだろう。生き抜いていくために、人はこんな悲しい妥協をせねばならぬのか。酒、タバコ、パチンコ、マージャン、碁、将棋、競馬。そんな大人の遊びを、私もまた何ひとつ知らぬ。大人らしい交際と断絶したような孤独の世界に生きてきたからだろう。まるで少年のように清く純粋かもしれぬが、いま私にとって、そんな生き方が限界をつくって、私自身を狭いひ弱な臆病な社会人にしていることを痛切に省《かえり》みるのだ。

私は歌作りを知らなかった日々、ひとり部屋ごもって読書の世界に没頭していた。現実の世界を逃避しようとする私にとって、読書の世界はこのうえなく楽しい別世界だったのだ。私が、書物によってどんな世界をつくりあげていたか、いまここに、昭和三十五年秋十月の一カ月間に読んだ書名を列記してみよう。

矢代幸雄『ヴィナス』、田中純『女のたたかい』（女性解放の旗手たち）、アームストロング『砂漠の王者』（イヴン・サウド伝）、平野威馬雄『博物学者南方熊楠の生涯』、武田泰淳『史記の世界』、富士川游『医史叢談』、高木貞治『近世数学史談』、クライフ『微生物を追う人々』、杉田玄白『蘭学事始』、緒方富雄『緒方洪庵伝』、中谷宇吉郎『冬の華』、デルマンゲム『マホメット伝』、ウォリス『ベン・ハー』、中野好夫『世界史の十二の出来事』、ガンサー『死よ驕るなかれ』、波多野精一『基督教の起源』、アムンゼン『アムンゼン探検誌』、斎藤信治『砂漠的人間』、マシューズ『勇者パウロ』、サバティエ『アッシジの聖フランチェスコ』。

　まさに書淫というべきか。まるで気まぐれにあらゆるジャンルの本を読みふけっていたのだ。知識教養を得ようとしたのではなかった。ただ娯しかったのだ。自在に分け入る書物の中の別世界が娯しくてたまらなかったのだ。八年前の秋十月に読みふけったそれら二十冊の書物から、今、私の知識として残っているものは何ひとつない。だが、なにかしら豊かななつかしさが、さながらふるさとのように心の底に沈んで残っている。

　歌を作り始めてから、私は書物から遠ざかった。それまで逃避していた現実の生活に、歌を武器としてふたたび挑むべく、私は書物の世界から立ち戻ったのだ。受動的な楽しみの世界から、苦しい創作の世界へと転進したのだ。この六年間、私はほとんど書物を読まなかった。だが、いまでも歌作に絶望する日、苦しさのあまり、ああこんなことはやめて、もう一度目くるめくほど多彩な書物の世界に戻りたいなあと心弱いあこがれがうずくのだ。私は今日、そんなせつなさに駆立てられるようにツルゲーネフ『猟人日記』を買った。

ぎんなん

大公孫樹《おおいちょう》の根方にテントを敷きつめてぎんなん買いは枝揺りそめし

宮柊二先生評。第一作、銀杏《ぎんなん》の実を売る方と買う商人とは、どんな売買契約を結ぶのだろう。根もとにテントを敷きつめるのは、実を痛めないためだろうか、散らばらせないためなのだろうか。四、五句の叙《の》べ方がゆったりとしていて、懐しそうな作者の感情をしのばせる。銀杏買いの商人がやって来て、木に登り、実をふるい落とす。それは生活の中に確かに訪れてきた季節感の象徴なのであろう。

私自身、模糊《もこ》としてつかめなかった自作の心を、かえって評者が鋭く指摘する。「懐しそうな作者の感情」と、宮先生にいわれて、ああそうだ、ほんとうにそんな心がこの歌の底にあったのだなあと思いあたる。四季のたたずまいに触れつつ生きることの懐しさ。仲秋ともなれば銀杏が熟《う》れ、それを一樹ごと買い取る商人がやってくる。思いきりボロボロの作業服に頬冠りしているのもおかしい。あたり一帯にテントを仰々しく敷きつめる。なんとなつかしさをはらんだ景だろう。

次弟雄二郎が、少年の日生家にあったなつめの実の思い出を書いてきた。生家を追われて以来その実を食べない。なぜか果物屋にも売っていない。あの、サクッと嚙んだときの感触のなつかしさ！　ただあくせくと過ぎる労働の日々にも、目をみひらきさえすればあたりにはこんななつかしい思い出の木の実、花、草、虫、雲、風がいつもひっそりと静かに確かな四季の移りをみせている。

昨日は私の住む船場町の秋祭りだった。小さなやしろの小さな祭りで、この町を通り過ぎる人は、祭りとも気づかぬだろう。子供の小さなみこしが町を一度ねり歩いて、赤鬼が一匹路上を舞った。えらく背の低い鬼で、今年は小鬼だなとみなおかしがった。やしろからのおさがりで、栗ひとつ餅ひときれ、ごへい一本が配られてくる。町のいとなみは常と変わらずごちそうをする家もない。それでも小さなみこしをかついだ子供たちにだけは楽しい祭りなのだろう。

生活のなつかしさは、殊に秋とともに深まってゆくようだ。妻は今日、千羽の鶴を折りあげ、一羽ずつ糸でつなぎ始めた。今夜は冷えて、今までの軽いものから重い布団に代えた。「あのなあ、宮先生から一位に選ばれるのは、三年八カ月ぶりなんだよ」と、寝つつ妻につぶやく。アルバムを調べてみたのだ。「私がお嫁にくるよりずっと前のことね」と妻がいう。昭和四十年一月三十日の歌壇だった。

豚小舎をぬくむる火らし雪の夜の小祝島にほのあかり見ゆ

ひたぶるに詠い続けて、つい前年のようにしか思えぬのに、この歌から四年近い日が過ぎたことを私はいまさらおどろいている。

偽作家後日

十月十五日午後一時、中津警察署刑事課に出頭。例の偽作家が、なお詐欺行脚《あんぎゃ》を続けたのちとうとう鹿児島で逮捕され、余罪追及中に私方のことも自白したので、当署に照会が来て私の調書が必要となったのである。

私はむろん、被害届けも出さず詐欺されたとも思ってなかったのだが、老人が詐取として自白した以上は事情を説明せねばならなかった。それを刑事が供述書に書き取るのだが、その文章の冗漫さに呆れた。私に書かせれば五分の一に圧縮して書けるのだがと、私はいらいらしていた。供述書を書きあげ被害届けを作成し終わるのに、とうとう二時間かかった。その間、刑事の前に坐って、私はまるで取り調べを受ける被疑者になったみたいなぐあいであまり気持ちのいいものではなかった。

　供述書をまとめた刑事が、一番最後に「以上の憎むべき行為に対して厳罰を望みます」と書いておこうねといったので、私はびっくりした。いえ、私はそれほどひどいことをされたとは思っていませんからと、あわてて否定した。でも、この老人は各地でずいぶん悪いことを重ねてるんだよ、まああなたの意志だから厳罰の件はやめておくがねと、刑事は「こんなに親切にした私たちをあざむいたことは許せません」と訂正した。

　やっと解放されて帰りつつ、私はふと、あの老人逮捕のきっかけをつくったのは私だったのではないかと思った。私は例の老人が帰ったあと、ただちに池上さんに問い合わせを出したが、同時に朝日学芸の源さんにも問い合わせたのだった。職業柄、榛葉英治氏のことにくわしいと思ったのだ。ところが源さんはさすがに新聞記者で、たちまち東京の榛葉氏当人に電話連絡したり各地の通信局を動かしたりして、その老人を追及し始めた。事が大げさになったことに私は驚いた。

　九月になって、朝日文化面の点描というコラムに「ニセ作家が出没」の小記事が出た。全くの小記事だが、やはり読者の目は見逃さないのか、たくさんの人たちが、とんだ災難でしたねとハガキをくださった。私には、どうもその記事が老人逮捕のきっかけになったのではないかと思えてならない。かわいそうなことしたなあと思う。聞けば、老人は逮捕されたときすっかり疲労衰弱していたらしい。むりもない。松葉杖をつく老体で、神経をすりへらす詐欺行脚なのだ。健康な人でさえ疲れるだろうに。

拘置所の房の冷えは、もう厳しいだろうなあ。老人は孤《ひと》り何を思っているだろうか。老父と私と妻に歓待されてともに食事をした夜のことを思い出すだろうか。妻が心をこめて作った八宝菜を、さもおいしそうにビールの添えものにしてたいらげたことを思い出しているだろうか。老父が、あなたのために焚いてあげた風呂のぬくみを思い出すだろうか。

機械

激しい腰痛に襲われ働けなくなった日、私は父と相談して、豆腐を固める重石《おもし》を水切り機に換えることに決めた。腰痛の主因は、日に幾十度もあげおろしする幾貫の重石にあったからだ。到着した水切り機はてこ利用の装置で、使ってみると楽々と豆腐を押し固めるのだった。父母が豆腐屋を始めてからおよそ二十年間、欠かすことのできなかった重石十個が一挙に追放されることになった。深夜のしじまに重石を積み重ねる固い音のカッカッと響き透ることももうないのだ。

　もっと早く据えればよかったなあと老父も感心していう。機械を買う三万五千円の余裕がなかったのではない。私にはなにかしら機械への反撥があるのだ。もし私に頑丈な体力があれば、決して水切り機など据えず重石を抱き続けるだろう。機械が据わり労働の過程が楽になればなるほど、私は何かを失いつつある気がしてならないのだ。

　労働とは労《いたずき》のことであり骨折りのことであったはずだ。苦しみに耐えることであったはずだ。だが機械はつぎつぎに労を省き苦を去ろうとしている。いいことではないか、すばらしいではないかと機械を礼賛するのみでいいのか。そうやって身心の労がなくなり苦への忍耐が薄れるとき、はたして私たち人間は何ひとつ失っていないのだろうか。機械はひそかに人間の本質から何かを奪い去っていないだろうか。人間の心情に機械の及ぼす影響は無視していいほど微少だろうか。

　機械は効率の追求でありムダを許さぬものである。機械の導入が進めば進むほど、人の心情も思想もムダを厭《いと》い利の計算の早い合理主義に変わっていくのだろう。だが、私は人生におけるムダをどんなに愛していることだろう。利口に立ち廻れぬ私は、ムダばかり錯誤だらけの過去を経てきた気がする。だが、それゆえに人生の哀歓をなんと深くしみじみと味わってきたことだろうか。

水切り機が、労なくして豆腐を固めるのに、重石を苦しんで積みあげ続けたこともムダであった。だが、そのムダに耐えることで、私は労働の重味を真に身体ごと知ることができた。苦に耐えている誇りは私の精神を強くし、深夜の思惟に深さを与えた。

しかし今や、この厳しい商競争の時代に、零細家業といえど機械の導入は生き残る基本条件となった。私の感傷を押しのけて機械はひとつずつ仕事場に侵入してくる。わが家の豆磨機も煮釜も、おから搾り機も、みんな他の豆腐屋が使い古した中古品を買い受けたもので、今ではガタガタのしろものばかりだ。他の豆腐屋はより進んだ新型を導入していく。私の頑《かたく》なでおろかな機械批判が、結局わが家の商売の発展をどんなに阻害していることか。市内四十余軒の豆腐屋のなかで、今では小さな部類にとり残されてしまった。

古びれば機械もそれぞれ癖強しあやすが如く夜の油差す

運動会

寝る前のひととき、床に坐って妻の折る紙鶴の音が、夜ごとひそやかにきこえる。千羽を越えてなお続ける、一羽一羽に妻はどんな願いを折りこめているのか。ねえお前、生まれてくる子がどうか人並みに走れる子でありますようにと祈りつつ今夜の鶴を折ってくれよと、私は妻にいう。

ひどく運動神経のにぶい私は、殊に徒競走が異常なほどのろかった。そんな私にとって秋晴れの運動会がどんなに辛かったことか。前夜、いつも私は神様に雨をお願いして眠れぬ床にもぐりこんだ。願いもむなしくカラリと晴れた朝、私は暗い暗い気持ちで登校するのだった。全校の児童、父母の見守るなかで、私は必死に走るのだったが、いつもただひとり運動場を半周もとり残された。歯を食いしばって走りつつ、ゴールは果てしなく遠い思いだった。

そんな私を、母は涙をためて見ていたらしい。昼の弁当に来てみると、母の目がうるんでいるので、あっ、また母ちゃんを泣かせたなあと、いよいよ私の小さな胸にやるせない悲しみは広がるのだった。「懸命に走る竜一ちゃんがいじらしくて……」といった母の目のうるみが、実は悲しみの涙でなく、愛《かな》しみの涙で濡れたのだと知ったのはずっと後年のことだった。

徒競走はまだしもよかった。だが運動会には必ず団体競技があった。玉ころがしとか障害競走でつぎつぎバトンをリレーするのだ。どんなにリードしてバトンタッチされても私は必ず追い抜かれるので、私の加わった組はきっと負けるのだった。お前のために負けたんだ、お前さえいなければと、私はまるで厄病神のようにみなから非難され罵られた。

四年生の日、私はとうとう団体競技を前に裏門から逃げ出した。ひとりでズンズンと海辺まで行くつもりだった。「竜一ちゃん」とうしろから呼ぶ声がした。ふりむくと母だ。母は私の小さな胸うちの秘めた悩みを見抜いて、たぶん私から目を離さなかったのだろう。私はワッと悲しみを爆発させて母に泣きついた。あの日、あの畦道《あぜみち》の熟れた稲の香を今も忘れぬ。私は母に慰められて競技に戻っていった。私の組は私ゆえに負け、私は級友からさんざんにののしられた。だがあのとき私を追ってきた母ゆえに、とうとう小学校の六年間、私は運動会から逃げ出す卑怯をせずにすんだ。私は一年生から六年生まで、いやさらに中学の三年間も、例外なしに遥かな後方をただひとり懸命に走り続けた。その辛さは今でも夢にみるほどだ。

聞けば、妻の足も遅いのらしい。折り鶴にこめる願いにもかかわらず、私たちに生まれくる子はひどく足の遅い子なのだろう。たぶん七、八年後、妻は涙をためて運動会を観ていねばならないだろう。悲しみの涙ではない。愛《かな》しみの涙をためて。

オリンピック

メキシコ大会まで生きてアベベを応援するとテレビ消しつつ老い母の云う

八女《やめ》　松尾　清人

東京オリンピックのときの朝日歌壇の一作である。むろん、松尾氏のことを私は知らない。ただこの一首をなぜか忘れぬまま、その四年後の大会が今メキシコでくりひろげられている。御老母は健在であろうか。神秘の走者アベベの無残な敗北に気落ちなさったのではあるまいか、そんなことをふと思いやったのである。敗北もまた、心に沁む人間ドラマである。アベベはその夜ひとり部屋ごもり、早くからベッドに入っていたと外電は伝えている。王者たりし彼もまた、敗北にションボリする普通人だったことに私は切ない親しみを覚える。

急になつかしくなって、歌壇アルバム第二巻を取り出してみる。オリンピックの歌は、まず九州の野を走った聖火から始まった。

わが塾の子らもまじりて稲の花匂う野道を聖火過ぎゆく　玉名　野中　長寿

尾鈴山青くすむ日を若人の聖火ささげ来る炎ゆらめく　宮崎　長谷川亀次

そして昭和三十九年十一月一日の朝日歌壇で、五島先生の選一位から五位まで全首、開会式の歌で占められた。

甲高《かんだか》き声援のなか濁《だ》み声に怒号する黒人の小さき一群　熊本　規工川佑輔

地球儀廻しながら入場式を見れば見知らぬ国多かりし　北九州　大友　好美

躓《つまず》くなつまずくなと念じ坂井君が点火せし瞬間涙こぼれぬ　玉名　野中　長寿

東京五輪開幕の刻《とき》を寂しくもなりわいなればあぶらげ揚げいき　中津　松下　竜一

全力をふりしぼりたる若人の勝利の涙みれば泣かるる　福岡　天目長太郎

十一月十五日の歌壇も五島先生選一位から四位まで大会の歌であった。その回、宮先生も大会の歌を二首選ばれた。一位が私の作であり、松尾氏の作が七位であった。（松尾氏の作は五島先生の二位にも共選された）

東西の別なきドイツの若き勝者台上にありて第九奏さる　中津　松下　竜一

宮先生評。東京オリンピックはさまざまに感銘を与えて終わった。そして、それゆえに、またたくさんの歌が生まれた。ただ、その感動の歌にしても、他から移入されたものでなく、その人の胸からほとばしり出ているものが、強く新しい。この回の第一、七作などは、そういう意味でオリンピックを歌った歌の中では特色を持っていた。国歌ならぬ第九が奏されているとき、ドイツの勝者の若き胸中にはどんな感慨が生まれていたのだろうか。また驕《おご》りたかぶらぬ勝者のアベベに、老い母は限りない美しさを見たのであろうか。

このメキシコ大会ではドイツはもはや統一チームを組めなかった。チェコとソ連の冷戦も、アメリカの黒人選手の差別抗議も、開会前のメキシコの血ぬられた学生弾圧も、この華やかな大会の裏に澱《よど》む世界の暗い潮流の深さをのぞかせて無気味に寂しい思いに誘うのだ。

生活の歌

オリンピックのときの歌壇を読み返していて、いまさらに気づいたのだが、近藤先生のみ一首も大会の歌を選んでない。聖火が野を来る歌はありながらオリンピックの歌は一首も選ばなかった。そのことに私は近藤先生の姿勢を感じる。先生がいつも凝視しているのは、私たちの日々の現実生活そのもののようだ。たとえ首都に華やかに大会が展開されていようとも、私たちが繰り返すのは生きるための労働の日々なのだ。たぶん、近藤先生は頑《かたく》なまでにそこに凝視をしぼって、無数に寄せられたオリンピックの歌（その大部分はテレビを観て作られた歌だろう）を、全首裁断したのであろう。

　離農して何に生きゆくすべあらん甘藷安けれど今日も甘藷掘る　　宮崎　細野　敬蔵

　ようやくに魚売りかえる峡《かい》の道蕎麦《そば》畑光る月夜となりぬ　　宮崎　上田雄一郎

オリンピックの歌が登場した十一月一日、十五日両回の近藤先生選のそれぞれの首位である。ここには、そうしなければ生きてゆけぬ生活者の現実がある。オリンピックの感興が薄れた今、私の胸内にひそやかに沁みて拡がるのは、月に白々と光るそば畑の景だ。時流のおりおりのできごとの陰にいとなまれる平凡な生活の歌は、一見つつましやかに、しかも時流とかかわらぬ命長い叙情を細く絶えることなく保ち続けるのであろうか。その両回に近藤先生が選び採った私の二首もまた、そんな現実の労働生活に密着した歌だった。

　我が働く灯の淡《あわ》あわと洩るる庭真夜のコスモスかそかに揺れいき

我が夜業更けつつ寂しさらさらと鎖曳く犬外《と》の面《も》過ぎたり

この秋、裏庭にはコスモスはない。寂しいまでに何もない狭庭だ。すでに種を結んですがれ始めた朝顔の棚と、その陰に暗くどくだみの繁みがあるのみだ。夜業の灯はそこまで届かない。灯の届くあたりには、おからを入れておく桶があって、一釜の豆乳を煮あげるたびにおからを搾りあげて、火のように熱いのを走ってかかえ出るのだ。狭庭に張り出す風呂場の軒がしたたらす露が、ひやりと私にこぼれたりする。暗い狭庭に仰ぐ星は殊に冴えて美しい。

現実を詠え、生活を詠えと、近藤先生は評の中で繰り返しいわれる。それはすでに私の信条となった。そのことの意味は深い。その信条はたんに歌の世界を突き抜けて、私の生活そのものにかかわっているのだ。なぜなら、歌が現実の直接表現である以上、充実した真実の歌を生み出すためには、充実した真実の現実生活がなければならぬからだ。歌作が、歌の技術の巧拙の問題ではなく、詠う前の生活そのものの価値と密接にかかわってくるのだ。

私はそば畑を知らぬ。だが、ひとりの生活者が描きあげた真実のそば畑は、しみじみと私の胸内に拡がっているのだ。

万葉集

果てしなき彼方に向ひて手旗うつ万葉集をうち止まぬかも

今晩、配達しつつふと私はこの歌を声に出して繰り返していた。近藤先生の『早春歌』の中の作品である。昭和十五年結婚直後、船舶工兵として召集され中国大陸の湖北にあったときの作であろうか。一兵として中国の戦地にありつつ、ある日郷愁のうずきに耐えかねたように大陸の虚空《こくう》にひとり手旗で万葉集の歌をつぎつぎに描いたのであろう。茫々と拡がる大陸の地平線にむかって、若き日の先生が手旗で綴った万葉集はどんな歌だったのだろうか。人麿もあったろう、防人《さきもり》もあったろう。先生はのちにこう書かれた。

何故そのような戦場に、ただ一冊の書として万葉集を持って行ったのだろうか。その気持ちは自分でも説明できないのかもしれない。だが、私と同じように、私と同じような境遇で万葉集一冊を軍用鞄《かばん》に秘めながら前線にむかった、兵隊の日の記憶を持つ者が周囲に意外に多いことを後になって知った。

近藤先生のその時の年齢を私はすでに幾つか越えた。そして私の血脈の中に、万葉は古典として少しも息づいてはいない。そのことに思いがいたるとにわかに寂しくなった。ヨーシ、今夜から万葉を読むぞと、私が大声を出したので妻がびっくりした。私はドサドサと机の上に本を持ち出した。いつの間にか買いためたままほとんど読み通していない万葉関係の本がかなりあるのだ。

テキストには昭和十九年版岩波文庫『新訓万葉集』上下（佐佐木信綱編）がある。これを一首ずつたどっていこうと思う。注釈には、折口信夫《おりくちしのぶ》『口訳万葉集』上下、斎藤茂吉『万葉秀歌』上下、辞典としては佐佐木信綱の『万葉辞典』がある。その他犬養孝『万葉の旅』上中下、松田修『万葉の植物』なども楽しい傍注となろう。前川佐美雄の『秀歌十二月』『日本の名歌』の中にも万葉鑑賞が多い。私ごとき初学の者には、まず十分な参考書が揃っているのだと思う。

自分が好きだと思う歌を拾ってノートに書き抜き、その訳や注を脇にビッシリと書きこんでいく。こんな作業をしていると、なんだか十余年前の高校時代にかえった気がする。学舎《まなびや》を出て以来、私はなんと勉強とは無縁であったことか！

掛け声で始めた万葉の勉強を、わずか二十分できりあげて、さあ寝るか、といったので「もう勉強がすんだの？」と妻があっけにとられた顔をする。いいんだよ、短くても毎日必ず続ければ、いつか四五一六首を読み通せるさと私は答える。ほんとうに続けたいと思う。あまりにも私はぼんやりと怠け過ぎてきた。三十一歳の私の頭脳は、まるでからっぽみたいに風が吹き抜けている。

晩《おそ》過ぎるかもしれないが、私は今日こうして勉強の真似ごとを始めた。

小島の祭り

豆腐積み未明を渡る小祝島海苔粗朶《のりそだ》積み出る舟の灯いくつ

海苔の芽の繁《しじ》に吹けよと待つ小島白鶺鴒《はくせきれい》を今日見そめたり

海苔種の芽立ちたすくと云う風の灘《なだ》吹き渡れば秋も冷え来つ

海苔の芽を痛むる海霧立ちゆくと島ざわめけり母を訪いし夜

十月初めから小祝島は海苔作業のあわただしい季に入る。海苔の種つけを終わったあと、思わぬ残暑の幾日かがあって小祝島に不安が満ちたが、すぐに涼しさが返った。そのあと海上に廃油が流れ寄せて大騒ぎになったが、その被害も軽くすんだらしい。

十月二十日、小祝島の秋祭りである。その日ちょうど十月の第三日曜で、私にとっては月にただ一度の休日のはずだったが、秋祭りと重なって休めなくなった。祭りに豆腐は欠かせぬのだ。この日、私も父も終日働き通した。小祝島七軒の店で四百五十丁の豆腐が売れた。八百丁も千丁も売った父の思い出も、もう昔語りだ。小祝島の祭りも小規模に寂しいものになっていく。

鬼面取れば神楽《かぐら》舞いみな老いており小島の祭り歳々に寂《さ》ぶ

海苔作業で祭りどころではないのだろう。男も女も重いゴムの胴長に身を固めて海に出るのだ。夕べやっと帰ってきて祭りの用意をする。あかりを灯《とも》す余裕もなかったのか、暗いみこしが夜の小島を漁夫の若者たちにかつがれて廻った。その勢いはさすがに猛々《たけだけ》しい。その頃、私は店々の集金に廻る。ラムが一目散に従いてくる。

帰って来て風呂に入ると、もう八時半になっている。今日は終日寸暇なく働いたので、一度も机の前に坐ってなかった。疲れた自分を励ましつつ万葉の歌を一首ノートに書き取り二十分ほど勉強らしいことをすると、もう寝床に入ってこの原稿を書き始めた。時計は九時を過ぎた。また、睡眠時間が犠牲になる。そんな私を「なんだか追いつめられてるみたいよ」と、妻が心配する。

そうかもしれない。今、私にいちばん欲しいのは時間だ。一日が三十時間ほしい。真夜二時から日暮れまで、ほとんど仕事に時間を取られ、わずかの暇をみつけては印刷所に通うこのごろなのだ。すでにこの本の初めの部分から印刷にかかっているのだ。校正、打ち合わせに私は毎日印刷所をのぞかねばならぬ。発行案内を出すための名簿整理などの雑務もわずらわしい。

そして夜の短い時間に、私はわずかの勉強と原稿書きをする。だから作歌は仕事中に限られる。目の覚めている間、私の頭脳に安らぎはない。この本の出版される十二月初旬まで、私はこんな追い詰められた日々を繰り返すだろう。時計は九時半を過ぎた。目覚ましを二時半に合わせて私はそそくさと眠りにつこう。明日もまた、小祝島の祭りなのだ。

反戦デー

反戦デモ集《つど》えるかたえうつむきて日暮れの豆腐を積みて急ぎぬ

小祝島の祭りの二日目、暗くなるまで私は豆腐を運び続けた。国際反戦デーのデモが当市でも公会堂前の広場に集結していた。大学のないこの田舎町のデモの主体は各労組で、その集いは静かなようだった。そのかたえを行きつつ私の心はやましかった。反戦の意志は強いのにデモにも加わらず、ただおのが商いにのみ専念しているのが恥ずかしかった。だがまた、一方ではこうしてデモに加わることのできるような職にある人々をうらやましいとも思った。一日の大部分をぬきさしならぬほど縛られている零細な家内業者の寂しい孤独など、彼ら恵まれた労働者にはわかるものかとも思うのだった。

翌朝の新聞を見て、東京新宿駅の学生と機動隊のすさまじい攻防を知った。臆病な私の胸は読みつつ不安にふるえた。世の中はいったいどうなっていくのだろう。七〇年にむかって、こんな過激な騒乱はいよいよ拍車をかけられていくのだろう。

こんな時代を私はどのような生き方をすればいいのか。私は今まで、ただ誠実におのが家業に精出し、人々においしい豆腐あぶらげを提供することを生き方としてきた。妻を愛し老父を尊び姉弟たちと助け励まし合おうとしてきた。人とは決して争うまい、邪魔にならないようにひっそりと生きようとしてきた。世のために何もできないのだから、せめて税金だけでもごまかさずたくさん払おうよと父と語り合ってきた。そんな生き方に徹してきた。

だが、今や世の激しい動きは市民一人一人にも激しい生き方を要求し始めている。私のごとき生き方は、去勢者であり弱虫であり事なかれのマイホーム主義として糾弾されるときがきたのかもしれない。にもかかわらず、私にはやはり今までの私の生き方しかできそうにない。少なくもこれを書いている今の正直な告白はそれしかない。

軽蔑されても唾を吐きかけられても、私はひっそりと生活したい。たとえ主義達成のためとはいえ、私は人に石を投げ角材をふるうことはできない。自らは傷ついても、人に一滴の血もこぼさせることはできない。これは弱虫な私の絶対に曲げえぬ信条である。私の反戦思想の根である。私はこのうえない臆病者で弱虫だから、人を傷つけることなど絶対にできないのだ。ましてこの世にただ一度しか生まれてこぬ人の命を奪うなどという、思うだに恐ろしいことがどうしてできようか。

世の中が荒々しく激動していく日々にも、人々は豆腐を食べるだろう。私は黙々として豆腐を造り続けよう。臆病な弱虫の私にはそんなひそかなことしかできない。そんな弱々しい生活から生み出される私の歌など、世の日陰のものに過ぎない。だが、弱い私はそんなはかない歌にすがってしか生きえないのだ。

冷え深き夜は合羽着て働きぬさわさわと鳴りまつわる音よ
つばらかに由布岳《ゆふだけ》澄みて明けは冷ゆヤッケに着ぶくれ豆腐積み行く

深夜。激しい風がいちだんと深まった冷えを運んできた。私はビニール合羽を着て働く。動くたびにかすかな音がまつわりつく。配達に出る未明、合羽の下にヤッケを着こんだ。ヤッケを着始めると、もう私にとって早い冬が始まるのだ。ひと冬に二着のヤッケを着つぶす。

この未明、激しい風はときおり顔に痛いほどの雨粒を吹きつける。暗い通りを来る新聞少年たちもそれぞれの工夫で顔をおおうて眼ばかりのぞかせている。まるで忍者みたいに。そんな少年のひとりが、激しい雨粒を避けようと顔をうつむけて前も見ずに自転車を飛ばしてきた。私が積み出ようとした豆腐缶にさけようもなくドカンと真後ろから衝突した。衝撃で上段の豆腐が十丁粉々にこわれてしまった。さいわい少年の自転車も新聞も大丈夫らしい。だが少年はしょげてぼんやりと立っているので、心配しなくていいから行きなさい、しっかり顔をあげて行くんだよと去らしめた。

昼。河口の橋から小祝島の子供たちが数人、白い紙片をつぎつぎとちぎって風に乗せている。激しい寒風に乗った紙片はヒラヒラと意外なほど高く遠く飛んで行く。私は思わず止まって白いものの行方を追う。中でもひとつの紙片はヒラヒラとどこまでも飛び続けて行く。その不思議さを目で追い続けていて、それがふと白鷺であることに気づいた。どこで化けたのだろう。ヒラヒラと飛んで行く紙片が、途中、私の目の中で低く飛ぶ白鷺と混り、入れかわったのらしい。

　河床には小祝島の漁婦たちがうずくまって牡蠣《かき》を取り続けている。遠くから見ているとまるで動かないみたいだ。磯の小岩のように見えて寂しい。私の目はさらに沖へと拡がっていきハッとする。水平線の空に淡々《あわあわ》と虹の脚が消え残っているのだ。もう五分もすれば消え入るだろう。うずくまったまま牡蠣取りに懸命の彼女らは気づかないのだろう。

　晴れたりしぐれたり、天気はいよいよしけて、この調子だと豆腐がよく売れるぞと、ずいぶんたくさん造りためたのだったが、結局日暮れ近くには大不足となってしまった。夕刊が来て、今日吹きまくった風が木枯《こがら》し第一号であったことを知る。私の手元の歳時記では、木枯しは中冬の季題である。だが、稀にこうして十月の末に突然早い木枯しの寄せることもあるらしい。阿蘇や九重《くじゆう》の初雪も夕刊は伝えている。冬はそこまで来ているのらしい。夜になっていよいよ冷たい雨が音なく降り始めた。

　私は今朝の新聞少年のことを思った。明朝も寒風の激しい辛い配達となるだろう。だが、今朝の失敗にこりて、少年はきっと顔をグイとあげて風雨の中を進むことだろう。

きびしさ

十月二十七日の朝日歌壇で、私は今年三度目のボツになってしまった。二度目のボツが五月二十六日だったから五カ月ぶりだ。その間の朝日歌壇十回に十七首入選、内一位四首、二位三首、三位一首だったから、われながらよく頑張ったと思う。ここでボツになるのもしかたないなあと思い慰めてはみてもやはり寂しい。ボツになった一首ずつを省みてみる。

蛍光灯かそかに聞こゆ幾千夜この寂《しず》けさに豆腐造りし

遠溝をわが夜業の水流れゆき虫声のなかかすかにきこゆ

暁に空移りつつ豆腐積み土手行く我を軽鴨が越ゆ

灯の窓の流るるごとく汽車過ぎて川上暗し豆腐積み行く

くどの下のこおろぎ鳴きぬあぶらげを真夜揚げて立つ足のほとりに

嘔吐して夕餉とらざりし身重妻夜更けてひとりパン食べており

身重妻の足元まろくともす灯を持ちて添いゆく母訪う夜道

これら一首一首、まぎれもなく私の十月初めの日々の正確な生活表現であった。これらの一首一首をまとめるとき、そのおりおりのおのが生活を私は真剣に凝視していたつもりだ。いわば刻々の生の確認に励んでいたつもりだ。歌をまとめつつ、私の生への思いは充実していたはずだ。それでいいではないか。その結果できあがった歌が選者に無視されようと、それはもはや別の問題に過ぎない。歌を作る段階で私はすでに充実していたではないか。生の充実のために励む作歌であってみれば、その意義は十分むくわれているはずだ。ボツなど問題でないはずだ。そう理詰めに思いを進めてみてもやはり寂しさは残りくやしさも湧く。

作歌と投稿という関係には確かに危険なゆがみがある。作歌そのものこそ目的であるべきなのに、いつしか入選が目的となってくる。この六年間の絶えざる私の闘いは、そんなゆがみに落ちまいとすることだった。だが正直にいって私はその闘いにしばしば敗れた。それでもなお朝日歌壇への投稿を続けるのは、その選歌のきびしさに魅かれるからだ。ボツの痛棒をしたたかに受けるたびに、私は歌について真剣に反省する機会を突きつけられる。ただひとりで手帖に作歌していくだけでは、たぶんいつしか安易になっていくだろう作歌が、絶えずこうして厳しくひきしめられる。選歌のきびしさを五島先生はこう語られた。

選者の建前として、同じ人の歌は一歩でも前のより高まっているものでないと採らないことにしているのです。ずいぶん投稿するけれどちっとも載らない、失望したといってくる方もいるし、選者はよく見てないのじゃないかと思っている方もありましょうが、私は作者の長い間の「心の経歴」をいちいち覚えているつもりでいます。

（昭和三十九年三月の紙上座談会より）

名を想う

生れん子に良き名やるべし想いつつ働く深夜いつか笑《え》みおり

もう、名前は決めたかと幾人かに問われて、まだ生まれぬ子の名を私は想い始めた。昨年妻がみごもったときは早々と名を決めておいた。男なら和歌夫、女なら和歌子と、私の青春を立ち直らせ支えた和歌を尊び、わが子の名にいただこうとしたのだった。

強かれと竜一の名を付けくれし父母の思いをときに悲しむ

竜のように強かれと若き父母は、最初の男児である私に期待をかけたのであろう。そんな遠い父母の思いをかえりみるとき、私は悲しくなる。幼い日々から今にいたるまで、ついに一度も健《すこ》やかに強かった時期を持たぬ私だ。竜一ちゃんは名前に負けたんだね、あんまり強い名につぶされたんだろうねと、母が悲しげにいったことを思い出す。

生まれてくる子に望むいちばん大きな願いは、健やかであってほしいことだ。私の二の舞だけはさせたくない。そうだ、その切ない願いを名前にこめて健一と名づけよう。

それはつまり、祖父になるはずの私の父、健吾の一字をいただくことにもなるのだ。これからも私や弟たちに増えていくだろう孫たちの中に、ひとりくらい祖父の名をいただく孫がいるべきではないか。それにいちばんふさわしいのは長男たる私の第一子であるべきではないか。生まれくる男児を健一と私は決めた。

健一が祖父の名をもらうように、もし女の子なら、祖母たる私の亡き母の名を一字もらおう。母は光枝《みつえ》だったから、光子《みつこ》としよう。光の恵みのなかですくすくと育ってほしい。そして自らは周囲に光を恵むようにやさしさで溢れた子になってほしい。亡くなった母がそうだったように。

私は父母を立派な両親だと思う。共に無学無教養な父母で、社会的地位に無縁な一生だが、私は私の子らがそんな祖父母に似てくれてもいい思いで名前をもらうのだ。父も母もやさしい善人だ。だれとも争わずだれからも憎まれなかった。だまされても、だますことはなかった。そんな父母を私は尊ぶ。

この世に生まれて、人を憎み人から憎まれるほど哀しいことはない。それがわかっていながら、生来性格の激しい私は人を憎み人からも憎まれている。精いっぱいの努力でやさしくなろうとしつつ、やはり心の奥底の本性は殺せない。こんな私には似ず、ほんとうに心の奥底までやさしく正しい祖父母に似る子になってほしい。

生まれくる子よ。私は父となる前の夜々、しきりにお前の名を想いつつ、ひとり労働に耐えていたのだよ。そんな私の顔にいつしか笑みが浮かんでいるのにふと気づくのだったよ。

千羽鶴

願いこめ千羽鶴編み吊る部屋に産み月の夜々妻は早寝す

臨月のかがめぬ妻に靴下をはかせてやりぬあした冷ゆれば

妻はすでに早く千羽の鶴を折りあげ、糸でつづり編んだ。低い天井からそれを吊った下に、妻は夜の床を敷いて夢を結ぶ。むつきも十分に縫いためたらしい。私は名前を決めた。だがまだ産まれくる気配はない。どうも最初の予定計算が違っていたらしい。医師の最近の診断では十一月十日頃という。

私がこの手記を書き始めた昨年の初冬、妻の内にまだ新しい命は芽生えていなかった。その命は春の芽吹きとともに生まれて、妻を苦しめつつひそかに確かな成長を続けてきたのだ。そしてペンを取る私の思いのなかに、いつからか不思議な感情が混じり始めたことに気づいた。それは、妻の内なる命がやがて一人の若者となる日に、これがお父さんお母さんの青春だったのだよと、この手記を読ませる遠い遠い未来へ語りかける感情だ。そんな父性がいつの間にか私の中に生まれて、私の文章にはずみを与えるようであった。

私は両親の青春をまるで知らぬ。そのことがなんと寂しいことか。それは私にとっても寂しいし、また老父にとっても寂しいことだろう。古びたアルバムに変色した幾枚かの写真がある。若き日の父の登山姿である。今の老父からは想像もできないそんな青春の姿の片鱗がそこにおぼろげに写し出されている。だがその遠い日を老父はいまさら語ろうとせぬし、私もまた聞こうとしない。父と子はいつのまにかそんななつかしい対話の習慣を失った。

　だが生まれくる子よ、お前にはこんなに豊富に父母たる私と妻の青春が語り残されようとしている。ずいぶん廻り道をし、ずいぶん遅過ぎた青春だったが、今お前の父となろうとするこの晩秋、私は自分の青春をすばらしいと思う。生きていることはすばらしいことだと叫びたいほどだ。本当の姿をさらけ出していえば、今これを書いている私は寝そべって妻にコトコト腰を叩いてもらっているのだ。腰痛はあいかわらずひどく、風邪もひいていて身体はグッタリの状態なのだ。こんな身体でお前の父となることが恥ずかしいし不安なほどだ。

　それにもかかわらず、やはり私は叫びたいのだ。生きていることはすばらしい！　今私は、メキシコオリンピックの閉会式をテレビで観つつこれを書いている。世界じゅうの若者が友情をこらえかねたようにどっと混じり合い肩を叩き合って大競技場はすばらしい混沌の中にある。国の争いも人種偏見も、今この時間には霧消してしまったように人類の善意の巨大なエネルギーのみが画面を圧している。未来を信じたくなるよ。生まれくるお前の未来を信じたいと思うよ。窓の隙から風が来るのか、千羽鶴が揺れている。たぶんお前のお母さんも、平和への切ない祈りをこめてこの千羽の鶴を折り続けたのだよ。

星の王子さま

『放送ＲＫＢ』というきれいな雑誌が送られてきた。毎日新聞編集委員河谷日出男さんが、その中の人と作品シリーズに私のことをとりあげてくださったのだ。先の「わが道はるかなり」の文をもっと詳述したもので、わけても私の「毎日サロン」を評価してくださっているのが嬉しかった。

毎日新聞大分版の「毎日サロン」に澄みとおった随筆を連載しているが、そのなかに「瞳の星」というのがあり、多くの読者を感嘆させた。これを読んで人はサン＝テグジュペリのあの「星の王子さま」を思い出さないだろうか。涙がうっすらたまらないだろうか。

若輩の私を鼓舞してくださろうとする河谷さんの心得た誇大讃辞だとわかっていても、やはり嬉しいのだった。あの大好きな名作童話になぞらえていただいた嬉しさをひとり噛みしめるのだった。私は本棚から、その『星の王子さま』を出してくる。これは私の二十九歳の誕生日に、歌友である一人の女性から贈られたものだ。

　彼女を知ったのは私が歌を始めて一年くらい経た頃だったろうか。当市からバスで四十分くらいの海沿いの町で、小学校の給食の栄養士を勤める彼女もまた、朝日歌壇投稿者だった。私たちは実に熱心に手紙を交し、たがいの歌を批判し学び合い投稿を競い合った。それらの手紙は私のタンスの小引出し二つにつまっている。今読み返すと、あの頃のひたむきなまでの歌へのあこがれが立ちのぼってくる。私にとっても彼女にとっても、おそらく人生でいちばん純粋な日々の青春書簡なのだろう。

　私たちはなぜか、それぞれ同じ頃結婚することになった。これからはそれぞれの家庭を持つのですから、文通もこれで最後にしましょうといってきたのは彼女の方からだった。その代わり朝日歌壇への投稿は続けましょうね、歌壇の歌をたがいのたよりと思いましょうねとも書かれていた。文通の果ててのち、彼女の美しい相聞歌が幾度も朝日歌壇を飾った。

海の香りする胸に髪うずめいて深く眠りぬ吾を待ちしか
潮さし来る夕べ小さきラジオ持ち風の埠頭に夫の船待つ
みずやかに光るは海の呟《つぶや》きかひたぶる君に似し子を生まん
妹の如しと云われ爪立ちて干しゆくワイシャツ風を孕《はら》めり

しかしいつしか彼女の歌は間遠になった。一片の歌に托されたたよりを、もう長い間私は受けとってない。

この暖かい昼さがり、私は河谷さんの一文から思わずなつかしい本を取り出し、ひとりの歌友のことを思いふけった。今から『星の王子さま』をひらいて、あのまるで赤ん坊の瞳のように美しい部分を読み返しましょう。キツネと王子さまのあの澄みとおった会話です。

吾子誕生

「ふるさと通信」第二十信から。

みんな喜んでくれ。十一月四日午前零時五十五分、洋子は無事男児を出産した。三千二百グラムあったから標準をいっている。母子共、しごく元気でいる。おれがこんな弱い身体だし、洋子も妊娠中毒症で一時はあきらめようとさえしたほどだから、まさかこんな元気な赤んぼが誕生しようとは思ってなかった。それだけに喜びもひとしおだ。三日に産まれれば、祝日でもあるしおれたちの結婚記念日でもあったのだが、わずか五十五分ほど四日にくいこんでしまった。子供を産むということが、女にとってこれほどの苦しみであろうとは知らなかった。あとで洋子がソッとおれにいったよ。——死ぬのかと思ったワと。洋子の母が分娩室に入って足を支えていた。その母もあとで、ほんとうにかわいそうだったとおれにいった。

父となる刻《とき》を待ちつつ午夜《ごや》過ぎぬ箭《や》山嶺《やまね》のうえ星ひとつ飛ぶ
命産む苦の声洩るる真夜の廊祈りたきまでおろおろと居つ
苦しみの声をしぼりて命産みし妻が冷たき水欲りにけり
こぼれたる山茶花《さざんか》きよき月の径《みち》父となりたる深夜あゆみぬ
朝明けて鵙《もず》ひびきけり苦しみて男《お》の子産みたる妻は眠りぬ
菊飾る新生児室くるまれて並ぶ十人の中に吾子《あこ》あり
生《あ》れいでて二日目細くひらきたり未《ま》だ見えぬ眼のみずみずしくも

先便で書いて廻覧したように、名前は健一に決まった。父に告げたら、最初強く反対した。おれみたいな成功もしなかった者の名をつけるなよというのだ。だけど、返ってきた「ふるさと通信」で、お前たちがみんな父の名を貰うことに賛成していることがわかり、陽子姉ちゃんもそれがいいといったので、とうとう父も折れてしまった。たぶん照れくさかったのだろうよ。

父の生涯が、成功でなかったはずはない。今こうして孫たちが勢いよくつぎつぎと育ち始めているのだもの。陽子姉ちゃんとこの展代に哲生、雄二郎とこの由紀子、紀代一とこの章、そして新しく健一が加わった。さらに、藤沢通信によれば、征子さんもふたたび新しい命をみごもっているというではないか。先の流産の失敗はもう繰り返さず今度こそ実《みの》らせることだろう。

今、ただひとり京都の晩秋を散策している松下家最後の独身者満が家庭を持てば、やがて松下Ⅲ世軍は一ダースにもなるだろう。おれたちが、あの暗い日々、自らの血をほろびの血筋だなどと悩んだことが夢のようだ。おれは今、こうしてひとつの力強い命を得て、なんだか今からこそ本当の人生が始まるような気がしている。来年父となるであろう和亜も、きっとおれと同じ思いをそのとき知るだろう。その同じ思いが、父となったおれたち兄弟みなの連帯感をいっそう深めていくだろう。

かもめ

蘆《あし》の間《ま》の暁ひそかな残り汐白みそめたり島のほとりに

宮柊二先生評。差し潮が、ひいたあとも、蘆の間に残っているのであろう。生新な情景の一首。ただ二、三句がいくぶん安定のない軽いいい方である。

この歌の載った十一月十日、前日からの寒波はいよいよ厳しさを増していた。星の見える空から幾度も短いしぐれが降って、配達の私を濡らした。晴れつつ明けた朝、県境の彼方豊前《ぶぜん》の山々は薄く雪が積んでいて私を驚かせた。

海の風しぐれを吹けば片頰の濡れて河口を豆腐積み渡る
豆腐配る我に短きしぐれ過ぎ明くれば豊前の山に雪見つ
川向こうの豊前の嶺《みね》は雪降りぬ生《あ》れて七日目の吾子《あこ》よくくるめ

この寒波で豆腐がよく売れ、私は朝も昼もにぎり飯の立ち喰いをして働いた。みどり子が風邪をひきはしないか気がかりになりながら、とうとう昼間は行くことができず、夜あわただしく父と二人の食事をすますと病院に来た。子供は大丈夫だったが、昨夜三度も起きて乳を与えた妻がやや風邪気味でのどの痛みを訴えていた。この夜お七夜で、私は病院から帰ると、父が健一と筆太に命名を書いてくれて神棚に飾った。

十一日、寒波はやや和《な》いだ。そして北門の河口にかもめが帰って来たことを私は知った。小祝島の土手いっぱいに綱干しされた色濃い青海苔のなびくあわいから、最初チラと白いもののひるがえるのを見たとき白鷺だろうと思った。だが、それがこの冬初めて見るかもめだと気づいたとき私の心ははずんだ。本格的な冬を告げる寒波とともに帰ってきたかもめの、その正確な季感に驚きをおぼえた。

その午後、母子は順調に退院した。よく母乳を飲む健一は、一週間経て三千四百グラムになっていた。五体健全に出産した喜びをこめて、私はおぎゃあ献金をして病院を出た。

お七夜を経て帰り来る吾子待つと吾が老い父は湯たんぽ沸かす

わが家に帰ると父が待ちかねていたように健一を抱き取り、みなで亡母の遺影の前に坐り健一を対面させた。父が仏壇の鉦をコーン、コーンと叩くと、泣いていた健一がふしぎに静まった。夕べになって母子とも小祝へと帰っていった。十一月いっぱいは里で養生するのだ。

愛するとは気づかうことだろうか。健一のクシャミひとつにも私の憂いは波立つ。こんな不安はこれからの日々、たぶん限りもないのであろう。「世の人の親はみな、こんな愛しい不安に心ふるえつつ子の命をはぐくんできたのであろう」亡くなった母が、老いた父が、かつて幼い私にそそいだ愛情を、今からの日々、こんどは私が私の幼い者へとそそぎ継いでいくのだ。人の世の愛しさはこうして限りもなく流れ続けていくのだろう。

書き終える

昨年十一月半ばに思いたってにわかに書き始めた「豆腐屋の四季」を書き終える日がきました。あの日から一年の四季がめぐったのです。およそ三日に一編（四百字詰原稿用紙三枚）書く計画で進めたのですが、最初はたやすいと思われたことがだんだん重荷になっていったのでした。平凡な変わりばえのせぬ日々を過ごす私にとって、とりたてて書くような小事件すらめったに起きず、ペンを取っても何ひとつ書くこともないとまどいの日が多かったのです。それに時間のないことも辛いのでした。一日の大部分を労働に疲れて、とても書く気力などない日が多いのでした。さらにまた、文を書くことが私の作歌を邪魔することにも悩みました。文を書くことに熱中すれば、それだけ作歌がおろそかになるのは、私が未熟者だからでしょう。

それらの悩みとは別に、ときおり執拗に周期的に私を襲う疑問がありました。それは私が出版するこの本そのものへの疑問でした。いったいなぜこんなに苦しんでまで本を出そうとするのか？　いったい私の本なんか価値があるのだろうか？　たかだか貧しく学問のない豆腐屋の書く市井の日々の記を、本にまでする意義があるのだろうか？　世間は受け入れてくれるだろうか？　結局はおのれや父や弟たちの恥のみをさらけ出すのではなかろうか？　そんな悩みと疑いにとらわれると、にわかに私の希望は蒼ざめ、幾日も幾日もペンを投げたまま過ぎるのでした。そんな私の気持ちを奮い立たせるように未知の読者からの手紙がときおり舞いこんでくるのでした。朝日歌壇の読者であったり「毎日サロン」の読者からでした。

　私は大正六年生まれで三人の父親でありますが、あなたの歌、随筆の中から、いわゆる名士先生、何様といわれる人の言葉文章では味わえない涙のこみあげるものを感じます。ご家族が汚れず、ゆがまず、たくましく、美しく、ほのぼのと生き抜こうとしていることに感動します。五十歳を越した自分とその家庭をつくづく省《かえり》みる思いで読むのです。どうかこれからも偉ぶることなく、私たち下積みの市民の心を、歌に文に表現し続けてください。

　そんな幾通もの励ましに気をとりなおして、私は半月もの空白をあわててまた書きためたりするのもたびたびでした。さらに夏の頃には、私の本に対する弟たちの猛反対がありました。結局弟たちひとりひとりが私を信頼して出版に賛成するまで、幾度も「ふるさと通信」を場にしてのそれぞれの討論が重ねられました。その過程で、むしろ私たち兄弟の結びつきが強まったのは思いがけぬ嬉しさでした。
　今ここに書きあげる一冊の本が、せめて私の弟たちの信頼を裏切ってないことを心から願います。そしてさらに欲をいえば、この貧しい本が、ほんの幾人かの読者の心に小さな灯をホッカリとともすことができたら、私の一年間のつたない努力も喜びにむくわれるでしょう。

昭和四十三年十一月十五日初霜の日

補遺

　朝日歌壇入選歌のほぼ全部を文中にちりばめましたが、なお調べてみると十余首の残りがありましたのでここに付加しておきます。

我がおから積み来し牧場たそがれて夜の餌待ちいん牛の鳴き交う
遠夜空染めいし火事も果つるらし我等干《ひ》潟《がた》に蛸《たこ》ひろい継ぐ
殺せども鶏舎を狙う蛇絶えず生きの執念暗く悲しく

夜業終え明けは露けき瓦踏み煙突冷やさん水提《さ》げ登りぬ
寄り添いて指話《しわ》ひそやかに過ぎし二人我の心が仄《ほの》かにともりぬ
畑中の小舎《こや》より避難の豚の群唸る風なか鳴き追われゆく
台風が吹きつけ去りし汐こごり受像にぶりぬ島のテレビは
台風の翌夜晴れたり地蔵盆の小祝島より唄声きこゆ
ぬくきまま過ぎゆく冬か霧雨の植木の市に金柑を買う
力こめ婚約の日の歯を磨く箭山嶺に春の雪の濃き朝
未だ明けねば胸乳《むねち》曝《さ》らけてよきかと問う豆腐作業に汗噴く妻は

昭和三十七年十二月十五日から昭和四十三年十一月十日現在まで約五年十カ月の朝日歌壇に、延べ二百九首入選、内、一位四十二首、二位三十四首です。

付録

相聞

ドラマ『豆腐屋の四季』の主演俳優・緒形拳が来訪。以後、二人は終生変わらぬ友情を結ぶ。

ひたすらに
泉湧くごと　君恋えば
我が命燃え　歌生《あ》れやまず

今日は、ぼくらのささやかな結婚式にお集まりくださって、このうえない喜びでいっぱいです。この日のため、何かいい思い出となることをしたいと考えたぼくと洋子は、こんな小さな歌集を編んでみました。

一年前の夏、まだ高校生だった洋子に、ぼくは一冊のアルバムを贈り「これから、洋子のことを思って詠った歌は、みんなこの中に書きこもうね」といったのでした。

以来、つぎつぎと生まれ出たぼくの稚拙な相聞歌は、みるみるそのアルバムを充たし、その一首一首を洋子もまた、こよなく喜び愛唱してくれたのでした。わずか三十一字の歌一首一首が、ぼくらの愛を、急速に深めていったのでした。まもなく、彼女の名にちなんで、ぼくはそのアルバムを「洋子抄」と名づけました。なかの幾首かは、朝日新聞の歌壇に投稿し、入選歌として、あるいはみなさんの目に触れられたこともあったでしょう。

いま、この小さな冊子を編むにあたり、それら入選歌を中心に、その他、ただぼくと洋子の間だけのひそかな歌として、投稿することもなかった作も加えてみました。

読後、あるいは、あまりにも甘美に流れ過ぎたと思われるかもしれません。でも、ふりかえってみてください。あなたの青春もまた、こんなに甘美ではなかったでしょうか？もし、今のあなたが生活に疲れ、もし、今のあなたに小さな心の傷があるのでしたら、もう一度あなたの甘美だった青春の日々を追想してみてください。そんなあなたの青春の日々への追想の扉をフッと展く鍵の役をこの小さな歌集が果たせるなら、ぼくも洋子も、どんなに嬉しいでしょう！

あなた方のあゆんできた道を、ぼくらは、今から始めます。ぼくらの、この始まったばかりの未来への道程を、どうか暖かく見守り、なにかとご忠告ください。

今日は、ほんとうにありがとうございました。

昭和四十一年晩秋

松下竜一
洋子

マツヨイクサ幾つ摘みては飾りやる汝《な》が髪あわく月に光りつ

洋子は花が好きだ。ぼくも花が好きだ。まだ二人きりになるのを羞《はじ》らう洋子は、散歩に、いつも妹を誘った。土手の夜はオオマツヨイクサが、ひっそりと黄色い花をひらいていた。妹は姉の髪に、それを飾っておもしろがった。さりげなく、ぼくもまた、幾つかの花を、ソッと洋子の髪に挿してやるのだった。西空のはるか、音もなく、遠花火がひらき続けているのだった。

（宮柊二先生入選）

秋いまだ十七と云う君許せばその黒髪にほのぼのと触《ふ》る

いったいなぜなの？　と今でも洋子は聞く。洋子が中学生の頃から、ぼくがもう、未来の妻を洋子と決めていたからだ。ほんとうに、なぜなんだろうね。ぼくは、ただもうひたすらに、しかしひそかな姿勢で洋子の成長を目守《まも》り、いとしみ続けてきたのだ。そんなぼくの思いが、洋子にも、おぼろげに通じ始めた頃の歌。彼女がまだ十七歳の秋であった。

仰ぐ空常に鳥飛ぶ良き街に秋わが恋は静かに深む

ぼくはこの町が好きだ。川があり、海が見え、山を望見できる町。秋ともなれば飛ぶ鳥の絶えない街。晩《おそ》く得たぼくの恋は、ぼくにとって珠《たま》のようなものであった。ぼくよりも早く妻を得た弟たちも、ぼくの不器用な恋を喜び、なにかと茶化しながら、ほんとうは、はげましてもくれるのであった。晩秋のしぐれに立つ虹を、このうえもなく美しいと思うぼくだった。

誕生日の君に贈らん手鏡を秘めゆけば淡く風花《かざはな》ながるる

洋子の誕生日は真冬。洋子が十八になった日、空は青々晴れていたが冷たく、おりおり、どこからともなく、粉雪が吹き流れてくるのだった。「洋子も、もう少女じゃないよ」と、ささやきかけたのは、その夕べだった。ぼくはその夜、洋子に小さな手鏡と数枚のハンカチを贈った。ハンカチには、紅い椿の刺繍があった。それを可愛いと、あどけなく喜んでくれる洋子は、やはり未だ少女だった。

稚ければその頬にも未だ触れず帰る我が唇に雪ながれ消ゆ

五島美代子先生の評「若き日の純粋な愛の瞬間をとらえて光るよう」

ぼくは、夜ごと、洋子を訪ねた。オルゴールが刻《とき》を告げるまで、ぼくは洋子とその家族と夜をすごすのであった。洋子は内庭の端まで送ってくるのであった。その髪にソッと手を触れて帰ってくるぼくだった。帰っていくぼくに、雪の降る夜もあった。

我に倚《よ》りいつしか寝入りし君なれば稚《おさな》き肩抱き映画観継ぐも

こんな、あどけない日の記憶があって、今でも映画を観にゆくと、「どう、もうそろそろ眠くなったんじゃない?」などと聞いては洋子に「馬鹿いわないでよ、昔とちがうんよ」と叱られる。そうだね。洋子はもう、大人なんだものね。ぼくが風邪に臥して沈んだ日、五島先生がこの歌を一位に選んでくださって、ぼくも洋子も、大喜びしたのだったね。

我が愛を告げんには未だ稚きか君は鈴鳴る小鋏つかう

近藤芳美先生が、のちに、其の著書『アカンサスの庭』のなかで、つぎのように評してくださった。

ひそかな、古風なまでの思慕の歌。「鈴鳴る小鋏つかう」という表現が、少年の恋のように清潔である。

そうだね、あの小鋏も、もう妹の京ちゃんにゆずったんだったね。

風の空に高々と鳴る凧《たこ》ありき君に愛告げ駆けつつ戻れば

五島先生の評「この作者の数々の生活詠に注目してきたが、ついにこのような作にあえてたのしい気さえする。駆けなくともよいのだが駆けないではいられないたかぶりに共鳴するように風が吹き凧が空高く鳴っている」

ぼくの吐く息が白々とした寒気の日だった。だが河口は深い蒼色だった。

しもやけの汝《な》が指燃ゆる夜ならんとくちなしの実を摘みて我が来し

近藤先生の評「くちなしの実はしもやけの薬になるのだという。それをひとりの少女のために摘んで来る。淡い素朴な愛情の歌。しもやけに燃える指という表現も自然である」

店にかかりきりの母に代わって炊事も掃除も引き受ける洋子の手の指は冬、まん丸にふくれるのだった。それでも薬なんか塗ろうとしない洋子だ。

白珠の歯に糸を切る汝が仕草愛《かな》しきかなや夜の炬燵《こたつ》に

レース編む君の稚き楽しみは我が妻の日も守りてやらん

冬の夜々を、ぼくらは、いつもいっしょにすごした。裁縫をしたり、青いレースの花びらを編んだりする洋子のかたえで、ぼくは幾冊もの本を読んで聞かせた。わけてもクララ・シューマンの生涯は、洋子の心に深くしみこんだようであった。

恋得し身淋漓《りんり》と凧にさからいて姉の子の凧高だか揚げやる

「今は何もいえません。ただひとこと、ハッキリと、好きですとだけ答えておきます」と書いた紙片をぼくの掌のなかに押しこんで駆け去った洋子。

その瞬間から、ぼくの未来は展けた。姉の子と、鉄腕アトムの凧を高々と河口の空に放って意気溢るるぼくだった。できれば、天空高き凧に、真紅の文字で「吾は洋子を愛す」と、大書したい思いなのであった。

（五島先生二位入選）

中ソ遂に受けて立つかと我が恐るる夜を君が折る紙雛幾つ

五島先生一位評「まだ心おさなくて社会情勢にも無関心のように見える愛人を常にいとしんでいる一位の作者である。紙雛はたぶんお節句の手すさびであろうか。生活のための仕事ではあるまい。世界の動きを恐れる目に紙雛の映る感じが妙に生きている。大人の悲哀、男の責任感とでもいうようなものが無言のうちにひびいてくるのである」

北爆が開始された頃の作である。

許されてふたり出し夜を粉雪降り君は母にと金柑を買う

近藤先生評「親たちに許されて、はじめて二人だけで出て歩む夜。おさない恋人は家に待つ母のためみやげの金柑を買おうとする。街に降る粉雪はまだ早春の季節には遠いのであろう。まことに素朴至純ともいうべき愛情の作品である」

ぼくらふたりは、少し、はにかみながら帰ってきた。「楽しかった？」と、さりげなく、洋子の母は問うのだった。その金柑は甘かった。

学園を巣立つ日頬にキス許すと君が約せし春は近むも

春を待ち勤めん日を待ち宵々を汝《なれ》はひそかにソロバンを学ぶ

長かった冬も終わろうとしていた。その春には、洋子もいよいよ学園を卒業するのであった。どこと定まってはいなかったが、とにかく、勤めてみたいという洋子は、にわかにソロバンを独習するのだった。

春雷の光におびえ駆け来しと今宵の汝が頬《ほ》ほてりやまぬも

洋子は仮卒業日から、もう金物店に勤め始めた。社会に出るのが嬉しくてたまらないというふうであった。初めての給料で、ぼくを食堂に誘ってくれた夜、春雷は激しい稲妻を走らせて洋子をおびえさせた。

女店員となりたる君を気づかえば缶切りひとつ買うと来てみし

婚約の成りし部屋昏《く》れ亡き母の針箱君に継がせんと見す

五島先生一位評「亡き母の針箱を妻となろうとする人に見せる黄昏《たそがれ》の部屋は感銘深いものがある。針箱は女の仕事のよりどころであり、この場合亡き母の象徴ともいえよう。かつての日の主婦は針箱のそばにすわって縫物にはげむとき、静かな時間をもち、その人たちのために運ぶ一針ごとに夫への子への愛をたしかめたものであった。時には宝石箱のような役もして、大事なものは、鏡台のひきだしでなければ針箱の中に入れたものである」

草敷きて君と倚《よ》る土手風荒く土筆《つくし》の花粉かすかに立ちゆく

五島先生一位評「若い二人がよりかかっている草土手に春の荒々しい風が吹きつける。土筆のひき茶のような色の花粉がまだひけきらず、わずかに散らされてゆくのであろう。そのような微妙なところに眼をとめている作者たちは互につつましやかなものを残しあっているのではあるまいか。一位の作は美しい春の乱れない間のうつくしさが冷たく悩ましく限りもない愛しさで描かれている」

此の入り日ほのぼの胸に暖めて君と会わなん高き橋ゆく

嘘いまだひとつも君につかざりと落暉《らつき》に瞳を真向かいあゆむ

君に会いに渡ってゆく北門橋、ぼくは、いつも、そこにたたずんで、大きな落日が山の向こうに隠れるまで見あかない。ぼくの瞳も、ぼくの胸も、ほのぼのと入り日に染まって、洋子に会う。

（共に近藤先生入選）

我の掌《て》に初めて汝が頬抱《いだ》く日よ春一番か強き野の風
君待つと蓬《よもぎ》にまろび仰ぐ空藁《わら》しべくわえ小鳥がわたる

（近藤先生入選）

風の匂いが好きだ。汐の匂いが好きだ。草の匂いが好きだ。そんななかで、洋子がつくってきた弁当を食べるのは、なんと、愉しいことであったろう。

「見てごらん、ルーソーの絵のようだよ」と、ぼくは遠い林を指し示す。

愛深しと云い切る君の何のおびえ嫁《とつ》ぎ来る日を未《いま》だうべなわず

五島先生一位評「清純なおとめの未熟な果物のような愛のすがたが、一位の作者にはもどかしくいぶかしいのであろうか。ひとすじの愛情に心は傾ききりながら、嫁ぐ日をおびえないではいられない初々《ういうい》しさを、しだいにみちびいて花ひらかせてゆく道にいそぎすぎたり、疑ったりしてはいけない」

此の仔犬も連れて嫁《とつ》ぐを許すやとまぶしき陽《ひ》中《なか》で問いし汝《なれ》はも

洋子があまりに早い結婚にためらう気持ちが、わかり過ぎるほどわかって、ぼくにはいじらしいのであった。だが、ぼくの事情はもう、これ以上、待てないところにきていた。母を失って十年を越え、ぼくも老父も荒涼とした家庭に、すっかり疲れ果てていた。洋子はまもなく十一月三日の挙式を受諾した。それほどに、ぼくを信じてくれるのかと思うと、ぼくの胸は熱くなるのだった。

（近藤先生入選）

休日も無ければ星の夜を来て動かぬ木馬に君と倚りいつ

洋子とぼくの休日は、月に二回で、さいわい同じ日になるのであった。しかし小商人の悲しさ、ぼくは、定休日も実際には休めぬのだった。そんな日、洋子は家に来て、掃除や洗濯や、料理をしてくれるのだった。無口な父ゆえ、何もいわなかったが、洋子を気に入ったらしいことが、ぼくには確信できて、嬉しいのだった。

夜、動かぬ木馬は、なにか寂しいね。

（五島先生、近藤先生入選）

君帰り泉湧くごと生《あ》るる歌花ある机に正坐し書きゆく

洋子は来るとき、季節の花をたわわに抱いてくる。幾日も掃除を怠けた部屋部屋を、洋子はいさぎよく光らせてゆく。そうして、ぼくの机の上に溢れるほどの花を飾って帰る。そのあとだ、ぼくの歌がせんせんと心の泉から流れ出て尽きないのは。歌を詠《よ》むことを、ふと知ったこと、そのさいわいを、しみじみと思うのも、このときである。

くれないを百日保つさるすべりの花終わらん頃汝《なれ》は吾妻《あづま》ぞ

また、秋がやってこようとしていた。百日紅《さるすべり》が美しく咲き盛《さか》る。その名のように、ほんとうに百日、そのくれないを保つのであろうか。だとすれば、この花の終わるころ、洋子は、ぼくの妻になるのだ。そう思って仰ぐ花のくれないは、深く心にしみて美しいのであった。ぼくは、幾度もこの歌を口につぶやいて、やまないのであった。

口紅も未《いま》だ塗らざる唇に葡萄《ぶどう》ふふみて汝《なれ》よ美し

秋。洋子はまだ化粧しない。そんな素顔の洋子が好きだ。洋子の紅い頬、生き生きした唇。秋の澄んだ日のなかで、あるときは、まぶしいほどじゃないか。だがある日洋子はいう「私も、少し化粧した方がいいんじゃない？　ねえ、口紅には、どんな色が好き？」

耶馬路サイクリング行

耶馬路《やばじ》をば我と銀輪駆けらする汝《な》が頬紅しいよよ愛《かな》しも
汝《なれ》とゆく我が歓びのきわまりの空を仰げり耶馬の青空
洞門の展望屋に風吹けば汝のすなおな髪がなびかう
此の手もて美しき豆腐を造る妻となれよと小さな汝が手抱きおり

ぼくの思い出のなかで、母の豆腐は、このうえなく美しいものとなってゆく。実際、豆腐造りは、父より母が上手だった。母が亡くなってしばらく、どうしても、うまくできない豆腐におろおろしていた父を思い出す。その父から、ぼくは豆腐造りを習った。やがて妻となる洋子に、ぼくは、それを教えるだろう。不器用なぼくより、きっと美しい豆腐を造る洋子となるだろう。

【参考資料】

講談社文庫版あとがき

長らく絶版となっていた『豆腐屋の四季』が、講談社文庫として十四年ぶりに復刊されるについては、作者として単に嬉しいとのみはいえぬ複雑な思いがある。ここ十年以上、本書を一度も読み返していないといえば、作者の心境の一端は察していただけようか。

たまらぬなつかしさを否定はせぬ。同時に、その感傷的に過ぎた小世界から、もう一歩大きな社会へと踏み出そうとした後年の眼で振り返るとき、文章表現の甘美さや考え方の稚拙さに眼をそむけたくなる。

とはいえ、これが紛れもなく私の青春であったのであってみれば、再刊にあたって一切の改稿は断念せねばならなかった。新しい読者に、わが青春を未熟なままに差し出すしかない。

願わくは、読者が巻末年譜〔略——編集部〕を参考にして、『豆腐屋の四季』以降の作品の流れを読み辿っていただければと、作者は勝手なことを思っている。

一九八三年四月一日

著者

かくも、いじらしく

解説

小嵐九八郎

この『豆腐屋の四季』の解説には、本当に不適当な人間であると思う。

理由は、今度、きっちり読みだしたら、下品で芸のない表現でごめんなさい、心がめろめろになってしまい、涙ばかりがしょぼついて先へ進めず、なんと三日がかりで読み終わっても、冷静になれないからである。

解説の仕事を与えてくれた編集者の人は、たぶん、俺を真面目な歌人と推測した上でのことであろうが、今は結社も同人誌にも参加していない自称歌人でしかない。万葉調の張り詰めたリズムを持ち、暮らしの中に詩の精神を求めんとする松下竜一さんの歌を評論するなど五十年早い気がする。もう一つ、仕事をよこしてくれた理由は、この『豆腐屋の四季』で、松下竜一さんは愛する大学生の弟さんが一九六八年一月のアメリカの原子力空母の佐世保への寄港に起ち上がる姿を《悩みぬきヘルメット持たず佐世保へと発つと短く末

松下竜一（1999年、自宅書斎にて）

弟は伝え来《く》》と歌っていて、弟さんと同世代の当方がここいらを知っていると考えたからであろう。佐世保へは行っているけれど、だからこそ、『豆腐屋の四季』が発表されテレビでドラマ化された時は獄の中、マルクス、レーニン、ローザばかり読んでいて、この『豆腐屋の四季』の同時代的な感動、地方の庶民の働く姿を見失ってしまっていた。

ただ、今から十数年前、死刑囚の恋愛小説に取りかかる時、当時、河出書房新社にいたＯさんから「それだったら、これを読んだらいい」といわれ、出版されたばかりの『汝を子に迎えん』を渡された。恥ずかしい。その時、初めて、松下竜一さんの本を読んだのである。二人の女性を殺し、子供を殺し〝反省〟がなく居直っている被告を、主人公のクリスチャンの女性が養母になり、死刑囚となる被告に信仰を、というノンフィクションであった。ここで、松下さんは、阿漕《あこぎ》なほどにふてぶてしい二十四歳の死刑囚の反省を、宗教の情熱によって促す過程を追っている。むろん、松下竜一さん自身が、宗教の力に、記しながら戸惑っている姿があり、書いていながら人間の業《ごう》の深さに、時に、ニヒリスティックになっていく眼差しも出てくる。一筋縄でいかぬことを知って、それをテーマにしていく苦しみの格闘があり、当方は感服するしかなかった。死刑制度の許でのフィクションとしての恋愛ならば、罪についてのデフォルメはできても、ノンフィクションでは事件が読者の頭に入っていてできない。ここを必死に取り組む物書きとして、松下竜一さんに頭を垂れたのである（初出は、一九九七年と割あい遅く、河出書房新社から）。

続けて、松下竜一さんの本を読まねばならぬという義務感じみたものへと駆られる。書きなぐるしか生きる能のない娯楽作家だからこそ、五分の魂みたいなものに突っ張りたくなる。

出版された時系列を順不同で挙げると『砦に拠る』を読んだ。筑後川に建設されようとした下筌《しもうけ》ダムに反対する里人達を率いた室原知幸氏の闘いの人生である。里人達が籠もったのが〝蜂の巣城〟で、この攻防戦が一九六〇年。三里塚闘争が、三派全学連を助っ人として農民が主人公で顕在化したのが一九六八年だから、実は先達の闘いとしてあったわけだ。松下竜一さんは主人公を全面的に美化して描かない。主人公の頑さ、孤立する性格、哀しみを容赦なく描く。語り手の松下竜一さん自身の姿勢すら検証する。その上で、敗北の〝美しさ〟がなんと迫ることか……（初出は一九七七年、筑摩書房）。

次いで、読んだのが『暗闇の思想を』だった。松下竜一さんは、一九七二年、周防灘開発、そしてその一環の豊前火力反対運動に関わりはじめ、軽い言葉でいえば、その顚末記である。物書きとなって二年ほど、そこから、松下竜一さんは、ハートだけでなく、体を賭けて、渦に巻きこまれ、渦を拡大し、負けていく。みっともないが、当方は、あるマイナーな小説誌の新人賞の佳作を貰っただけで、なお組織に属していたのに、活動費欲しさに、みんな押し隠し、編集者に揉み手をして、なんと小狡いのか、法の背中に猛猛しい国家を見ているのに、細かい法の全てを遵守し、日日熱心に尾行してくる刑事を知っていても、「売りたい。次のステップへ行きたい」と、醜悪なことを重ねていた。ここの地平を、松下竜一さんは「売れる、売れない」など二の次、三の次、どっしり、あっけらかんと越えながら、しぶとく、本当に一生懸命に行ないをなし、同時に、書いていくのである。そして、中身は、科学、効率、現の豊かさという、近代史の根っこの根を問い、疑い、笑いとばすという、凄まじい思いとなっていく。ワットの蒸気機関を始めとする産業革命は教科書を含め、全ての人人が「うん。人類の進化だ」と肯定する。そして、人間の考える力こそが人間とするデカルトの〝理性万能〟に、ほとんどの人人が賛同する。が、松下竜一さんは「待った」をかける。「夜には電気を消してもいいのでは？　便利と使い捨てを忘れてもいいのでは？」という問いかけを持つ『暗闇の思想を』は、松下竜一さんが身をもって九州電力という企業と国家の機関の裁判所に敗北し三十五年ほど経つ今、国家の行政機構すら猫撫で声で「電気を消し、蝋燭で」と六、七年前あたりから言いだしている。ある党派とか、労働者の代表という側面を持っていた機関から、つらくて、狭い対応を取られながらも、松下竜一さんは初《うぶ》な心で闘い、記した。初ゆえに、マルクスの限界をもはっきりと見ていた気がする。つまり、桁外れに凄い思想家であるには違いないのだが、マルクスもまた、近代の工業力に賭けていたゆえに、その元での舌の縺《もつ》れるようなプロレタリアートを、つまり労働者階級を全ての主人公にして、近代の病に目を逸らしてしまった。豆腐屋を廃業して二年ばかりの松下竜一さんは、既成のイデオロギーに捕われずに、このことをナイーブな目と肌で、きっちり自ら思考し、見抜いてしまったのである（初出は、一九七四年、朝日新聞社）。この闘いから〝環境権〟という概念は生まれはじめた。そして、松下竜一さんを中心として、その居住の大分県中津市船場町から『草の根通信』が、月一回のミニ・コミ誌として、その死の直後まで、綿綿と、粘り強く、広い眼差しと具《つぶ》さな記事で続いていく。ほぼ、三十年に渉る発行は、実は、大変、大変、大変なこと。怒りのパワーがなければ持続できない。絆《きずな》を熱く求めねばできっこない。松下竜一さんは自らも他人からも「センセ」と言い、言われ、慕われなければ求心力を失う……。

　というわけで、当方は義務感からよりも嬉しさで、次に、『ルイズ――父に貰いし名は』に取りかかった。一九二三年、関東大震災が起きた。朝鮮人が虐殺され、社会主義者が殺され、無政府主義者の大杉栄は、その〝正式〟な妻の伊藤野枝、そしてたまたま一緒にいた甥の少年と共に、憲兵隊の甘粕大尉に殺された。残された子供は、どう生きたのか、がテーマである。大杉栄と伊藤野枝の間の四女、ルイズこと伊藤ルイ氏に対しての聞き書きである。革命への情熱だけでなく、女性への情熱も膨大であった大杉栄の四女が、直情的行動に滾った父母の影響下から人間として回復するプロセスは、同時に、対照的な長女、魔子氏の別の個性的な生き方を浮かび上がらせる。至らぬ双子の娘の父親としては読後、不安になったり、黙っていても子は育つと安心したり、いろんな感慨に陥った。タイトルが、それにしてもいい。詩人の本質を松下竜一さんは、要において孕んでいる。講談社のノンフィクション賞を受けた本だ（初出は、一九八二年、講談社）。

『記憶の闇』を読んだ。幼児が二人死んだ「甲山事件」の犯人とされ、それが濡れ衣である経過、無罪との裁判結果の出る張り詰めた一審前の女性主人公の心の中に迫った一冊である。松下竜一さんは生後まもなくの肺炎で右目を失明、肺にも生涯病を抱えていて、それでも抑制し、優しく、しかし、ぎりぎりに〝差別〟のテーマも内包させる。〝精薄〟といわれる子供達への「あの子たちを縛りつけていたような自分でしかなかった」との言を主人公から引き出している。取材者兼書き手がここまで迫り、言葉を貰うのは、当方も一冊だけノンフィクション的なエッセイを書いているが実にしんどいこと。信頼関係がなければ話してもらえないのである。やがて――検察が、そう、人を刑務所に放り込む圧倒的力を持つ検事達が、法廷の外においてですら一部のマスコミを引き込み、なにがなんでも権威にかけて有罪にしたかった件であると当方は気づく。松下竜一さんの物書きとしての、強ばっていないのに、イデオロギー的ではないのに、しぶとく、権力にとって弱い市民を守り切る姿勢の、そんじょそこいらにはないしぶとさ、権力という標的への態度は、断固としている。いや、断固の表現は、誤りか。しっかと、大海ほどである。うーむ、大海の言い方もおかしい。懐《ふところ》を広く、どっかとしている。これも、切羽詰まった思いを言い当てていない。ここいらあたりに、当方の背筋は、しゃきっと、畏怖の思いへと、松下竜一さんに定まっていくのである。もう一つ、主人公への一つの距離、厳しく記すなら、一つ一つの事実を確かめながらも、全てを肯定しない目、記している作者自身が自らを批判する目も、あるのである（初出は、一九八五年、河出書房新社から）。この裁判は、一審完全無罪、二審「差し戻し」、最高裁でなんと二十年になるプロセスで、無罪であった。

なにか、解説を読んで下さる読者に、幼稚園児の俺が、園長先生、いや、一気に小学校の校長先生に報告するみたいな書き方で済みませんと思うのではあるけれど、次は〝ちゃんと〟依頼された仕事で『檜の山のうたびと』についてのエッセイを書くため、このノンフィクションを読んだ。うーん、日本人の九十九・九パーセント以上が〝共犯〟となってしまった重たい事実の、その煮つまる前を、書いているのだ。主人公は、伊藤保氏。歌人である。俺も、五年ぐらい前までには所属していた短歌結社『未来』の人。人生の終わりまで拘束され、極北的な排除に遭ったハンセン氏病の人である。斎藤茂吉的、土屋文明的な写実の力に依拠する『アララギ』だけでは満たされず、社会的な視野をも求めてできたのが近藤芳美を中心にした『未来』であり、ここに伊藤保氏は参加してきた。松下竜一さんが最初に「朝日歌壇」で選ばれ、高く評価されたのは近藤芳美によってであった。松下竜一さんの歌を見抜く選球眼は鋭い。《萱のなか若木の檜に雪の降りここに建つ癩刑務所反対の署名に並ぶ》と伊藤保氏の歌を取り上げている。管理する側の「懲戒検束規定」「強制収容」を更に強化する姿勢に怒りを堪《こら》え。また《濠を越えきて病むわれら呼ぶ娼婦あり園めぐる村みな貧しくて》を取り上げ、「一番先に偏見を捨て去っていたのが娼婦」と記している。しかし、そればかりではない――〝ライ〟治療史にとっては一九四九年のプロミンの特効薬が出てからが画期的であるのだ。松下竜一さんは「伊藤にとって病気治癒より何よりの至上生活は秀歌創作であり、その為にはむしろライであることにとどまることが必要であったのではないか」と書いている（初出は、一九七四年、筑摩書房）。『豆腐屋の四季』（一九八三年の講談社文庫版）の年譜では「一九七〇年、三十三歳、豆腐屋を廃業する。同時に作歌もやめる」旨が記されており、松下竜一さんの短歌、もっといえば〝芸術〟への懐疑の深度が測れる。当方もまた、芸術をゲージツと常日頃、書く。

溜息をつきながら、続いて、『狼煙を見よ』を読んだ。一九七四年、兵器を作っている三菱重工に爆弾を仕掛け、通行人をも巻き添えにした「東アジア反日武装戦線〝狼〟部隊」の大道寺将司氏を軸に、片岡利明氏を含むメンバーの結成、討論、悩み、予期せぬ普通の人人の死への直面を記した書である。死刑確定前のぎりぎりの裁判情況で、よくぞ、と唸る。大勇気を必要とする素材に挑んだのだ。背筋に青竹でも突っ込むようにして読むしかなかった。〝内ゲバ〟に明け暮れてきた当方に比して、なんと敵を鮮やかに示し純粋だったのかと、〝狼〟のグループに羨ましさを覚えた。せつなくなった（初出は、一九八六年、『文藝』冬季号）。

そして、『怒りていう、逃亡には非ず』である。主人公の泉水博氏は、刑事犯として服

『豆腐屋の四季 ある青春の記録』
カバー（昭44·4　講談社）

『檜の山のうたびと』カバー
（昭49·9　筑摩書房）

『砦に拠る』表紙
（昭52·7　筑摩書房）

『ルイズ——父に貰いし名は』
カバー（昭57·3　講談社）

役中に刑務所側の酷《むご》い処遇に対して長期の懲罰を賭けて決起し、それでも仮釈放が近い中、一九七七年自らの〝自由〟ではなく「日本赤軍」のハイジャックによる人質を助けんと海外へ渡った人である。「日本赤軍」が泉水博氏の釈放を要求したのだ。一九八八年、フィリッピンで逮捕された時は、警察情報を鵜呑みにしてマスコミは「色に溺れた泉水の逃亡願望」と書き立てた。なお、この件で、松下竜一さんも家宅捜索を受けている——が、最も書きにくい人を、きりりと正面から書いたのである。とりわけ、「日本赤軍」の求めに従い外国へ行くのか、このまま刑務所に残って近い仮釈放を待つのかの短い時間での泉水博さんの決断の箇所は凄いのである。このテーマを書いたこと自体に、松下竜一さんの厳しい覚悟ばかりでなく、優しさを見てしまうのは俺一人ではあるまい。大江健三郎氏は「同時代史の傑作」と絶賛した（初出は、一九九三年『文藝』夏季号。加筆の上、同年、河出書房新社から）。

　こうしたわけで、処女出版の『豆腐屋の四季』を最初に読んだ時、当方は緊張しまくった。本当であるが、からっ風の吹く旅館に、辞書しか持ち込まず、読んだ。ところが、この講談社文庫版の「あとがき」に、御本人が、「講談社文庫として十四年ぶりに復刊されるについては、作者として単に嬉しいとのみはいえぬ複雑な思いがある。ここ十年以上、本書を一度も読み返していないといえば、作者の心境の一端は察していただけようか」とあり、当方は性格が単純なので、そうか、と思い込んでしまった。

だから、好い加減なる歌人の癖で、松下竜一さんがおさらばした短歌へと関心が集中する。俺より、うまいのかと……許して下さい、九割五分の歌人などこんなもの。

《真夜独りの心おのずと優しくてくどの小蟻ら逃がして点火す》

今時のほとんど機械に任せっ放しの豆腐と違い、一九六〇年代は、夜中に起きて仕込み、朝に配達し、その日のうちに売り切らないと捨てるしかない手作りなのである。「くど」とは「竈」と漢字ではなり、かまどのこと。字余りすら、船でゆっくり川を過ぎていく時の横揺れの心地良さをくれる。

《明け四時を働き倦《う》みてふと来にしサーカスの暗きに象は立ちいつ》

現実の象なのか、幻の象なのか、どちらでもいいと思うが、やがて短歌の器には収め切れないノンフィクションであってもロマンを育てゆく心がある。

《柔らかな真白き豆腐を造る手に我がみどり児を抱く日近むも》

日日の働く実の暮らしと望みが、ひしと抱きあう絶唱である。

というわけで、当方など比較にならぬ、感動という詩の原点を持つ歌なのであった。

そして、今回、再び、『豆腐屋の四季』を読んだ。駄目作家でカッコづけの短歌を作るしかないままに老いゆく人間にも、五十代初っ端とは異なり六十代半ばになると〝老人力〟というのを少しは持ち得るのか。それとも、松下竜一さんが惜しくも二〇〇四年に亡くなってしまったせいか、めろめろ、しょぼついて困ったのである。否、読んで嬉し泣きをしてしまうのである。

読者の自由にして奔放な浅読み深読みは松下竜一さんの望むところだろうから、読者の伸び伸び伸びした感想に迷惑をかけたくない。ごく、短く。

一つ。松下竜一さんの、母を父を兄弟を妻を、そして数少ないとしても知人を愛するという真情が、素朴なのに熱いまま、ここにある。むろん、イエスが「もし、だれかがわたしのもとに来るとしても、父《ちち》、母《はは》、妻《つま》、子供《こども》、兄弟《きょうだい》、姉妹《しまい》を、更《さら》に自分《じぶん》の命《いのち》であろうとも、これを憎《にく》まないなら、わたしの弟子《でし》ではありえない」と言っているとは知っている。が、我ら凡人は、やはり、この身近な人から愛を知るのである。松下竜一さんは、この地平から、極少数派の人、ハンセン氏病の歌人、嫌われ者へと接近でき得たし、偏見を引っ繰り返し得た。

二つ。これこそ〝老人力〟ではなく〝老いた脆《もろ》さ〟かも知れない。うんや、居直ろう、一九六〇年代末の人人の暮らし、思い、汗をひた流す労働が、モノクロの写真や映像より鮮明に刻まれ、蘇ること。「停電」「猫捕《と》り」「角材」と……。人人は、パソコンやケータイでの営為ではなく、直の鼻、耳、口、舌、眼の瞳、五指で動いていた。もちろん、この意味は、近代への根からの批判を持つものとしても、ごつーんとくる。

三つ。物書きでなくても、自分の文が、均整の取れてきりりとした活字となり、内輪から一歩外へと、どんな小さな地方紙へでも、雑誌でも、〝ちゃんとした〟新聞にでも載った時は、小躍りしたくなる。自意識の高揚といわばいいえ、やはり、他者との関わりで自分が確かめられるからであろう。松下竜一さんは、自費出版のタイプ印刷のこの書を、講談社に送り、客観的にいって突出して優秀な編集者により、出版された。この、松下竜一さんの「求めよ、さらば与えられん」への純朴にして、人としての必死な努力の姿に涙する。「おい、おい、売れないとしても同業者としての感情移入か」と叱られるかも知れない。だけど、対異性、対入試、対就職試験も、実の実はこういういじらしい求めが重要と当方は考える。むろん、詩歌も小説も。あたり前、失敗や挫折はあり、それはまた必ず次の大きなものを生むだろう。

鹿爪《しかつめ》らしく、松下竜一さんの原点は、まるごと、のんびり、荒荒しく、料理なしに、ナイーブにここにあった、と書きつつ、それ以後の本も読んだ方が人生と全世界のために何かをくれるはずと記したい。こういう本を、講談社文庫に入れてくれる編集者に頭を垂れる。

――山梨県忍野村の「角屋の絹豆腐」を目の前に、湯豆腐か、冷やっこかと悩みつつ。

二〇〇九年処暑

（作家・歌人）

年譜

松下竜一

一九三七年（昭和一二年）

二月一五日、大分県中津市塩町で、松下健吾（三二歳）と光枝（二六歳）の長男として生まれる。戸籍名龍一。姉一人、弟五人。一〇月頃、急性肺炎の高熱により右眼失明。多発性肺嚢胞《はいのうほう》症はこのとき発症したと思われる。この頃父は材木商。のち戦時体制でやめさせられ、木工・家具職人となる。四六年頃、豆腐屋を始める。四九年頃、船場町五六一番地一に転居か。

一九五四年（昭和二九年）一七歳

二月、中津北高校の文芸誌「山彦」一七号に「殻」を書く。六月頃、喀血して「肺浸潤」と診断され、休学。翌年、復学。

一九五六年（昭和三一年）一九歳

三月、中津北高校を卒業。「結核」療養しながら一年間の浪人で大学をめざす。五月七日昼前、母光枝、仕事場で昏倒。八日夕刻、昏睡のまま死去（四五歳）。進学を断念し、父を助けて働く。

一九五七年（昭和三二年）二〇歳

九月二六日、日記始まる。現実のみじめさから逃避して読書と映画の日々。

一九五八年（昭和三三年）二一歳

一一月一〇日、弟の一人と争って家を出る。一七日、小倉の街をさまよった果て、映画

『鉄道員』を見、自殺を思い止まり、帰る。

一九六〇年（昭和三五年）　二三歳

一月七日、親友福止英人死去（二五歳）。

一九六二年（昭和三七年）　二五歳

五月二八日、三原洋子を将来の妻に、と日記に書く。一一月一〇日、洋子の母ツル子に勧められ、短歌を作り始める。一二月一六日、朝日歌壇に初入選。

一九六六年（昭和四一年）　二九歳

一一月三日、洋子（一八歳）と結婚。引出物として歌集『相聞』を作る。

一九六八年（昭和四三年）　三一歳

一一月四日、長男健一生まれる。一二月一日、『豆腐屋の四季』を自費出版。

一九六九年（昭和四四年）　三二歳

四月八日、講談社より『豆腐屋の四季　ある青春の記録』公刊。七月一七日、連続テレビドラマ『豆腐屋の四季』（朝日放送制作）始まる。緒形拳、川口晶出演（〜翌年一月八日）。

一九七〇年（昭和四五年）　三三歳

四月五日、二男歓《かん》生まれる。五月、「仁保事件」の冤罪を晴らす運動をしている向井武子中津来訪。六月二九日、朝日新聞で「東京・水俣病を告発する会」結成の記事を読み、東大助手宇井純の「患者とともに、地獄の底までつき合えるか」という言葉に粛然となる。同会の俳優砂田明が水俣に巡礼するとの記事にも衝撃を受け、自身もっと自由に生きたいと思い、また体調の問題もあって、七月九日、豆腐屋を廃業。一七日、「朝日新聞」声欄に、「仁保事件」に関して「タスケテクダサイ」を投稿。二九日、「仁保事件の真相を聞く会」を多田牧師と主催（中津教会）。

一九七一年（昭和四六年）　三四歳

一一月七日、「西日本新聞」に大分新産業都市の公害を取材して「落日の海」を一五回連載。

一九七二年（昭和四七年）　三五歳

五月一日、広島大学の石丸紀興から周防灘開発問題についての手紙が来る。一六日、「仁保事件」広島高裁傍聴。広島大学で石丸に会う。六月四日、周防灘開発問題研究集会主催。七月一四日、『海を殺すな』自費刊行。三〇日、「中津の自然を守る会」発足。宇井純の講演。梶原得三郎と出会う。八月八日、恒遠俊輔《つねとおとしすけ》らと姫路、岬町、水島視察（〜一一日）。一〇日、『風成の女たち』朝日新聞社刊。二九日、上野英信、初めて来宅。一〇月一一日、「朝日新聞」声欄に「計算が示すこの害——豊前火力に反対」を書く。一一月一四日、「熊本日日新聞」に「かもめ来るころ」を三〇回連載（〜一二月一八日）。一二月一三日、路上で徹夜して広島高裁傍聴。仁保事件無罪判決。一六日、「朝日新聞」文化面に「暗闇の思想」を書く。

一九七三年（昭和四八年）　三六歳

一月二八日、豊前火力反対市民大会。公開・公害学習教室を主催、「中津の自然を守る会」と別れる。三月一五日、「豊前火力絶対阻止・環境権訴訟をすすめる会」発足。四月五日、「草の根通信」創刊（恒遠の編集で「豊前公害を考える千人実行委員会」が第三号まで発行していた機関誌名を引き継ぎ、第四号とする）。六月一六日、反公害・くらやみ対話集会（豊前市平児童公園）。一七日、反公害・環境権シンポジウム（中津市福沢会館）。七月二日、東大自主講座第六学期で、豊前火力反対運動について報告。八月二一日、福岡地裁小倉支部に豊前火力発電所建設差止請求裁判（豊前環境権裁判）提訴。原告は松下竜一、伊藤龍文、釜井健介、坪根侔《ひとし》、市崎由春、恒遠俊輔、梶原得三郎の七人。弁護士なしの本人訴訟。「この自然破壊を見過ごすならば、私の書いた歌も文章も嘘になってしまう」。一二月一四日、第一回口頭弁論。公判録音の許可を得る。松下がボタンを押し間違え、法廷に「荒野の七人」のテーマが鳴り響く。一六日、恒遠、坪根らと上京。一七日、電源開発調整審議会（電調審）に突入。二〇日、電調審は豊前火力を認可。二四日、豊前現地気象調査（〜二七日）。

一九七四年（昭和四九年）　三七歳

二月一一日、「砦に拠る」の取材で日田市に故室原知幸の妻ヨシを訪ねる。三月四日、公判の準備書面提出、「一羽の鳥のことから語り始めたい」。一四日、『暗闇の思想を』朝日新聞社刊。四月、「終末から」六号に「立て、日本のランソのヘイよ！」を連載（〜一〇月、九号）。六月二六日、明神海岸埋立着工。阻止行動展開。以降連日海岸へ通う。七月四日、梶原ら三名逮捕される。八月一六日、三名にかかわる刑事裁判（豊前海戦裁判）第一回公判。

一九七五年（昭和五〇年）　三八歳

二月五日、「草の根通信」二六号から「松下センセ」の「ずいひつ」連載開始（〜二〇〇三年六月、三六七号まで三三四回連載）。同日、豊前海戦裁判第二回公判で抵抗権を主張。三月一五日、『明神の小さな海岸にて』朝日新聞社刊。

一九七六年（昭和五一年）　三九歳

八月二日、「毎日新聞」に「明神海岸七六年夏」を書く。

一九七七年（昭和五二年）　四〇歳

七月二〇日、『砦に拠る』筑摩書房刊。九月、上野英信の紹介で鞍手町立病院の山本廣史医師より（結核ではなく）多発性肺嚢胞症の診断を受ける。

一九七八年（昭和五三年）　四一歳

一月九日、長女杏子《きょうこ》生れる。二月五日、「草の根通信」に「ずいひつ　カンキョウケン確立」を書く。

一九七九年（昭和五四年）　四二歳

四月一八日、豊前海戦裁判判決（梶原に罰金

刑)。八月三〇日、豊前市中央公民館で「豊前人民法廷」を開き、「勝訴」。三一日、豊前環境権裁判門前払い判決。「アハハハ・・・敗けた敗けた」の垂れ幕。控訴。

一九八〇年(昭和五五年) 四三歳

一月一五日、「ビデオで観る豊前火力闘争八年史」(中村隆市制作)を豊前市中央公民館で開く。伊藤ルイ(大杉栄、伊藤野枝の四女)と出会う。二三日、環境権裁判控訴審始まる(福岡高裁)。三月五日、米ミシガン州立大学のプラッター教授を招いて、小魚がダムを差止めた裁判について講演会を開く。一〇月一五日、デビッド・ロサリオ(太平洋への放射性廃棄物の投棄に反対するマリアナ同盟)を迎えて、懇談会を開く(日吉旅館)。

一九八一年(昭和五六年) 四四歳

三月一三日、砂田明「乙女塚」勧進興行一人芝居『海よ母よ子どもらよ』を開く。その前座の吉四六《きっちょむ》芝居『徳利ん酒』で浪人を演じる。三一日、環境権裁判控訴審却下判決。「破れたり破れたれども十年の主張微塵も枉《ま》ぐと言わなく」の垂れ幕。上告。四月一日、「絵本」が『新しい国語三』(東京書籍)に載る(~二〇〇一年三月)。

一九八二年(昭和五七年) 四五歳

一月三一日、「環境権訴訟をすすめる会」解散パーティ(豊前市民会館)。二月五日、「草の根通信」一一号に「むしろ新しい出発のために」を書く。「草の根通信」のサブタイトルは「豊前火力絶対阻止」から「環境権確立に向けて」にかわる。発行は「草の根の会」。三月一〇日、『ルイズ——父に貰いし名は』講談社刊。六月一八日、同作により第四回講談社ノンフィクション賞を受賞。

一九八三年(昭和五八年) 四六歳

三月二〇日、原子力空母エンタープライズ入港抗議で佐世保へ。梶原らと市内をデモ。一一月一日、梶原、伊藤ルイらと原子力空母カールビンソン入港抗議で佐世保に行き空母の周囲を小舟で廻る。

一九八四年（昭和五九年）　四七歳

六月二九日、「電源乱開発に反対する九電株主の会」として、第六〇回九電株主総会に初めて出席（以後、毎年出席）。九月二一日、平井孝治ら二二人で九電株主総会決議取消請求訴訟（九電株主権裁判）を提訴（福岡地裁）。一二月二七日、「文芸」二月号に「記憶の闇」一挙掲載。

一九八五年（昭和六〇年）　四八歳

一〇月一七日　甲山《かぶとやま》裁判第一審判決（完全無罪）傍聴。一二月二〇日、豊前環境権裁判終結（最高裁は原告適格なしとして却下）。

一九八六年（昭和六一年）　四九歳

三月二一日、豊のくにテクノピア（なかつ博）オープン。中津・下毛地区労と共に反核パビリオン（非核平和展）を担当（～五月一一日）。期間中の四月二六日、チェルノブイリ原発大爆発。六月八日、小出裕章を招き、「チェルノブイリ原発で何が起きたのか」の講演会を開く（中津市中央公民館）。八月一一日、第一回「平和の鐘まつり」（以後毎年）。九月一四日、「反日ヤジ馬大博覧会」（大阪中之島公会堂）で講演。一一月一日、「文芸」冬季号に「狼煙を見よ　東アジア反日武装戦線〝狼〟部隊」を一挙掲載。

一九八七年（昭和六二年）　五〇歳

一月五日、原水禁九州の非核交流でベラウ（パラオ）へ（～一二日）。三月二三日、〝狼〟部隊の大道寺将司と最後の面会。同日、獄中の二人（大道寺・益永利明）と伊藤ルイ、筒井修、木村京子ら一三人（うみの会）で、東京拘置所所長と法務大臣を相手に、差入れ交通権訴訟（Tシャツ裁判）を提訴（福岡地裁）。翌二四日、最高裁は大道寺らの上告を棄却、死刑が確定した。一〇月五日、「草の根通信」一七九号に「人殺しの演習はゴメンです」を書く。一一月一日、日米共同訓練反対全国集会（三万人・玖珠河原）でアピール。

一九八八年（昭和六三年）五一歳

一月一五日、「草の根通信」一五周年記念パーティ（ホテルサンルート中津）。二五日、伊方原発出力調整実験反対行動（高松市）に参加（〜二六日）。二九日、警視庁による家宅捜索（ガサ入れ）を受ける（日本赤軍がらみの容疑）。三一日、「平和といのちをみつめる会」主催築城《ついき》基地日米共同訓練反対の「平和の空を」集会で伊藤ルイと話す。二月一一日、第二次伊方行動（原発サラバ記念日）で高松市へ（〜一二日）。三月六日、通信発送作業後、結腸憩室炎による大量の下血で入院（〜二六日）。「草の根通信」四月一八五号に「ずいひつ番外編 病床日記」を書く。四月一二日、東大入学式で「私の現場主義」を講演（日本武道館・自治会主催）。九月二九日、家宅捜索に対し国家賠償請求裁判（ガサ国賠）提訴（東京地裁）。

一九八九年（昭和六四年・平成元年）五二歳

四月より、「船場町・留守居町子供会」の会長をつとめる。七月五日、参院選に「原発いらない人びと・九州」から木村京子が立候補。松下代表は各地で応援演説。落選。一一月二一日、『追悼上野英信』（上野英信追悼録刊行会編刊）に「原石貴重の剛直な意志」を書く。

一九九〇年（平成二年）五三歳

五月一二日、洋子の母三原ツル子死去（六四歳）。一二月五日、『母よ、生きるべし』講談社刊。

一九九一年（平成三年）五四歳

四月二二日、「抜穂の儀」違憲訴訟第一回口頭弁論で意見陳述（大分地裁）。一二月一五日、菊田幸一・安田好弘を迎えて「田原法相の足元で死刑制度を考えるつどい」主催（中津市北部集会所）。

一九九二年（平成四年）　五五歳
一〇月、「記録」一六三号に「歌との出遭い、そして別れ」を書く。

一九九三年（平成五年）　五六歳
七月一三日、父健吾死去（八七歳）。

一九九四年（平成六年）　五七歳
六月二九日、九電株主総会で、「電源乱開発に反対する九電株主の会」が、三万七〇〇〇株を結集して株主提案権を初めて行使。七月五日、「草の根通信」の発送作業は梶原宅で二一年間やってきたが、中津市北部公民館に変わる。

一九九五年（平成七年）　五八歳
六月一五日、『さまざまな戦後第一集』（日本経済評論社）に「思えば遠くに来たもんだ」を収録。

一九九六年（平成八年）　五九歳
五月一五日、伊藤ルイ、末期の胆道ガンと知る。六月二八日、死去。九月二五日、『底ぬけビンボー暮らし』筑摩書房刊。一〇月一二日、国東《くにさき》半島の伊美港から船で上関原発予定地へ行き、立木トラストの札を梶原にかけてもらう。一一月一七日、日出生台《ひじうだい》日米合同演習反対集会に参加。一二日、ガサ国賠判決（一部勝訴。被告、原告控訴）。

一九九七年（平成九年）　六〇歳
三月二六日、Tシャツ裁判判決（一部勝訴。控訴。現金の差入れは認められる）。四月、「RONZA」に「少しビンボーになって競争社会から降りようよ」を書く。四月一〇日、『汝を子に迎えん』河出書房新社刊。六月一六日、一ヵ月以上続いた激しい咳による喀血で、村上記念病院（中津市）に入院（〜七月一二日）。

一九九八年（平成一〇年）　六一歳
六月、風邪をひき、いつもの熱、咳、啖地獄。六月二九日、村上記念病院に入院（〜七月二八日）。一〇月三日、「松下竜一　その仕

事展」、中津市立小幡記念図書館で開催（～三一日）。『図録 松下竜一その仕事』実行委員会編刊。五日、『松下竜一その仕事』（全三〇巻）河出書房新社刊行開始。第一巻は『豆腐屋の四季』（～二〇〇二年二月）。

一九九九年（平成一一年）六二歳

一月二五日、米海兵隊実弾演習に抗議して、日出生台に通う。二月一五日、風邪をひく。医師から「責任は持てませんからね」と匙を投げられる。四月一一日、「朝日新聞」に「ちょっと深呼吸 わがまち 二人と五匹の散歩道」を書く（～二〇〇四年六月二〇日、四三回連載）。

二〇〇〇年（平成一二年）六三歳

二月四日、日出生台演習場正門前で、実弾演習反対のシュプレヒコール。一三日、日出生台実弾演習反対行動。一四日、風邪をひく。発熱、咳、啖（～二九日）。二三日、ガサ国賠控訴審で勝訴。三月五日、中津市商工会館で「広瀬隆が語る恐怖の臨界事故」講演会を開く。四月二二～二三日、全国植樹祭（大分）に抗議。二七日、村上記念病院に入院（～六月二七日）。「群像」一〇月号より「ＭＹ ＡＴＬＡＳ」欄に三回連載（～一二月号）。九月一三日、主治医に「…あなたの肺はやっとのことで呼吸してるんですよ。…」と入院を勧告されるが、点滴通院。一〇月一九日、旧婚旅行から帰って、入院。

二〇〇一年（平成一三年）六四歳

一月三一日、米海兵隊実弾演習に抗議して日出生台に通う。三月三日、点滴のため村上記念病院に通う。五月二五日、第四回ゆふいん文化・記録映画祭で、ＮＨＫ大分制作の『風成の女たち』が上映され、自作『風成の女たち』を朗読する。一〇月二一日、築城基地前の国際反戦デー集会に参加、アメリカのアフガニスタン爆撃に抗議。

二〇〇二年（平成一四年）六五歳

一月二五日、オッペンハイマー著『原子力は誰のものか』（中公文庫）に解説「パンドラの箱をあけた人」を書く。二月九日、四回目の米海兵隊実弾演習に抗議して日出生台に行く。小泉首相に抗議文を送る。一七日、風邪をひく。発熱、咳、痰。二〇日、『松下竜一その仕事三〇　どろんこサブウ』刊。全三〇巻完結。六月、姉弟と静岡県寸又峡の山湯館に弟和亜を訪ねる。八月二五日、『そっと生きていたい』筑摩書房刊。一〇月二六日、つぶそう上関原発一〇・二六総決起集会で挨拶。一一月三日、「草の根通信」三六〇号記念パーティ（中津オリエンタルホテル）。一二月一五日、築城基地航空祭（観衆六万人）で、渡辺ひろ子ら六人で抗議。

二〇〇三年（平成一五年）　六六歳

一月七日、インフルエンザと肺炎で村上記念病院に入院（〜一八日）。四月一二日、豊津町の瓢鰻亭《ひょうまんてい》で「パネルディスカッション　百姓は米をつくらず田をつくる」のパネラーになる。五月二一日、沖縄大学を辞めた宇井純夫妻が松下を訪ねる。六月八日、第二回毎日はがき随筆大賞表彰式（福岡市の城山ホテル）で「私のエッセー作法」を講演後、午後二時ころ、小脳出血で倒れる。済生会福岡総合病院に運ばれ、緊急手術。家族が付き添う。気管を切開しているので声が出せず、ものが食べられない。七月二四日、小波瀬《おばせ》病院に転院。リハビリを続ける。

二〇〇四年（平成一六年）　六七歳

六月一日、村上記念病院に転院。早速洋子の押す車椅子で近辺を散策。一四日、弟紀代一（松下印刷）、死去（六三歳）。一七日、午前四時二五分、多発性肺嚢胞症に起因する肺出血の出血性ショックにより、家族に看取られながら、死去。六七歳。一八日、家族のみで密葬。戒名は義晃竜玄居士。八月一日、「草の根の会」主催「松下竜一さんを偲ぶ集い」

（中津文化会館）。全国から九〇〇人が集う。一〇月八日、ナマケモノ倶楽部主宰第一回「スロー大賞」を受賞。

二〇〇五年（平成一七年）

六月一七日、『勁き草の根 松下竜一追悼文集』草の根の会編刊。同日、新木安利『松下竜一の青春』海鳥社刊。一八日、草の根の会主催第一回竜一忌「豆腐屋の四季の頃」。ゲスト＝柳井達生。

二〇〇六年（平成一八年）

二月一四日、埼玉大学共生社会研究センター監修『戦後日本住民運動資料集成1 復刻「草の根通信」1』すいれん舎刊（2は二〇〇八年一〇月二一日刊。全一九巻＋別冊二『解題・総目次・執筆者索引』）。六月一八日、第二回竜一忌「作家宣言」。ゲスト＝向井武子。

二〇〇七年（平成一九年）

六月一七日、第三回竜一忌「上野英信と松下竜一」。ゲスト＝上野朱《あかし》。

二〇〇八年（平成二〇年）

六月八日、第四回竜一忌「環境権／暗闇の思想」。ゲスト＝辻信一・中村隆市。一七日、新木安利・梶原得三郎編『松下竜一未刊行著作集4 環境権の過程』海鳥社刊（全五巻。～二〇〇九年六月）。

二〇〇九年（平成二一年）

二月七日、二人芝居『かもめ来るころ　松下竜一と洋子』中津文化会館で上演。トム・プロジェクト（岡田潔）プロデュース、ふたくちつよし脚本・演出、高橋長英・斉藤とも子出演。六月一三日、第五回竜一忌「抵抗権」。ゲスト＝佐高信。

（新木安利・梶原得三郎編）

著書目録

松下竜一

【単行本】

相聞　昭41・11　自費出版
つたなけれど　昭42・3　自費出版
豆腐屋の四季　昭43・12　自費出版
豆腐屋の四季　ある青春の記録　昭44・4　講談社
吾子の四季　父のうた夫のうた　昭45・2　講談社
歓びの四季　愛ある日々　昭46・3　講談社
人魚通信　昭46・7　自費出版
海を殺すな　昭47・7　自費出版
風成の女たち　昭47・8　朝日新聞社
絵本切る日々　昭47・12　自費出版
火力発電問題研究ノート　昭48・1　中津公害学習教室
暗闇の思想　なぜ豊前火力に反対するか　昭48・9　環境権裁判を支援する会
５０００匹のホタル　昭49・2　理論社
暗闇の思想を　火電阻止運動の論理　昭49・3　朝日新聞社
檜の山のうたびと　昭49・9　筑摩書房
明神の小さな海岸にて　昭50・3　朝日新聞社
環境権ってなんだ　昭50・8　ダイヤモンド社
五分の虫、一寸の魂　昭50・10　筑摩書房
砦に拠る　昭52・7　筑摩書房

潮風の町　昭53・5　筑摩書房
ケンとカンともうひとり　昭54・4　筑摩書房
まけるな六平　昭54・7　講談社
疾風の人　昭54・10　朝日新聞社
あしたの海　昭54・12　理論社
豊前環境権裁判　昭55・3　日本評論社
海を守るたたかい　昭56・3　筑摩書房
いのちきしてます　昭56・4　三一書房
ルイズ　父に貰いし名は　昭57・3　講談社
いつか虹をあおぎたい　昭58・3　フレーベル館
久さん伝　あるアナキストの生涯　昭58・7　講談社
ウドンゲの花　わが日記抄　昭58・11　講談社
小さな手の哀しみ　昭59・7　径書房
憶ひ続けむ　昭59・8　筑摩書房
記憶の闇　甲山事件〔1974→1984〕　昭60・4　河出書房新社
私兵特攻　昭60・7　新潮社
仕掛けてびっくり反核パビリオン繁盛記　昭61・9　朝日新聞社
狼煙を見よ　東アジア反日武装戦線〝狼〟部隊　昭62・1　河出書房新社
あぶらげと恋文　昭63・1　径書房
右眼にホロリ　昭63・8　径書房
小さなさかな屋奮戦記　平元・10　筑摩書房
どろんこサブウ　谷津干潟を守る戦い　平2・5　講談社
母よ、生きるべし　平2・12　講談社
ゆう子抄　恋と芝居の日々　平4・6　講談社
生活者の笑い・「生」のおおらかな肯定　平5・12　論楽社
怒りていう、逃亡には非ず　平5・12　河出書房新社
ありふれた老い　平6・12　作品社

底ぬけビンボー暮らし　平8・9　筑摩書房
汝を子に迎えん　平9・4　河出書房新社
戦後ニッポンを読む　狼煙を見よ　平9・10　読売新聞社
本日もビンボーなり　平10・5　筑摩書房
図録　松下竜一その仕事　平10・10　その仕事展実行委員会
ビンボーひまあり　平12・12　筑摩書房
巻末の記　平14・3　河出書房新社
そっと生きていたい　平14・8　筑摩書房
豆腐屋の四季（大活字版・全4巻）　平17・10　リブリオ出版
5000匹のホタル（名作の森版）　平18・2　理論社
總有一天　我要抬頭看（台湾版『いつか虹をあおぎたい』＝曾鴻燕訳）　平18・10　新苗文化事業有限公司

【共著】

新日本風土記　九州編2　日本列島縦断随筆（宮崎康平他と）　昭48・10　昭和書院
住民運動〝私〟論（中村紀一他と）　昭51・8　学陽書房
追悼　上野英信（野間宏他と）　平元・11　上野英信追悼録刊行会
気にいらぬ奴は逮捕しろ！（福島瑞穂他と）　平2・12　社会評論社
反日思想を考える（天野恵一他と）　平3・1　軌跡社
さまざまな戦後第一集（森崎和江他と）　平7・6　日本経済評論社
自然保護事典2　海（山田國廣他と）　平7・8　緑風出版
子よ、甦れ（向井武子他と）　平17・10　明石書店

住民運動〝私〟論（中村紀一他と） 平17・11 創土社
いのちの叫び（日野原重明他と） 平18・12 藤原書店
あの日、あの味（井出孫六他と） 平19・3 東海教育研究所

【編著】

戦後日本住民運動資料集成1復刻「草の根通信」1 NO.1～205（全9巻＋別冊） 平18・2 すいれん舎
戦後日本住民運動資料集成4復刻「草の根通信」2 NO.206～380（全10巻＋別冊） 平20・10 すいれん舎

【全集・選集・アンソロジー】

松下竜一その仕事（全30巻） 平10・10～14・2 河出書房新社
松下竜一未刊行著作集（全5巻） 平20・6～21・6 海鳥社
昭和万葉集13、14、15 昭55・1～3 講談社
日本の名随筆51 昭62・1 作品社
日本の名随筆65 昭63・3 作品社
思想の海へ「解放と変革」24 平3・2 社会評論社
現代童話V（文庫） 平3・3 福武書店
日本の名随筆 別巻36 平6・2 作品社
ふるさと文学館51大分 平6・10 ぎょうせい
リーディングス環境2 平18・2 有斐閣

【文庫】

砦に拠る（**解**＝河野信子）　昭57　講談社文庫
豆腐屋の四季 ある青春の記録（**解**＝岡部伊都子 **年**）　昭58　講談社文庫
風成の女たち（**解**＝小中陽太郎）　昭59　現代教養文庫
ルイズ 父に貰いし名は（**解**＝井手文子）　昭60　講談社文庫
潮風の町　昭60　講談社文庫
暗闇の思想を（**解**＝田中公雄）　昭60　現代教養文庫
明神の小さな海岸にて（**解**＝井出孫六）　昭60　現代教養文庫
五分の虫、一寸の魂（**解**＝佐高信）　昭61　現代教養文庫
砦に拠る（**解**＝井出孫六）　平元　ちくま文庫
狼煙を見よ 東アジア反日武装戦線〝狼〟部隊　平5　現代教養文庫
怒りていう、逃亡には非ず（**解**＝木内宏）　平8　河出文庫

著者目録には、原則として再刊本、新装版は入れなかった。アンソロジーは一部にとどめ、教科書への再録は省略した。文庫は刊行されたものをすべて掲げた。**【文庫】**の（ ）内の略号は、**解**＝解説 **年**＝年譜を示す。

（作成・新木安利／梶原得三郎）

本書は『松下竜一　その仕事1　豆腐屋の四季』（平成一〇年一〇月、河出書房新社刊）を底本としました。明らかな誤記誤植であると思われる箇所は正し、振り仮名を多少増減するなどしましたが、原則として底本に従いました。各扉に掲載した写真は、『豆腐屋の四季　ある青春の記録』（昭和五八年六月、講談社文庫）刊行時に著者から提供されたものを使用しました。なお、底本にある表現で、今日からみれば不適切と思われるものがありますが、作品が書かれた時代背景、著者が故人であることなどを考慮し、原文のままとしました。よろしくご理解の程お願い致します。

豆腐屋《とうふや》の四季《しき》　ある青春《せいしゅん》の記録《きろく》

松下竜一《まつしたりゅういち》

二〇〇九年一〇月　九　日第一刷発行
二〇二五年　六　月一九日第九刷発行

発行者——篠木和久
発行所——株式会社　講談社
東京都文京区音羽2・12・21　〒112-8001
電話　編集（03）5395・3513
　　　販売（03）5395・5817
　　　業務（03）5395・3615

デザイン——菊地信義
印刷——株式会社ＫＰＳプロダクツ
製本——株式会社国宝社
本文データ制作——講談社デジタル製作

定価はカバーに表示してあります。

講談社
文芸文庫

ISBN978-4-06-290065-2

講談社文芸文庫

青木淳選――建築文学傑作選	青木 淳――解
青山二郎――眼の哲学｜利休伝ノート	森 孝一――人／森 孝一――年
阿川弘之――舷燈	岡田 睦――解／進藤純孝――案
阿川弘之――鮎の宿	岡田 睦――年
阿川弘之――論語知らずの論語読み	高島俊男――解／岡田 睦――年
阿川弘之――亡き母や	小山鉄郎――解／岡田 睦――年
秋山 駿――小林秀雄と中原中也	井口時男――解／著者他――年
秋山 駿――簡単な生活者の意見	佐藤洋二郎-解／著者他――年
芥川龍之介-上海游記｜江南游記	伊藤桂一――解／藤本寿彦――年
芥川龍之介 谷崎潤一郎-文芸的な、余りに文芸的な｜饒舌録ほか 芥川vs.谷崎論争 千葉俊二編	千葉俊二――解
安部公房――砂漠の思想	沼野充義――人／谷 真介――年
安部公房――終りし道の標べに	リービ英雄-解／谷 真介――案
安部ヨリミ-スフィンクスは笑う	三浦雅士――解
有吉佐和子-地唄｜三婆 有吉佐和子作品集	宮内淳子――解／宮内淳子――年
有吉佐和子-有田川	半田美永――解／宮内淳子――年
安藤礼二――光の曼陀羅 日本文学論	大江健三郎賞選評-解／著者――年
安藤礼二――神々の闘争 折口信夫論	斎藤英喜――解／著者――年
李 良枝――由煕｜ナビ・タリョン	渡部直己――解／編集部――年
李 良枝――石の聲 完全版	李 栄――解／編集部――年
石川桂郎――妻の温泉	富岡幸一郎-解
石川 淳――紫苑物語	立石 伯――解／鈴木貞美――案
石川 淳――黄金伝説｜雪のイヴ	立石 伯――解／日高昭二――案
石川 淳――普賢｜佳人	立石 伯――解／石和 鷹――案
石川 淳――焼跡のイエス｜善財	立石 伯――解／立石 伯――年
石川啄木――雲は天才である	関川夏央――解／佐藤清文――年
石坂洋次郎-乳母車｜最後の女 石坂洋次郎傑作短編選	三浦雅士――解／森 英一――年
石原吉郎――石原吉郎詩文集	佐々木幹郎-解／小柳玲子――年
石牟礼道子-妣たちの国 石牟礼道子詩歌文集	伊藤比呂美-解／渡辺京二――年
石牟礼道子-西南役伝説	赤坂憲雄――解／渡辺京二――年
磯﨑憲一郎-鳥獣戯画｜我が人生最悪の時	乗代雄介――解／著者――年
伊藤桂一――静かなノモンハン	勝又 浩――解／久米 勲――年
伊藤痴遊――隠れたる事実 明治裏面史	木村 洋――解
伊藤痴遊――続 隠れたる事実 明治裏面史	奈良岡聰智-解

▶解=解説 案=作家案内 人=人と作品 年=年譜を示す。 2025年6月現在

講談社文芸文庫

伊藤比呂美	とげ抜き　新巣鴨地蔵縁起	栩木伸明——解／著者———年
稲垣足穂	稲垣足穂詩文集	高橋孝次——解／高橋孝次——年
稲葉真弓	半島へ	木村朗子——解
井上ひさし	京伝店の烟草入れ 井上ひさし江戸小説集	野口武彦——解／渡辺昭夫——年
井上 靖	補陀落渡海記 井上靖短篇名作集	曾根博義——解／曾根博義——年
井上 靖	本覚坊遺文	高橋英夫——解／曾根博義——年
井上 靖	崑崙の玉｜漂流 井上靖歴史小説傑作選	島内景二——解／曾根博義——年
井伏鱒二	還暦の鯉	庄野潤三——人／松本武夫——年
井伏鱒二	厄除け詩集	河盛好蔵——人／松本武夫——年
井伏鱒二	夜ふけと梅の花｜山椒魚	秋山 駿——解／松本武夫——年
井伏鱒二	鞆ノ津茶会記	加藤典洋——解／寺横武夫——年
井伏鱒二	釣師・釣場	夢枕 獏——解／寺横武夫——年
色川武大	生家へ	平岡篤頼——解／著者———年
色川武大	狂人日記	佐伯一麦——解／著者———年
色川武大	小さな部屋｜明日泣く	内藤 誠——解／著者———年
岩阪恵子	木山さん、捷平さん	蜂飼 耳——解／著者———年
内田百閒	百閒随筆 II 池内紀編	池内 紀——解／佐藤 聖——年
内田百閒	[ワイド版]百閒随筆 I 池内紀編	池内 紀——解
宇野浩二	思い川｜枯木のある風景｜蔵の中	水上 勉——解／柳沢孝子——案
梅崎春生	桜島｜日の果て｜幻化	川村 湊——解／古林 尚——案
梅崎春生	ボロ家の春秋	菅野昭正——解／編集部——年
梅崎春生	狂い凧	戸塚麻子——解／編集部——年
梅崎春生	悪酒の時代 猫のことなど —梅崎春生随筆集—	外岡秀俊——解／編集部——年
江藤 淳	成熟と喪失 —“母”の崩壊—	上野千鶴子—解／平岡敏夫——案
江藤 淳	考えるよろこび	田中和生——解／武藤康史——年
江藤 淳	旅の話・犬の夢	富岡幸一郎—解／武藤康史——年
江藤 淳	海舟余波 わが読史余滴	武藤康史——解／武藤康史——年
江藤 淳 蓮實重彦	オールド・ファッション 普通の会話	高橋源一郎—解
遠藤周作	青い小さな葡萄	上総英郎——解／古屋健三——案
遠藤周作	白い人｜黄色い人	若林 真——解／広石廉二——年
遠藤周作	遠藤周作短篇名作選	加藤宗哉——解／加藤宗哉——年
遠藤周作	『深い河』創作日記	加藤宗哉——解／加藤宗哉——年
遠藤周作	[ワイド版]哀歌	上総英郎——解／高山鉄男——案

講談社文芸文庫

大江健三郎-万延元年のフットボール	加藤典洋——解／古林 尚——案
大江健三郎-叫び声	新井敏記——解／井口時男——案
大江健三郎-みずから我が涙をぬぐいたまう日	渡辺広士——解／高田知波——案
大江健三郎-懐かしい年への手紙	小森陽一——解／黒古一夫——案
大江健三郎-静かな生活	伊丹十三——解／栗坪良樹——案
大江健三郎-僕が本当に若かった頃	井口時男——解／中島国彦——案
大江健三郎-新しい人よ眼ざめよ	リービ英雄-解／編集部——年
大岡昇平——中原中也	粟津則雄——解／佐々木幹郎-案
大岡昇平——花影	小谷野 敦——解／吉田凞生——年
大岡 信——私の万葉集一	東 直子——解
大岡 信——私の万葉集二	丸谷才一——解
大岡 信——私の万葉集三	嵐山光三郎-解
大岡 信——私の万葉集四	正岡子規——附
大岡 信——私の万葉集五	高橋順子——解
大岡 信——現代詩試論|詩人の設計図	三浦雅士——解
大澤真幸——〈自由〉の条件	
大澤真幸——〈世界史〉の哲学 1 古代篇	山本貴光——解
大澤真幸——〈世界史〉の哲学 2 中世篇	熊野純彦——解
大澤真幸——〈世界史〉の哲学 3 東洋篇	橋爪大三郎-解
大澤真幸——〈世界史〉の哲学 4 イスラーム篇	吉川浩満——解
大西巨人——春秋の花	城戸朱理——解／齋藤秀昭——年
大原富枝——婉という女|正妻	高橋英夫——解／福江泰太——年
岡田 睦——明日なき身	富岡幸一郎-解／編集部——年
岡本かの子-食魔 岡本かの子食文学傑作選 大久保喬樹編	大久保喬樹-解／小松邦宏——年
岡本太郎——原色の呪文 現代の芸術精神	安藤礼二——解／岡本太郎記念館-年
小川国夫——アポロンの島	森川達也——解／山本恵一郎-年
小川国夫——試みの岸	長谷川郁夫-解／山本恵一郎-年
奥泉 光——石の来歴|浪漫的な行軍の記録	前田 塁——解／著者——年
奥泉 光 群像編集部 編-戦後文学を読む	
大佛次郎——旅の誘い 大佛次郎随筆集	福島行一——解／福島行一——年
織田作之助-夫婦善哉	種村季弘——解／矢島道弘——年
織田作之助-世相|競馬	稲垣眞美——解／矢島道弘——年
小田 実——オモニ太平記	金 石 範——解／編集部——年